光引

九月草莓/著

中原农民出版社
·郑州·

CONTENTS

第一章　　　　　001
草莓奶油糖

第二章　　　　　047
空降十班

第三章　　　　　090
道歉必备的果汁

第四章　　　　　122
我不允许你用可爱来
形容一位猛男

第五章　　　　　157
《睡美人》之夜

第六章　　　　　188
笨蛋才会和你做朋友

第七章	218
马背上的清风	……

第八章	242
少年的骄傲	……

第九章	267
夏天的荧光海	……

番外	294
秋日少年游	……

RONG SHI YI

SONG CI

「虽然知识点都是一样的,可万一换一道题我就做不出来怎么办?」

「那我就将你逐出师门,此生不复相见。」

第一章
草莓奶油糖

八月,江城的天气闷热潮湿,连吹来的风都带着一股恼人的黏腻。

教学楼里安静空荡,只有楼道尽头处的十班教室门口站了两个身材娇小的女孩子。其中一个女孩手里握着一瓶当季限定的运动饮料,她正盯着楼梯口看,表情有点儿紧张。

不一会儿,楼梯间传来一阵骚动声,是做课间广播体操的学生回来了。

这时,一批学生从楼梯口走了过来,有几个身材高大的男生格外引人注目。女孩抿了抿嘴唇,不自觉地握紧了身边同伴的手。

她努力踮起脚,像是在找人,直到瞥见人群中一个惹眼的身影,她的眼睛才亮了一下。

那是一个身高腿长的男生,天生的发色比常人要浅很多,呈特别的棕色,还夹杂着些红色,配上他出挑的长相,显得帅气又张扬。

男生正跟身边的一个同伴说笑,完全没注意到教室门口的女孩看向自己的目光。

"那个……容诗翊同学。"

女孩见他没注意到自己,便轻轻地拉住了他的衣袖。

突然被点名的容诗翊愣了一下,他看到拉住自己的是一个没见过的陌生女孩,女孩胸口的校牌上写着"苏锦柚"三个字。

"你有事吗？"容诗翊轻轻地挣开了她的手。

苏锦柚有些尴尬，朝容诗翊递出了手里的饮料，结结巴巴地说："这……这个送给你！"

他们身边有个看热闹的男生，打趣似的吹了两声口哨，容诗翊"啧"了一声，用胳膊肘轻轻地撞了那个男生一下。容诗翊微微皱了下眉，看看那瓶饮料，又看看面前的苏锦柚，道："抱歉，我不收别人的东西，你自己留着吧。"

容诗翊说完，抬腿就要进教室，苏锦柚见状，急忙拽住了他。

苏锦柚从没被人这样拒绝过，心里赌了气，强硬地把饮料塞进容诗翊的手里："我今天就要把它给你，它是你的了，你不想要就丢掉，随你怎么处理。"

容诗翊挑了挑眉。

正是课间，楼道里人来人往，容诗翊意识到自己站在门口挡住了别人的路，索性往前走了一步，抱着手臂侧倚在墙边。他看着苏锦柚，重复她的话，问道："随我怎么处理？"

苏锦柚坚定地点点头。

容诗翊见她这样，也没再说什么，直接抬手拦住一个路过的"幸运"同学。

"同学……"

容诗翊看清这位同学的脸后便愣住了，连带着即将出口的话也没往下说。

被他拉住的男生黑发黑眸，气质略显凉薄，表情严肃，从头到脚写满了"好学生"三个大字。

很巧，容诗翊认得他。这人叫宋词，是三中学生会的主席。不过容诗翊心里清楚，这人的性格和气质一点儿都不搭边。

容诗翊觉得自己"倒霉"，怎么随便拉个人就是这个看一眼都让他觉得烦的人。但事已至此，他只好继续把手里的饮料递给宋词，语气稍显恶劣："给，送你的，你爱要不要，别让我再找下一个人送。"

宋词瞥了容诗翊一眼，又看向对面的苏锦柚，瞬间明白了什么。他笑了一下，露出一颗虎牙，配上那双弯弯的眼睛，显得有些"邪气"。

宋词没理容诗翙,而是对苏锦柚说:"我记得你,你是九班的宣传委员。"

苏锦柚也没想到事情会变成这样,点点头,规规矩矩地说:"主席好。"

宋词接过容诗翙手里的饮料,又还给了苏锦柚:"九班的黑板报都是你画的吧?你很优秀,就是——"

宋词卖关子似的顿住,苏锦柚追问道:"就是什么?"

"就是看人的眼光不大好。"

宋词意有所指般瞥了容诗翙一眼,话语间带了点儿笑意。

"喂!你这样说人家小姑娘不好……"

容诗翙的话还没说完,愣了一下后,突然反应过来宋词这话嘲讽的其实是他。

容诗翙刚准备回击宋词,结果抬头时只看见他离开的背影,还有算作告别的挥手动作。容诗翙咬咬牙,握紧了拳头,只能将这口恶气咽回肚子里,转身进了十班的教室。

楼道里有不少同学看见了这一幕,其中一人低声道:"不会吧,容诗翙居然拒绝苏锦柚送的饮料,多少有点儿过分了吧——"

身边的同伴无情地打断道:"之前高年级的学姐给容诗翙送东西,容诗翙也没要,我倒觉得他这样很好。"

"得了吧,看咱们主席刚刚的那一通操作,替苏锦柚出了一口气,真好。"最开始出声的人听到这儿有些不服,和同伴争论起来,他们的声音淹没在课间的嘈杂声中,没几个人注意。

苏锦柚还拿着那瓶饮料,低头看着自己的脚尖,像是出神了。同伴见状,出声问道:"柚柚,我有点儿不明白,容诗翙除了长得好点儿,其他地方根本一无是处,好吧!他的学习又不好,性格也不怎么样,真是——"

苏锦柚摇摇头,打断了她:"你别这么说,他的优点很多啊,不但帅——而且你不觉得他挺有礼貌的吗?"

两个人的话传到了折返回来的宋词的耳中,宋词微微抿唇,不知道在想什么。

他此时刚好走到十班后门的位置，扭过头便看见顶着一头特别的棕红色头发的容诗翊在教室最后排的角落里和同学打闹。

说起来，这人也算是三中的"风云人物"。宋词对他的印象很深，因为他总是调皮捣蛋，还好巧不巧每次都能被自己抓住——算一算，居然已经有八次了。

学校大考贴出成绩单时，宋词和容诗翊永远占着一头一尾的位置，宋词也经常在各科老师口中听到对于容诗翊的批评。

他们的交集似乎不多，但碰见了必然会互呛两句。总之，三中的学生基本都知道，学生会主席和容诗翊互相看不顺眼，几乎称得上水火不容。

有些人劝宋词别跟容诗翊浪费时间，他自己却不怎么在意。

十班的教室里，容诗翊坐在自己的位置上，伸了个懒腰，同桌兼好兄弟萧凛拍了拍他的肩膀，悄悄地对他说："哎，宋词刚刚路过后门时看了你一眼。"

容诗翊扯了扯唇角，不以为意地说："可能他觉得我长得帅吧。"

"哟，你这么有自信？来，让我看看。"

萧凛歪着头，看看容诗翊，评价道："是挺帅，但我有点儿不理解，被学生会主席盯上，你还有心思说这种话。说，你该不会有什么心理疾病吧？自恋症？"

"你给我走远点儿。"容诗翊翻了一个白眼。

"别啊，有病咱就治！"萧凛一副痛心疾首的模样。然后他像是突然想到了什么，瞪大了眼睛道："啊！怪不得你天天带着一个装着白豆豆的小盒子，时不时就吃一颗，你不会是瞒着哥儿几个在悄悄吃药治病吧？"

容诗翊忍住去捶萧凛脑袋的冲动，深吸一口气，说："我再说一遍，你能不能走远点儿？"

"哈哈哈，我开个玩笑嘛。对了，东门口的那家螺蛳粉店今天开张了，闻着是真香啊，今天去尝尝呗？"

萧凛咂巴了两下嘴，说："把我都说馋了，中午放学人肯定超多，要不咱们抄近道去？哎，他们开业前发的优惠券你带了吗？"

"吃吃吃，你就知道吃！"

容诗翊对萧凛一点儿办法都没有，他虽然嘴上嫌弃，但还是在放学铃响的那一瞬间，跟萧凛一起从教室后门冲了出去。

出门的时候，容诗翊从口袋里拿出了萧凛说的螺蛳粉店优惠券，只是跟优惠券一起被拿出来的，还有一个装着白色豆豆的透明小药盒。

容诗翊很自然地打开小药盒，从里面拿出一粒小白豆，放进了嘴里。

三中有许多未解之谜，其中之一就是"容诗翊的小盒子里究竟装着什么"。

大家对此有很多猜测，有说是变聪明的，有说是变发色的……对于各种离谱猜测，容诗翊从来没有正面回应过，而这一切都是因为——他，容诗翊，鼎鼎大名的三中酷哥，一个威猛帅气的男人，每天都要吃的，是粉粉小公主牌的草莓奶油糖！

容诗翊也不明白，世界上怎么会有人低血糖还对糖过敏，更离谱的是，他试过那么多种糖，唯独吃了粉粉小公主牌草莓奶油糖后安然无恙！

试想一下，别人家的靓仔是摩托皮衣摆造型，他容诗翊站在对面，从兜里拿出一盒奶油糖，简直是丢人至极！

容诗翊不会允许这种事情发生，所以他一直把这个秘密守得很严，哪怕是他的发小萧凛，都探不到他的一点儿口风。

在容诗翊"痛苦"地回忆往事的时候，两人已经出了教学楼，一路跑到他们的"风水宝地"。

"哎，容容，你记不记得，就是在这个'伤心地'，你被宋词抓了八次？"

这是学校后面的一处小侧门，可以说是一个抄近道走出学校的绝佳途径，能少走好多路，从而第一时间抵达东门的美食街，可惜这个小门平时不开放，要想通行，只能从锁得不算严实的门缝里挤出去。

"你别把我的名字叫得那么恶心。"

容诗翊不轻不重地朝萧凛的屁股踹了一脚，说："你少说这种不吉利的话，也别提那个烦人的家伙。你动作麻利点儿，快点出去！"

"哦哦，好。"

萧凛像一个被压迫的小跟班，老老实实钻过门缝，随后伸手接住容诗翊丢过来的校服。

他站在门外，朝着容诗翊张开双臂，说："快来，投入兄弟的怀抱吧！"

容诗翊朝萧凛翻了一个白眼，"走开"两个字还没说出口，就从萧凛的视野中消失了，像是在门内被人揪了回去。

萧凛整个人都傻了。

这画面熟悉得令人害怕，他不用看都知道门内发生了什么事。

该来的总会来，仿佛有某种诅咒一般，他的容容再一次被宋词抓住了。

这是第九次！

容诗翊刚撸起袖子打算钻门缝，就被人拎着领子拽了回去，还因为重心不稳朝后跟跄了两步。

"放着正门不走偏要钻门缝？记三分。"

耳边又响起宋词那"欠揍"的声音，容诗翊弯下腰，拍拍自己裤子上沾的墙灰，随后皱起眉，抱着手臂看向他，说："大哥，还扣分呢，你忘了吗，开学第一星期我的分就被你扣光了。"

"啊，这样啊。"

宋词若有所思地点点头，随后从口袋里摸出一个小记事本，他拧开笔盖，也不知道在上面写了些什么。

"可我这儿不能赊账，但鉴于同学你的情况特殊，也不是不能理解。"

宋词写了几个字，满意地盖上笔盖，冲容诗翊笑笑："恭喜，你现在的平时表现分是负九分。"

"嗪。"容诗翊认认真真地计较起这个问题，"你刚不是说扣三分吗？"

执法如山的主席闻言向质疑者亮出了记事本。

容诗翊凑近看了一眼，上面画了一个龇牙咧嘴的火柴人，可以从火柴人头上的红线条判断出他画的是自己。

接着，只听"啪"的一声响，宋词的笔尖戳上了火柴人的红色头顶，他跟容诗翊解释道："校服不整洁扣一分，课后在侧门逗留扣三分。加上之前的经验,我可以合理怀疑你接下来绝对不会听我的话,不会回去走学校大门。"

宋词笑眯眯地收了记事本,说:"所以,顶撞学生会主席,再扣五分。"

容诗翊没忍住腹诽了一句,顺便冲宋词翻了一个白眼:"你猜对了,我确实不往回走。"

"嗯嗯。"

令容诗翊意外的是,宋词听见这话只是笑着冲他扬扬下巴,甚至还从口袋里拿出钥匙,主动给他开了侧门的锁:"那你现在可以走了。"

容诗翊不得不怀疑,宋词就是专程来给他找不痛快的,当下心里蹿起了小火苗,语气也有点儿冲:"我真服了!吃饭是头等大事!你倒一天天把我追得紧,宋词,我有哪里惹到你了吗,还是说你觉得耍我挺好玩?"

对于容诗翊的质问,宋词想了想,答得很诚实:"你好像是没有惹我,但我怎么是在耍你呢,我是在秉公执行纪律啊。"

他说完,顿了顿,又笑着补充道:"不过,你确实挺好玩的。"

容诗翊听得牙痒痒。

大概某些人之间的气场就是天生相斥,容诗翊觉得自己根本不能和宋词同时出现,否则自己迟早被他气出问题。

他在心里劝自己不要生气,随后伸出食指,戳戳宋词的肩膀:"那我希望你能一直这样,平等对待每一位同学,千万不要搞双重标准。"

"嗯。"宋词笑眯眯地拍掉了容诗翊的手,"谢谢提醒,欢迎监督,我会的。"

看宋词这副云淡风轻的模样,容诗翊只感觉自己一拳打在了棉花上。他磨磨牙,气极反笑,说:"行,宋大主席,那咱们走着瞧。"

听了他的话,宋词弯唇点头,目送容诗翊走出了学校。侧门再次关闭前,容诗翊还凶狠地瞪了他一眼。

他脾气怪大的。

萧凛把容诗翊的校服递过去时,看容诗翊的脸色不太好,就幸灾乐祸地问了句:"你怎么了,又跟宋词掐起来了?"

容诗翊听见这个名字就来气。

萧凛乐得不行，故意逗容诗翊："哎，这你就不懂了。关系好的朋友才禁得住天天打闹呢，照宋词找你麻烦的频率，你们就是不打不相识，然后肩并肩、哥儿俩好啊。"

容诗翊听了这话，皱着眉，拍了一下萧凛的后脑勺，说："你趁早走开，如果我做错了事，法律会惩罚我，而不是让我跟宋词'哥儿俩好'。"

萧凛笑嘻嘻地勾住容诗翊的肩膀，说："我开玩笑嘛，走，让螺蛳粉来治愈你受伤的心。"

"我不吃，你自己吃。"

容诗翊嫌弃地挣开了萧凛的手，看他一副受伤的表情，容诗翊耸了耸肩，说："我可没说我出来是要陪你吃午饭的，我有正事要办，你自己吃去吧。"

"又要兼职？不是吧，我觉得你一天天就跟超人似的，打两份工也不带停的。"

"麻烦你严谨一点儿，是一、三、五打两份工，二、四、六打三份工。"

容诗翊冲萧凛摆摆手，见自己要坐的那班公交车快到站了，赶紧把口袋里的螺蛳粉优惠券塞进萧凛的手里，顺便和萧凛挥挥手，算作告别。

江城的夜晚比白日还要热闹一些，远离市中心的霓虹灯海，城郊冷清些的地方也是烟火气十足。

宋词跟朋友展博川并肩走在街上，两人的影子在暖黄色的路灯下被拉得很长。

走出一段路后，宋词瞥了展博川一眼，问："大晚上你叫我出来，就为了让我在这儿陪你散步？"

展博川愁眉苦脸，叹了一口气："你好冷漠，都不安慰一下我这个人生不幸的可怜人。"

"你第一天认识我？"说完，宋词抬起手腕看了眼手表，对展博川说，"我可以再给你半小时，半小时后，谁都不能阻挡我回家学习的步伐。"

"学习？鬼才信，数学竞赛前一天还在打游戏的不是你？"

展博川冷笑一声，戳穿了宋词的借口，随后抬步走向路边一家露天的烧烤摊："半小时？行！走，宋少爷，我带你体验一下人间烟火。"

宋词微微皱眉，看了一眼烧烤摊那沾满油污的破旧招牌。

他跟着展博川走过去，挑了一张看起来干净些的桌子，用手指拭了一下，确认是干净的才坐下来。

展博川抽了一张纸擦桌子，随后他拿过菜单，边看边问宋词："你吃什么？算了，不用问，大少爷肯定不吃路边摊。"

展博川自说自话，放下菜单，跟一边的老板娘道："麻烦烤十串羊肉、五串羊心，再上一大份小龙虾。"

"好嘞！"

老板娘笑眯眯地收走菜单，朝不远处烧烤架的方向喊了一句："小容，给这边两位帅哥烤十串羊肉、五串羊心！"

"好嘞！"一个年轻男子应了一句。

声音有点儿耳熟，并且"容"这个姓也不多见，这成功引起了宋词的注意，他微微挑眉，抬眸往烧烤架那边看了一眼。

这一片的灯光都不太亮，烧烤架那边也只是挂了一个小灯泡，但这足以让宋词看清正在烧烤架旁忙活的人的模样。

那人系了围裙，脸上沾了些灰，显得有点儿滑稽。

展博川注意到宋词的视线，有些奇怪地跟着他看过去，顺口问道："你在看那个烧烤小哥？你认识他？"

"嗯，算是吧。"宋词收回目光，微微勾起唇角，像只装了一肚子坏水的狐狸，"是同校的……'恶犬'。"

宋词找了一个还算恰当的比喻。

展博川笑了一声，摇摇头，没发表意见。

他虽然跟宋词不在一所高中读书，但两人从小一起长大，对彼此十分了解。此时展博川看宋词的反应，就知道他平时肯定没少整这个小哥。

夜晚的路边摊还算热闹，烧烤店里有一大桌客人，其中有几个光着膀子的客人，正哄笑着碰酒瓶，嘴里的脏话和身上的汗臭味飘得到处都是，惹人心烦。

宋词往那边看了一眼，微微挑了下眉。

展博川知道宋词向来不喜欢这种环境脏、人多又哄闹的地方，他现在的心情应该不是很美好。

完了，宋词不高兴了，自己就要倒霉了！

展博川赶紧给宋词倒了一杯水，想用一个话题引开他的注意力，可展博川还没出声，桌子上突然被人放了一个托盘上来。

"十串羊肉、五串羊心，您的烤串齐了。"容诗翊确认了一下，而后很有职业素养地加了一句："用餐愉快。"

他从来不会看客人长什么模样，放了盘子就准备走，转身时却听见一个熟悉的声音："小哥，这烤串没放辣椒吧？"

听见这声音，容诗翊在心里大呼不妙。

出门遇宋词，可是件让他崩溃的事情。

但容诗翊是一个敬业的服务者，他转过身看着宋词，尽量心平气和地说："放了，您凑近看看？实在不行，您出门左转，那里有杂货店，您可以把店铺老板的老花镜借来用用。"

"哦，这样啊，但我这朋友喜欢吃辣，可以多加点儿辣椒吗？"

"喂，宋词。"

展博川一脸惊恐地看着宋词，拜托，他可吃不了辣。

但他的抗议被宋词冷冷的眼神堵了回去，一旁，容诗翊重新端起了托盘，应着宋词的话，咬牙切齿地说："好，辣椒是吗？要多少有多少！"

展博川听着小哥的语气，看着他狰狞的表情，心里直发凉。

他看得出来，烧烤小哥苦宋词久矣，因为等这十五串烧烤再端上来时，展博川已经无法用肉眼来判断这到底是辣椒串还是肉串了。

展博川捏起一串烧烤，试探着吹了一口气，便被飘起来的辣椒粉呛得咳了咳。他试探着把托盘往宋词眼前推了推，说："这是你让那'恶犬'加的，不尝一串？"

宋词看都没看烤串一眼，说："你选的店，你点的菜，你吃。这每一串烧烤都带着他对咱俩的仇恨，所以你都得吃完，一串都不许剩。"

展博川看着手里的"辣椒串"，沉默良久，又想起刚才那位烧烤小哥憋屈的表情，顿时有种同病相怜的感觉——他的仇恨明明只对你，谢谢。

容诗翊万万没想到自己出门做个兼职都能碰上宋词，这家伙还真是到哪儿都能想着法儿给他找不痛快。

他的心情实在不佳，于是找了一块抹布擦自己的烧烤架，那力道之大、动作之狠，要是他手下擦的是宋词，指定能擦掉宋词一层皮。

现在时间挺晚了，烧烤店也没有新来的客人，老板娘看见努力搞卫生的容诗翊，同他说道："小容啊，时间不早了，你明天还要上课吧？回去吧，这个点儿估计也没什么人来了。"

听了老板娘的话，容诗翊点点头，应了声"好"。当他褪下围裙，收好东西准备离开时，却瞥见有一桌的客人正在冲他挥手。

容诗翊没多想，走过去问有什么事。

"那个，帅哥，可以麻烦你跟那桌的客人说一下，让他们把衣服穿好吗？我们这桌都是女孩子，他们这样有点儿不太好。"女孩子有些局促地说。

这并不是什么难事，容诗翊点头答应了，顺着女孩指的方向看了一眼，果然是中间那桌客人。

那桌客人很早就来了，他们人多，把两张桌子拼在一起才坐得下。一群人一直在喝酒划拳，数他们的声音最大。

毕竟是公共场合，这样确实让人不舒服。

容诗翊微微皱眉，走过去拍拍其中一位大哥的肩膀，也不绕弯子，直接说："哥，咱们把衣服穿好呗，公共场合，影响别人了。"

"嗯？"

听见这话，那人转过头，打量了容诗翊一眼，随后就跟没听见似的，举起杯子继续跟同伴说笑。

容诗翊皱了皱眉，见自己的好言相劝就这样被无视了，心里有一丝不快。

他又试着拍拍那位大哥，可大哥压根儿不理他。

容诗翊叹了一口气，故意把声音拔高了一些，说："哥，麻烦您用上衣遮一下好吗？只需要把衣服撑开套个头和胳膊，很简单的！"

他这句话吸引了不少人的注意，周围一圈的客人都看了过来，包括不远处的宋词。

展博川正被肉串辣得满脸通红,边吸气边笑道:"这人有点儿意思啊,说话真逗。"

宋词没往那边看,只是笑了一下,没有评价。

那边,容诗翙话音刚落,就被一整桌的人死死盯着,但他一点儿也不慌,就站在那儿,从容地回看过去。

刚刚被容诗翙拍肩膀的那位大哥放下了酒杯,靠在椅背上,用一种令人难受的目光重新将他打量了一遍。

很快,男人点点头,往身上套了一件衣服,而后道:"你们店的员工对待客人就这态度,不会好好说话?"

"好好说话,你理我了吗?"容诗翙在心里吐槽着,压根儿不想拿正眼看对方,但让老板娘遭受损失就不好了,于是他说:"我已经下班了,现在属于我的个人行为,和我们店无关。"

"行行行!但怎么就你有意见,难道是我们在这里吃香的喝辣的,而你只能卑躬屈膝地干活,所以看我们碍眼?"其中一个瘦猴似的男人站出来,往自己周围看了一圈,说道。

他说完还语气夸张地嘲笑了一句,这一桌的人听见他的话,都跟着哄笑起来。

他们好像觉得这话很有趣,笑作一团时没有压低音量,丝毫没注意到周围人露出的嫌恶表情。

容诗翙深吸一口气,夸张地翻了一个白眼,然后抱起手臂,认真地问道:"大哥,你妈妈没教过你'尊重'两个字怎么写吗?你怎么能说出这种话来?"

"瘦猴"的笑声戛然而止,他恶狠狠地骂了句脏话,似乎下一秒就要站起来揍容诗翙。

不远处的展博川看戏看得正高兴,他喝了一口水,一点儿也不嫌事大:"怎么还没打起来?哎,你说要是这些人打起来,谁最厉害?他能打得过那人吗?"

宋词笑了一下,漫不经心地回答了展博川的问题:"我不知道他们谁厉害,但鉴于我不会作壁上观,所以,要真打起来,肯定是我最厉害。"

那边,容诗翙见他们半天不吭声,也不想跟他们继续浪费时间了。

他从桌上的盘子里挑了一串肉放在"瘦猴"的手边，语气淡淡的，但是警告味十足："穿好衣服，好好吃饭吧，别惹事了，这样你好我好大家好。"

"瘦猴"听后脸色铁青，扔掉了那根肉串——自己什么时候被一个乳臭未干的小子这么教育过？

他之前就喝了点儿酒，现下气血上头，当即抢起脚边的空酒瓶，站起来扬手冲已经转过身的容诗翊砸了过去。

容诗翊有点儿困，他满脑子都是回家睡觉，没怎么注意身后人的动作，直到旁边桌子有个客人惊呼一句："小心！"

容诗翊下意识地转过头去，刚好对上冲自己脑后方袭来的空酒瓶。

他条件反射般闭了眼睛，抬手便挡，下一秒，玻璃瓶破碎的声音响起，但他很确定这一下并没有砸到自己身上。

容诗翊试探似的睁开眼，先看见的是一截修长的小臂，还有顺着小臂的皮肤滴落的血。显然，正是它的主人替容诗翊挡了刚才那一下。

容诗翊怔了怔，随后抬起头，对上了一张熟悉的脸。

宋词此刻背着光，整个人站在阴影里，眉眼间带了些戾气。但他很快就收起那副神情，冲容诗翊笑了一下。

下一秒，他带着那抹笑意转身，沉肩顶在"瘦猴"的腹部，把正想回去的"瘦猴"顶出去将近两米远。

还挺厉害。容诗翊在心里赞叹一句，这一瞬间，宋词在他心中的形象立刻变得高大伟岸了。

那边，"瘦猴"龇牙咧嘴，跌在地上，他的同伴忙过去把他搀扶起来。

不远处就有个派出所，这事说起来也是他们不占理，自然不想把动静闹得太大，因此他们也没多跟宋词纠缠，只能自认倒霉，匆匆结账走人了。

原本紧张的气氛在那群人走后重新变得轻松了，周围有不少人朝容诗翊这边投来关切的目光。

宋词没太在意那群人的去向，他低下头，甩甩手上淌下来的血，而后便像没事人似的坐回了自己的位置。

容诗翊看宋词这样，皱紧了眉头。他原本是想走的，但好歹人家这伤是替自己受的，自己就这么走了，未免有些不厚道。

容诗翊想了想，追了过去，他拉开宋词旁边的椅子坐下，说："宋词，你受伤了。"

宋词挑挑眉，抽了一张纸，随便擦了擦手臂上的血迹，说："嗯，我看见了。"

展博川刚解决完最后一串肉，喝了一大口水，看着宋词手臂上的伤口，惊讶道："这么严重？我陪你去医院吧。"

其实宋词家里有私人医生，这点儿小伤回去处理也行，所以他并不打算接受展博川的好意。

可他刚准备出声拒绝，就被一阵手机铃声打断了。

展博川从兜里掏出手机看了一眼，他在看清来电显示后，突然睁大了眼睛，手忙脚乱地接通了电话，语气立马变得无比谄媚："嗯，是我，我跟宋词吃饭呢……"

一旁的容诗翊看这两人的态度，感觉自己一张热脸贴了冷屁股。他不大高兴地撇了撇嘴角，起身准备走人，谁知他刚站起来，就听到展博川挂断了电话，兴奋地跟宋词说："我女神找我打游戏，兄弟就不陪你了！"

容诗翊又被人叫住了。

"帅哥，你跟宋词认识对吧？我突然有点儿事，你能替我陪他去趟医院吗？"

他是八岁小孩还是不能自理啊，去趟医院还要人监护吗？容诗翊刚想回他，可话到嘴边又拐了个弯咽了回去。

宋词这伤是得算在他头上的，该陪，该陪！

但即便如此，容诗翊想起宋词那副阴晴不定的样子，还是征求了一下他的意见。

容诗翊别别扭扭地碰了一下宋词的肩膀，说："喂，要我跟你去医院吗？"

宋词正将手里沾血的纸巾丢到垃圾桶里，听见这话，他有些懒散地靠到了椅背上。

他像是在斟酌什么事情,片刻后,他心里有了打算,于是笑着露出他那颗虎牙来。

"容诗翊同学要带我去医院?"

容诗翊横看竖看,都觉得宋词这笑容假惺惺的,还莫名带给他一种即将要倒霉的感觉。

果然,下一秒,宋词用上了夸张的语气,感叹道:"天哪——这真是我的荣幸!"

容诗翊默默地翻了一个白眼,懒得理他。

等展博川走后,容诗翊带着宋词去了最近的医院。

宋词的小臂上有几处深浅不一的伤口,都是被啤酒瓶的碎片划出来的,急诊医生说问题不大,但还是要缝几针。

从进医院开始,容诗翊就跑前跑后没停过。医生缝针时,他也在一边看着,人家当事人宋词没多大反应,他倒是一惊一乍的,惹得医生把他赶了出去。

容诗翊失去了旁观的资格,只好拎着宋词的校服外套坐在急诊室门口的椅子上。

金属质地的椅子冰冰凉凉的,空气里都是不算好闻的消毒水味。容诗翊没忍住,打了一个哈欠,他揉了揉眼睛,朝着对面的白墙盯了一阵后,不小心睡着了。直到有人拍他的肩膀,他才迷迷糊糊地醒过来。

容诗翊有些迷糊,看到宋词的手臂上缠着的绷带,这才清醒一些。

他直接伸手拿过宋词手里的药单,说:"我去拿药,你等着。"

现在时间挺晚了,医院人也不多,宋词站在空荡荡的医院大厅,借着头顶的冷光灯,若有所思地看着坐在药房窗口前的容诗翊。

他有些玩味地挑了挑眉。

真没想到,这家伙不炸毛的时候,居然还挺靠谱。

容诗翊拿完药,转头就对上了宋词的视线,他自然不知道宋词在想什么,反正这家伙一肚子坏水,能憋出什么好来?

容诗翊抱着早早完事的心态,走过去把装了药的袋子丢进宋词的怀里:"拿好了,饭后三十分钟再吃,然后这期间别吃其他抗生素。"

宋词应了一声,容诗翊也没多在意。两人走到医院门口,即将分别的时候，容诗翎瞥了一眼宋词小臂上的绷带，有些不自然地摸了摸自己的耳朵，别别扭扭地说："那个……今天……多谢啊。"

虽然宋词这人是烦人了点儿，但不能否认的是，今天这个平日里相看两厌的死对头在危难时及时出手相助，还是令容诗翎挺感动的。

可惜容诗翎的感动并没有持续多长时间，因为下一秒，宋词有点儿茫然地"啊"了一声，像是才想起来有这回事："哦，我本来就看他不顺眼，顺手而已，不是特意帮你，你不用太感谢我。"

容诗翎："……"

容诗翎没忍住，翻了一个白眼，他狠狠地在心里吐槽了一句"狗嘴里吐不出象牙"，连带着开口时的语气都变得恶劣了："你家往哪儿走？"

宋词又露出一个痞气的笑，故意问："你要送我回家？"

"你想多了！我只是问问你要去的方位，好准确避开，以减少和你同行的时间！"

"那还真是遗憾。"

宋词装模作样地叹了一口气，他顿了顿，又看了一眼容诗翎那一副嫌弃的表情，心里便有了一个主意。

下一秒，宋词突然捂住自己的手臂，说："哟，容诗翎，刚才我没觉得，现在我突然发现这伤还蛮痛的！你说这可怎么办？我不会要一直这样痛下去吧？唉，没想到见义勇为的代价这么大。"

容诗翎被他的变脸速度惊呆了，哪能看不出他的意思："你刚不是让我不用太感谢你吗？我当真了。"

"我有吗？我怎么不记得了？"

容诗翎不用靠近都能听到这家伙肚子里的坏水咕噜噜冒泡的声音，反正今天横竖都是他理亏，就算是宋词"挟"恩图报，他也认了。

容诗翎叹了一口气，十分大方地道："说吧，大恩公，想让我做什么来报答您的恩情？我提前说好，犯法的事儿干不了，剩下的我尽力。"

"哦？"听见这话，宋词的眼睛里闪过一丝狡黠。

他认真地思考了一下，又活动活动自己的手臂："哟……我可能背不了书包了。"

合着您以前都用小臂背书包？容诗翎快被宋词气笑了，他点点头，咬着牙应道:"行,我帮您背!我给您当书童!"

"那真是太感谢你了,还有,我有伤在身,短期内学生会的很多工作我怕是也做不了,唉,这可怎么办才好?"

"短期是多久?"

宋词立马变脸,笑得露出虎牙来,说:"一星期。"

"好,我替你做。"

"真的吗?这可太好了。但容诗翊同学每天神出鬼没的,如果我找不到你,耽误了大事怎么办?"

容诗翊的拳头硬了,说:"一星期,在校期间我随时待命,随叫随到,行了吗?"

"随叫随到,做什么都行?"

"嗯!"

"成交。"

如果要用一个成语形容宋词现在的状态,容诗翊会选"老奸巨猾"。

他看着宋词脸上那不怀好意的笑,左思右想,总觉得自己这"生意"好像做亏了。

"来吧,容同学,加个微信,晚上我把我家的地址发给你,你明天早上七点到我家门口,没问题吧?"

说着,宋词拿出手机,点开了自己的微信二维码。

容诗翊配合他扫了码,顺便在心里算了一下时间,说:"不行,最早七点二十。我早上七点钟下班,赶不过去,再早没商量。您的恩情虽大,但优先级比不过我打工的热情。"

听见这话,宋词感到有点儿意外。

原来容诗翊这家伙总是神龙见首不见尾,是因为早晚都有兼职。

他斟酌了一下,委婉地问:"你很喜欢做兼职?"

容诗翊像看傻子一样看了他一眼,回答得倒挺坦然:"我不喜欢兼职,喜欢钱罢了。"

现在已经很晚了,街上空荡荡的,别说人,连过往的车子都没几辆。

容诗翊因为兼职长期睡眠不足,此时更是没忍住,打了一个哈欠。好在宋词这人还残存了一丁点儿良心,没有让容诗翊送自己回家的意思——因为他家的司机开车来接他了，看车标就知道车子价值不菲。

容诗翊看了宋词一眼，拒绝了他捎自己一程的好意，然后去路边扫码开了一辆自行车。

宋词坐在车上，淡墨色的车窗缓缓地升起，隔开了窗外的容诗翊歪歪扭扭骑车的身影。

容诗翊是一个言出必行的好青年，答应了别人的事就一定会做到。因此，第二天他忙完早餐店的工作后，连口水都没来得及喝，就火急火燎地往宋词家里赶。

一路上，容诗翊把自行车蹬得飞快，车链条都快转出火星子了，奈何宋词家离他兼职的地方实在太远，他紧赶慢赶还是晚了一分钟。

他到的时候，宋词已经在门口等着了，一起等待的还有一辆看起来还算低调的黑色轿车。

宋词家的位置虽然过于偏僻，但远有远的道理，因为他家是一座大得夸张的私人庄园，站在门口甚至能看见院里的人工湖，不远处还有一栋造型考究的房子。

容诗翊给自行车上好锁，叉着腰看看眼前壮观的庄园，再看看路边那辆车，最后视线才落到宋词的身上。几秒后，他那如同生锈的脑瓜终于转了弯："你不是有车接送吗？"

昨晚他又累又困，对宋词有司机接送这事根本没反应过来。

宋词点点头，十分坦然道："嗯，但你说要帮我背书包，我怎么好意思拒绝，来吧，一起上学。"

容诗翊咬咬牙，被气笑了："宋词，昨天去医院，真该让你多挂个脑科看看。"

帮宋词背书包的确是容诗翊答应了的事，他有苦也只能往肚里咽，但不坐宋词的车是他最后的倔强。

容诗翊一把抢过宋词手里的书包，背上后便准备跨上自行车潇洒离去，以证明自己是一身傲骨的七尺男儿。但感受到书包的下坠力后，七尺男儿迟疑了。

他难以置信地提了一下书包，再结合宋词自身的条件思索半晌，得出了一个最有可能的结论——"你往你的书包里塞金砖了？"

不然什么玩意儿能这么重？

"当然没有，我只是放了五本词典而已。"

宋词笑眯眯地拉开了后座的车门，说："上车吧。"

他说完，又多加了一句，语气活像骗白雪公主吃毒苹果的老巫婆："骑自行车去学校可远着呢。"

如果容诗翊足够倔强，他会选择现在就把手里的书包丢到地上，把它当成宋词踩两脚，再捡起来骑车离开。但他没有。

于是，容诗翊勉强勾起唇角，皮笑肉不笑道："行。"说完，他抱着宋词的书包，"忍辱负重"地坐到了后座。

宋词倒没什么反应，看容诗翊坐稳后，他才关上车门，绕到另一边上车。

司机老吴从后视镜里看见这一切，笑道："你们的关系真好啊。"

容诗翊被这句话戳中了心窝，他有些气急败坏地反驳道："不好！"

听见这话，宋词在旁边感慨道："容诗翊同学就是这样，慷慨大方、乐于助人，还主动帮关系不好的同学背书包，太善良了。"

容诗翊懒得理他。

宋词的书包压得容诗翊腿痛，他想不通，怎么会有人往自己的书包里装五本词典，这是年级第一的独特癖好吗？

他想了一路，直到车停在校门口，他才回过味来——宋词是在故意整他。

他们到校的时间点正是上学的早高峰，校门口挤着一堆人，再加上宋词和容诗翊都是校园里令人瞩目的存在，周围的学生很快就注意到了他们。

两人平时一起出现时都是在斗嘴掐架，但今早居然心平气和地从一辆车上走下来。

这是什么千年宿敌握手言和的奇特画面？更令人震惊的是，容诗翊身上的书包好像是宋词的——他居然在帮学生会主席背书包！

容诗翊接受了一路的注目礼，再看看身边笑眯眯当甩手掌柜的宋词，心里的闷气越来越多。

他刚准备发作，话还没出口就被另外一个人打断了。

来者是一个戴眼镜的女孩，好像也是学生会的，她抱着一个笔记本，有点儿兴奋地上前同二人打招呼："主席，容同学，早上好！"

容诗翊有点儿不自在，看向别处，只敷衍地"嗯"了一声。

宋词倒是对谁都挺热情，笑着应道："早上好。"

"早上好。你们一起来的呀？"

女孩大概是校报的小记者，浑身上下都有着对信息的敏锐。

"嗯。"当事人宋词十分配合地回答了她，还为她展示了自己小臂上的纱布，主动爆料，"我昨天受了点儿伤，虽然这也不碍事，但容诗翊同学得知后，特别热情地提出要帮我做事，还一大早去我家门口接我，抢着帮我背书包，他真是一个乐于助人的好同学。"

容诗翊在旁边听得差点儿喷出一口老血。

正好此时两人已经走到了楼梯口，容诗翊赶紧把肩上的书包取下来，准备开溜："行了，我回教室了，这点儿路你就自己背吧。"

三中的教学楼呈"H"形，高二一共十个班级，前五个班在左侧，后五个班在右侧。

宋词在一班，学校每次大小考他都是铁打的年级第一，容诗翊则在离一班最远的十班。两个班一头一尾，正好在教学楼的对角处，两人去教室的方向自然也不一样。

见容诗翊要走，女孩愣了一下，赶紧伸出手，说："主席不是受伤了不方便吗？我帮你……"

结果，女孩还没碰到书包的边角，就被身侧的人抢先了。

宋词一只手接过那个重量级的书包，十分轻松地单肩背了起来："没事，我自己来。"

说完，他还别过头看向旁边的容诗翊，特意提醒道："我还有很多事情需要容诗翊同学帮忙，所以，你努力学习的同时要记得看信息哦。"

他的笑容下藏的全是坏心眼，容诗翊忍了无数次才收起发硬的拳头。

以前，容诗翊觉得自己的高中生活还算快乐：每天在教室学习，课间补补觉，和老师同学插科打诨，挺自在的。现在，这些快乐因为一个叫宋词的人，统统化成了泡影。

大课间，教室喇叭里激昂的运动曲吵醒了容诗翙的美梦，他被吓得一哆嗦。萧凛拍拍他的肩膀，叫他一起去做课间操，结果却被他眼下那一圈青色吓到了。

"你昨晚偷鸡去了？没睡觉吗？"

"差不多吧，我昨晚兼职时遇见宋词了，陪他去了趟医院，到家时很晚了。"

"宋词？"

萧凛开动自己的脑瓜，根据容诗翙这短短的一句话脑补出了一场大戏，然后一脸惊恐地问："你跟宋词打到医院里去了？"

"啧，你俩也是'卧龙凤雏'。"

容诗翙懒得跟萧凛解释，他靠在椅背上，伸了一个懒腰，看教室里的同学都出门排队了也不急，还有闲心从书包里拿出手机看一眼。

果不其然，手机里有条来自"麻烦精"宋词的未读消息："容诗翙同学，劳驾来升旗台这边，记得带上笔记本。"

看着这行字，容诗翙的五官都皱到了一起，远看就像一根小苦瓜。

但不情愿归不情愿，他答应人家的事总不能食言。

容诗翙来到升旗台的时候，宋词已经等在那里了。此时的操场上，各个班级的学生集结成队，体育老师正拿着话筒维持纪律。

宋词看见容诗翙，笑得像只老狐狸，冲他招招手，然后带着他往人群末尾走，边走边跟个小领导似的交代："纪律委员的工作你知道吧？你跟在我身后，我说什么你记下来就好。"

容诗翙懒得跟宋词废话，只敷衍地应了一声，当他低头翻开笔记本的第一页时，才突然想起什么："我没带笔。"

宋词像看傻子一样看了容诗翙一眼，后者被这个眼神刺激到了，有点儿不服气："你只让我带笔记本，又没说带笔，我哪里想得到？"

"同学，你是小青蛙吗？一戳一蹦跶。"

宋词微微叹了一口气，伤感道："好，都是我的错，为表歉意，我的手指头借你，你可以咬破它写下一封血书，以控诉课间操的各种不文明行为。"说完，他还当真把自己的食指伸到了容诗翙的面前。

021

"走开！"

容诗翊拍开他的手，没好气地翻了一个白眼，自己跑到另一边，向高一年级的纪律委员借了一支笔。

跟那位乐于助人的纪律委员道了声谢，容诗翊刚准备去找宋词，转过头却发现他人已经不见了。

他环视一周，宋词不知道什么时候又站在了教学楼的大楼梯上，负责领操的体育老师正背着手，像是在和宋词商量什么事。

容诗翊没多想，跟了过去，但他才靠近，宋词就回头看了他一眼，顺便给了他一个老狐狸般狡黠的笑容。

很快，宋词指着容诗翊，跟体育老师说："我觉得他挺适合的。"

容诗翊顿时觉得大事不妙。

虽然他不知道这两人在说什么，但他很肯定，能让宋词笑成这样的事，绝对不是好事。

果然，体育老师冲他招招手："来，那个同学——对，就是你，今天缺个领操的男生，宋词说你合适。"

"啊？"

容诗翊还以为自己听错了，谁？让谁？让他站在这里被几百人盯着做广播体操？

他看宋词一脸坏笑，心中暴躁，他就知道宋词肯定是故意的！

容诗翊当场发怒："宋词！"随后，他打算撂挑子不干了，当他准备抬起手，硬气地把笔记本扔到宋词的脸上时，两边的音响就播放起了广播体操音乐。

"第三套全国中学生广播体操……"

体育老师没注意到容诗翊的挣扎，赶鸭子上架般把容诗翊拉到了最中间的位置："快快快，同学，要开始了。"

"我做得不够标准啊！"

"你就跟着你旁边的同学做，没事的。"

容诗翊感觉自己的世界失去了色彩。

台下几百个人齐刷刷地盯着他看，他看着体育老师真诚的表情，最终还是没忍心辜负老师的期待，强行说服了自己去领操。

容诗翊别过头,看着旁边女生的动作,开始紧张且艰难地跟着她的动作抬手、踢腿、转圈圈。

"哈哈哈,太好笑了,容诗翊好可爱啊!"

"我的天,太牛了。"

"快快快,录下来,这是人类早期驯化野生四肢的珍贵视频!"

"哈哈哈,你们太损了。"

你们笑得太大声了!容诗翊绝望地挥动着手臂,做着永远比音乐慢半拍的动作。

算了吧,一辈子也挺短的,很快就过去了。

他闭上了眼睛,好在此时广播操的音乐也到了尾声。

旁边笑得合不拢嘴的体育老师还不嫌事大,打开麦克风说:"来,让我们感谢小容同学的精彩领操!大家鼓掌!"

台下掌声雷动。

体育老师又把麦克风对准容诗翊:"同学,感觉怎么样?有没有什么话想和大家分享?"

容诗翊看了一眼体育老师,又把目光转向他身后抱臂站着的宋词,冷冷地笑了一声。

他一把抢过体育老师手里的麦克风,当着几百人的面喊了一句:"宋词,你就是个……"

可惜这句话并没有多少人听到,因为在容诗翊咆哮的时候,话筒的声音很快便被广播室的老师明智地掐断了。

"哎,你们说容诗翊喊的那句话后面到底是什么啊,真是让人好奇。"

"应该不是什么好听的话,不然老师掐断他的声音干什么。"

做完广播操往回走时,大家几乎都在讨论这件事,萧凛混在人群里,一路上听了不少奇怪的猜测,憋笑憋得很辛苦。

等他随着大家回到教室时,他那刚丢完脸的好兄弟正趴在桌子上,整个脑袋都缩在校服外套里。

萧凛赶紧上前"补刀":"好你个容容,怪不得你不跟我一起下楼,原来是瞒着兄弟自己闷声干大事去了!"

"你再多说一句,我今天就让你横着出这个门。"

容诗翊的声音闷闷地从校服底下传出来。

"嘿嘿,不敢不敢。"萧凛笑着,坐到容诗翊的身边,他忍了半天还是没忍住,问了一句,"哎,你是不是背着我接新活了?这是你的新兼职吗?宋词的小佣人?"

容诗翊发现事情似乎往奇怪的方向发展了。他坐起身,把脸从校服外套里露出来,面无表情地看着萧凛解释:"我昨晚遇到点儿事,他半路出现,替我挡了一个酒瓶子,手受伤了,作为回报,我答应当他一星期的跟班。"

"就这?"

"不然呢?"

"哇,你是没听到今天那些人是怎么笑你的!宋词这家伙坏着呢,这期间他肯定想法儿故意折腾你,我的傻容容,你被坑得好惨哦。"

"我都答应别人了,总不能出尔反尔吧?反正他折磨我也就这一个星期。"

容诗翊提起这个就犯愁,他皱着眉,从桌上拿起自己的保温杯,拧开盖子喝了一口水。

萧凛也不知道说什么好,索性跳过了这个话题。他拉开窗帘,往外面看了一眼,然后兴致勃勃地怂恿容诗翊:"今天天气挺好的,我刚看球场也没人,咱们去找华子他们打篮球吧?"

这话算是说到了容诗翊的心坎儿里,两人一拍即合,趁着上课铃没响,出门撺掇了九班的几个男生,一起去操场打篮球。

现在是中午,气温越来越高,几个男生在球场上出了一身汗。

他们打了一会儿球,实在受不了这热度,只好坐在阴凉处休息。萧凛去小卖部买了几瓶冰水分给大家,轮到容诗翊时,他却摇摇头,表示自己不需要。

"容哥是养生大户,要抱着保温杯喝热茶呢。"

容诗翊白了那人一眼,拧开自己随身携带的小保温杯,满足地喝了口热水,而后又从外套里掏出一个透明小盒,取了一颗草莓奶油糖,和着水咽了下去。

萧凛见状，笑嘻嘻地凑到容诗翊的身边，玩笑道："真是奇了怪了，你每天饭可以不吃，这小白豆一颗也不能少，这到底是什么啊？给我瞅瞅。"

"容哥，这不会真是药吧？"

说话的男生叫杨照，是年级有名的"交际草"。

"跟药一点儿关系也没有，你别瞎猜。"容诗翊懒懒地道，"作为良好青少年，别老胡思乱想，我们要把心思放在学习上。"

几个男生听见他这番话，笑了出来。

杨照终归没忍住，揭了一下容诗翊的伤疤："这就是您活力四射地领头跳广播操的原因？"

"去你的。"这事不能提，一提容诗翊就生气。

他放下保温杯，叉着腰，在原地来回走了两圈，最终像宣誓一样站在阳光下，对自己的兄弟们怒道："不提这个我还忘了，此仇不报非君子！等这一个星期过去，我，容诗翊，和宋词势不两立！"

他说完这几句话，看向萧凛和杨照他们，却发现这群人没一个接他的茬儿，不仅如此，他们的眼睛都不自然地望向了别处。

容诗翊在心里暗道不妙，他转头看了一眼，果然见宋词站在他身后不远处，笑眯眯地望着他。

这都快到上课时间了，好学生宋词不好好在教室里背单词，也不知道在这儿乱晃什么。

"您伤得那么重，娇弱得连书包都背不了，现在不在教室待着，跑操场来干什么？您不怕篮球不长眼，把您的小骨头砸断了？"

容诗翊原本就心烦，此时面对宋词更是没有好脾气。

"我等着你保护我呀，容诗翊同学，没想到你这么'关心'我，我真是太感动了。"

宋词这话说得不着调，却没耽误他从口袋里掏出记事本，点了点人数，十分铁面无私地道："一共五个人，打篮球导致上课迟到，就不扣你们的分了，反正你们也不长记性。换个方法，等会儿去教导处罚站，没问题吧？"

容诗翊难以置信地看向宋词："大哥，我们哪儿迟到了？真是欲加之罪,何患无辞,不带这么睁眼说瞎话的吧?"

可容诗翊的控诉只收获了宋词的一个笑容。

宋词沉默了三秒,三秒后,远处的教学楼传来了"动听"的上课铃声。

宋词的笑容更灿烂了:"好了,现在上课了,你们的违纪行为成立,你们还有什么想说的吗?"

容诗翊没话说了,只想冲上去扇这人俩大嘴巴子。

宋词这个小心眼的人,又借机报复他!

"宋词,我劝你别太过分了!"

容诗翊上手就要去抢宋词手里的记事本,结果对方很及时地后退一步,将记事本高高地举过头顶。

很可惜,虽然容诗翊的个头在男生里算高的,但和宋词比还是差了那么一点点。

看着被宋词高高举过头顶的记事本,容诗翊认识到一个残酷的现实——他够不到。

但这可不代表他认输了。

容诗翊用一种十分夸张的眼神上下打量宋词一遍,冷笑一声,说:"那你呢?上课铃声响了还没坐在教室里的可不止我们哥儿几个,天子犯法还与庶民同罪呢,同样都是迟到,学生会主席不自罚,是不是有点儿说不过去?"

"哦?"宋词挑了下眉,想了想,面不改色地点点头,十分大气道,"那一起罚。"

这和他想的不一样!

宋词看容诗翊一脸震惊,又加了一句:"容诗翊迟到,刚还公然挑衅弱小无助的宋词同学,罪加一等。正好今天缺人扫杂物间,那就交给你了。"

"你这是公报私仇!"

"嗯,你都要跟我势不两立了,确实是'私仇'。"

宋词冲他笑笑,随后瞬间收了笑意,冷着脸走了。

等到几个男生走到教导处所在的楼层时，宋词已经站在门口了。

容诗翊原本不想跟他站在一起，但奈何他那些兄弟没人愿意招惹宋词，最后还是把宋词旁边的位置留给了他。

他只能硬着头皮站到宋词的身边去，可他没站一会儿，突然闻到宋词身上有股怪怪的酒精味。

容诗翊不喜欢烟酒，闻不惯这些味道。他忍了又忍，最终忍无可忍，压低声音道："喂，你身上为什么有酒精味？"

宋词闻言，瞥了他一眼，自己拎起衣领嗅了嗅："你是豌豆公主吗？就是一点点消毒酒精喷雾，挥发得很快，味道早就散没了。"

"我信你？"容诗翊翻了一个白眼，拉着萧凛的袖子，把他拽过来跟自己换了个位置，"你闻闻，能不能闻到他身上的酒精味？是不是味道特浓，跟打翻了酒瓶子似的？"

"没有啊……"萧凛还真的凑近嗅了两下，"哦，好像是有点儿，但不是很浓吧，我凑这么近也就闻到那么一丝丝味道。"

"你的鼻子不行，杨照你来。"

"你们吵什么呢？"

正当几个男生为这事争论时，他们身后教导处的门突然打开了。王主任从里面走了出来，推推眼镜看着容诗翊他们："你们站在这儿干什么呢？"

容诗翊挺直身板，不卑不亢道："沉迷打篮球，上课迟到了，在罚站！"

"这么自觉。那宋词呢，你站这儿干吗？"

"我也迟到了，容诗翊同学要求我自罚以正风纪。"宋词十分坦诚。

"容诗翊让你自罚？够可以的啊，容同学。"

王主任笑了两声，而后拍拍宋词的肩膀，说："行了，下次你注意点儿时间。回去吧。"

容诗翊难以置信地瞪大眼睛，向王主任看去。

"看什么？！我可不是区别对待，宋词迟到是因为我让他去德育楼送了一份资料，你们几个臭小子是因为贪玩打篮球，一个是公事，一个是私事，性质能一样吗？"

王主任撇撇嘴,转身回了自己的办公室,还不忘叮嘱道:"其他人一人五百字检讨,写完再走。"

"砰"的一声,教导处的门重新合上了。

"哎呀……"

宋词迈着长腿,慢悠悠地走到容诗翊的身前,然后停下来,懒洋洋地伸了一个懒腰,最后拍拍容诗翊的肩膀:"小容同学,加油!"

容诗翊恨不得一口把宋词咬死:"宋词,你故意整我是吧?"

宋词冲他笑笑,露出了那颗小虎牙:"没办法,谁让你不聪明。"

几个男生在教导处门口站了一整节课,等他们终于写够五百字检讨,才回到各自的教室。

容诗翊和萧凛都在十班,十班学生的基础不好,虽然大家明着不提,但心里都默认十班是三中高二年级成绩最差的班级。

下午上物理课,物理老师拿着课本讲课,台下的学生默默坐着,容诗翊靠着墙壁,目光落在课桌上摊开的课本上,也不知道是在认真听讲还是在发呆。

物理课很快过去,下课铃响了后,容诗翊打了一个哈欠,想趴在桌上休息一下,突然他口袋里的手机振了一下,他打开看了一眼,发现是宋词给他发来的微信。

宋词:"容同学,我有个不情之请,麻烦你帮我送一下药盒好吗?我在天台。"

容诗翊挑着眉,跷起了二郎腿,打字说:"哟,你有求于我?可我不大聪明,不知道药盒长什么样,怎么办?"

宋词发了个句号,然后飞快地回道:"我跟我胳膊上缝了四针的伤疤一同起誓,容诗翊同学是三中最聪明的小红毛。"

毕竟三中只有容诗翊一个人拥有这么特别的发色,他这么说也不算骗人。

但容诗翊没想到这一茬,他心里满是宋词服软后胜利的滋味,于是勉为其难地"移驾"到了一班,按宋词的指示找到药盒后,再慢吞吞地将它送到了天台。

他觉得宋词可能还是在整他——明明药盒就在书包里,宋词不自己回去吃就算了，还要专门使唤他把东西送到天台，这是真把他当跑腿的了？

但容诗翊答应了他要随叫随到，现在也不好说什么，只能忍住暴揍他一万次的冲动，硬着头皮走到五楼，推开了天台的门。

此时不似早晨那般晴朗，天边不知何时压了浓重的黑云，在容诗翊推开门的那一瞬间，云层骤亮，传来一阵"轰隆隆"的雷声。

宋词站在天台边缘，听见有人过来，回头看了一眼。

他的眼尾较长，鼻梁弧度优越，加上黑色头发和白皙皮肤对比鲜明，整个人的气质显得凉薄又厌世。

平时这种气质被他时常挂在唇边的笑意减淡了很多，可当他没有表情的时候，整个人就会显得攻击性十足。

就像现在，宋词回头瞥了容诗翊一眼，容诗翊就被他吓了一跳。这天气、这表情、这氛围、这场地……宋词这家伙是受了什么重大打击，一时想不开，所以借着送药的名头诚邀他来当见证人吗？

宋词，你真的好狠。

容诗翊有些紧张，咽了一下口水，慢慢地走过去，眼睛紧盯着宋词，生怕宋词就这样当着他的面纵身一跃。

他的手在口袋里摸索着，终于摸出药盒递给宋词："你要的药。"

宋词点点头，没说话，只从他手里接过了药盒。

容诗翊一直盯着宋词的一举一动。他看见宋词接过盒子，看见宋词打开盒盖，看见宋词从里面拿出一颗小白豆……等等，拿出了什么？

容诗翊的大脑宕机了。

也就是这时，宋词把小白豆送进了嘴里，含着它，很快他发现了不对劲，因此有些疑惑，他微微挑眉，顺便递给容诗翊一个若有所思的眼神。

完蛋了！容诗翊现在只想立刻坐火箭逃离这个星球。

他的秘密暴露了！

天边的黑云压了过来，挟着由远及近的沉闷雷声。

宋词看着容诗翊，用舌尖仔细品味了一下口中的糖果，似是在确认什么事情。片刻后，他微微勾起唇角："草莓奶——"

"不许说！"

宋词的话还没说完，就被容诗翊打断了。

容诗翊一惊一乍的，像受了刺激一般，朝着宋词就是一个飞扑。

这可是在天台上，宋词真担心这人一怒之下拉着自己掉下去，然后双双坠亡。宋词觉得容诗翊现在需要冷静一下，于是一把抓住他的衣领，将人按在了地上。

容诗翊见自己如此轻而易举地被撂倒了，哪里能忍，挣扎着就要爬起来再战。可宋词正半跪着压制他的胳膊，他动不了一点儿。

容诗翊受制于人，还逃不掉，心里十分不甘，但他还记得宋词要吃药，于是摸摸口袋，把真正的药盒掏出来扔在宋词的身上，他气急败坏地说："吃你的药去吧！宋词，我警告你，这件事情你不许往外说！不然我……"

"你在威胁我？"

宋词的目光在容诗翊身上逡巡片刻，很快，他的目光一顿。

容诗翊刚才掏药盒的动作有点儿大，有个小东西跟药盒一起被带了出来，那是个粉粉嫩嫩的小包装袋，宋词捡起来看了一眼，照着包装袋上面的文字念道："粉粉小公主牌草莓奶油糖，公主的最爱，甜化你的少女心？"

"宋词！决一死战吧！"

"我不跟你打，我是学生会主席，要以身作则呢。"宋词眯了眯眼睛，说出来的话揶揄意味十足，仿佛气死人不偿命，"天哪，每天随身携带草莓奶油糖按时服用，你真的超爱！这包装袋诚不欺我，果然是'公主'的最爱。"

"你懂什么？！我是低血糖，所以每天都要吃糖！我对别的糖过敏，只能吃这个！"

"那当然了，'公主'当然只能吃公主糖，吃别的糖可不得过敏吗？没事，真的，我不笑你，哈哈哈……"

宋词说着说着，自己先忍不住了。他笑了两声，不等容诗翊再龇牙咧嘴，就优哉地打开属于自己的药盒，从里面取了一片药，直接咽了下去。

容诗翊见宋词这样，暗暗骂了一句，在心里计算着"暗杀"宋词的可能性，最后还是放弃了。他默默地从地上站起来，拍拍自己身上的灰尘，转身就走，不愿再分给宋词一个眼神。

按照宋词的"恶劣性子"和两人的糟糕关系，这人捏住了他的小尾巴，肯定转头就笑眯眯地跟人把这件事抖出去。

完蛋了，太丢人了，他不会被同学笑话吧？

思及此，他真的想换个星球生活。

容诗翊一路小跑回十班，踩着上课铃声回到了教室。

班主任张黎已经站上了讲台，她看容诗翊在座位上坐好，才敲了两下讲桌，说："下周一是本学期第一次月考，同学们可以努力一下往前冲冲，冲不上去的同学也别彻底放弃，万一也能提升排名呢。"

放眼整个年级，十班的成绩说一句最差也不为过，这么多次考试下来，平均分总是年级倒数第一。张老师对这次考试也没抱太大期望。

容诗翊坐在自己的位置上，托着下巴出神。身旁的萧凛看了容诗翊一眼，皱着眉嗅了两下，说："容容，你身上怎么一股奶油味？你背着我偷吃什么了？"

"吃吃吃，你一天到晚就知道吃！"

容诗翊现在对奶油两个字"过敏"，他真想把口袋里的糖全掏出来，塞进萧凛的嘴里，让他闭嘴。

萧凛看出自己的哥们儿心情不好，于是识趣地止住了话头。

容诗翊磨了磨牙，虽然他很愤怒，但该吃的糖不能停。他恶狠狠地从兜里掏出糖果，就着保温杯里的热水一起咽了下去。

糖是咽下去了，可气还没咽下去，容诗翊一怒之下打开手机，没有一丝犹豫，就将宋词的微信拉进了黑名单。

破宋词！

放学后，容诗翊没跟萧凛一起离校，而是先拿着扫帚去完成打扫杂物间的惩罚。

杂物间是专门留给犯错学生的惩罚区域，面积不小，容诗翊完成打扫从杂物间出来时，学校里已经没多少人了。之前天空的轰隆雷声带来一阵不小的雨，雨水冲刷在玻璃上，道道水痕扭曲了屋外的风景。急风带着几点雨滴从半开的窗缝刮进来，容诗翎感觉到了一丝凉意，临走前往身上套了一件校服外套。

他慢悠悠地晃到教学楼门口，脚步却在出口处顿住了。

门外狂风阵阵、暴雨倾盆，他没带伞，这么出去，估计一秒内就会被淋成落汤鸡。

容诗翎打工的烧烤店是露天的，今天的雨下这么大，老板没法营业，刚才就给容诗翎发了短信，让他今天休息一天，所以他今天晚上的时间空出来了。反正没事做也不赶时间，他索性坐在楼梯上玩起了手机，准备等雨停了再离开。

容诗翎放松的时候，喜欢玩些益智小游戏，"消消乐"就是他的心头爱，然而最近他被其中一道关卡困住了，打了好几天都没能通过。这会儿，他又对着所剩不多的步数犯难，斟酌了半天也没想好该往哪儿消除。

正在他纠结时，视线里却突然多出一根骨节分明的手指。

有人从他身边伸出手，替他点了"消消乐"中两个小动物的位置。

"喂，你！"

容诗翎不知道是谁在这儿捣乱，他皱着眉看过去，刚好对上宋词黑沉沉的眸子。

下一秒，"消消乐"连环消除的游戏特效声响起，任务进度条瞬间满了，容诗翎的手机屏幕上出现了亮眼的三颗星星。

"看你那么认真，不知道的还以为你在解决黎曼猜想。不愧是你。"

容诗翎听不懂宋词在说什么，但他能听出这家伙又在拐着弯说他不聪明。

容诗翎关掉了手机屏幕，冲宋词翻了一个白眼，懒得理他。

"你把我的微信拉黑了。"宋词站在旁边，上下打量他一眼，幽幽地提醒他。

这话不是询问，而是陈述。

容诗翎多少有点儿心虚，但还是嘴硬地回了一句："我想拉黑谁还得跟你报备?"

"一星期,随叫随到,是你说的。"

"我单方面毁约了,不行吗?"

宋词听见这话,轻轻地叹了一口气,状似无意道:"可以是可以,毕竟这是你的自由,但你要知道,我这个人呢,看见红色感叹号就不高兴,我不高兴了,可能就不能帮某些人保守秘密了。"

说完,宋词走到容诗翊身边,上下打量他一眼,随后抖了抖手里的黑伞,冲他笑了一下:"哟,容诗翊同学,没带伞啊?好巧,我带了。"

而后,宋词很潇洒地撑开了伞,在容诗翊的注视下走进了雨幕里。

容诗翊觉得宋词这人指定有点儿毛病。

他看着宋词的伞,不屑地"喊"了一声,但他停了几秒,脑海中缓慢回放着宋词离开前说的一句话,突然转过弯来了。

等等,保守秘密?

容诗翊的脑袋上仿佛有一个小灯泡立刻亮起,他也不管外面雨大不大了,直接小跑着追到宋词旁边,躲进了他的伞下。

他走在宋词身边,有些别扭地试探道:"喂,你……你没打算说出去吧?"

"'喂'是谁?我不认识啊。"

"当然是令人尊敬的学生会主席宋词同学。"容诗翊出卖了自己的"灵魂",奉承道。

"哦,这样啊。"

宋词摆起了架子,瞥了容诗翊一眼,随后像是毫不在意一般,道:"看我心情吧,心情好了,自然就闭嘴了。"

话虽这样说,但宋词还真没想过要把这件事说出去。他平时虽然喜欢逗逗这个容诗翊,但也没有恶劣到大张旗鼓地宣扬人家隐私的地步。

等等,所以他在容诗翊心中的形象到底有多不堪?

天空落下的雨滴忙乱地砸在伞面上,发出沉闷的声响。

不过容诗翊感觉宋词在他心里的形象突然伟岸了些,他心情颇好地在宋词前一步的位置倒着走,顺便拿出手机,把宋词的微信从"小黑屋"里放了出来。

宋词微微挑眉,看着容诗翊,大发慈悲地把伞向他那边倾斜了一点儿。

可天有不测风云,人有旦夕祸福,上一秒容诗翊还在认真地研究黑名单,下一秒,他就突然感觉自己一脚踩空,整个人失去重心,不受控制地向后栽去。

可能人失重的时候总想抓着点儿什么,比如容诗翊在跌倒的前一秒,就死死地拉住了宋词的衣袖。

等到容诗翊回过神时,已经和宋词一起摔在水坑里了,一时间激起很多水花。宋词那把黑伞则孤零零地躺在一边,接着一阵狂风刮过,它又往远处滚了两圈。

"容诗翊,你是有多恨我?"

宋词冷冷地笑了一声,略显狼狈地从水坑里爬起来,他站起来的时候,校服还往下滴着水。

"我说我不是故意的,你信吗?你看起来那样强壮、那样可靠、那样无坚不摧,我就顺手抓了那么一下。"

容诗翊也没比宋词好多少,他擦了下脸上的水,再抬眼时却见宋词看他的目光有些古怪。

他下意识觉得这人肯定没打好主意,刚想躲,可宋词快他一步,伸手在他的头发上擦了一下。

"啧。"宋词露出嫌弃的表情。

"咋的,你嫌弃我?"

"嫌弃死了。"

听见这话,容诗翊的暴脾气上来了,他当即不顾一切地朝宋词冲了过去。

"喂!"

宋词人傻了,容诗翊这家伙现在就像一条落水小狗,用湿漉漉的脑袋使劲往他身上蹭,在他白色的校服上生生蹭出一团团发灰的水迹。

"我是真的服了你。"

宋词咬着牙,恨恨地挤出几个字,很快就做出了应对举措。他飞快地脱下校服外套,用外套包住容诗翊的脑袋,接着起身往对方的屁股上踹了一脚。

容诗翊两眼一黑,屁股又被人踹了,整个人立马重新摔回了水坑里。

这下他身上可没有一处是干的了,他挣扎着再次爬起来,等他扯下宋词的校服,对方早已潇洒离去。

那人甚至还在远处停下来,面向容诗翊,屈着手臂弯下腰,做了一个十分标准的绅士礼。

容诗翊恨得牙痒痒,喊道:"宋词!"

对于普通学生来说,周末是难得的休息日,但对于容诗翊来说,周末是他打工赚钱的好日子。因为没课,所以他一天可以多接一两份工作。

容诗翊很小的时候,父母就离婚了,那个男人把情人接进门,把他们母子赶了出去。

他母亲容芷青曾经也是娇生惯养长大的,可惜家道中落,再加上丈夫背叛,她孤立无援,身边又带着一个孩子,一开始连份像样的工作都找不到。

容诗翊知道母亲很难,所以他一满十六岁就开始找兼职来做,到后来,他只要一有时间就把兼职工作排满,像是一个永远不会停止转动的陀螺。因为他知道,只要自己多赚一点儿,母亲就能轻松一点儿,他不怕累,只想帮母亲分担一些。

周六,步行街上的行人很多,昨晚下了一夜的雨,被雨水洗刷后,天空格外晴朗,空气里都是雨后清新的味道。

容诗翊穿着宽松的卫衣,戴了一顶黑色鸭舌帽,略长的头发从帽檐下翘起来,手里还抱着一摞传单。

到了下午,容诗翊手里的传单还剩一小半。他站得有些累,便把没发完的传单放到路边的石凳上,自己靠着电线杆,拧开保温杯喝了一口水。

片刻后,有辆黑色宾利轿车从他身前缓慢驶过。

容诗翊扫了一眼车牌,有些嫌恶地皱起了眉,然后立马转过身。他似是不想让车里的人看见他,但事情并不如他所愿,那辆车从他身前驶过后,过了一会儿又慢慢地退了回来,在路边停下。

轿车墨色的车窗降下，露出中年男人的脸，他有着和容诗翊相像的眉眼。

容诗翊没忍住，在心里骂了一句脏话，转身想走，却被那个男人叫住了："周诗翊。"

容诗翊的表情逐渐烦躁，他双手抱臂，没好气地反驳回去："我姓容。"

周远山现下不想跟容诗翊纠结这个，他皱着眉，上下打量了容诗翊一眼，开口时语气里带着上位者的傲慢："你不好好上学，出来做这些干什么？我给你的钱不够花？"

"你跟我有关系吗？我才不稀罕花你的钱。"

容诗翊可不给周远山好脸，说着，他像是想起了什么，低下头，从随身的包里抽出一张银行卡，像丢垃圾似的扔进了车窗里："钱都在这儿，一分没动。麻烦你赶紧拿着你的臭钱离开我的视线，少打扰我的工作。"

周远山的表情有点儿不受控的迹象，他刚准备发作，就被身边的女人按住了手。

女人名叫江雪，是周远山和容芷青离婚后再娶的女人。她看起来很年轻，一看就是费心保养过的，说话的语气也温温柔柔的，两三句话就哄得周远山的火气消了大半："远山，这个年纪的孩子最不懂事，你跟他计较什么。"

她说完又将目光转向容诗翊，笑道："小翊啊，难得遇见，你要不要跟我们一起吃顿饭？"

容诗翊才不吃她这一套，他冷哼一声，转移了目光，说："我就不去了，你们一家人聚餐，我一个外人跟着干什么？"

周远山只觉得这小子不识好歹，他懒得再搭理容诗翊，更不想因为容诗翊而影响自己一天的好心情。

他扬了扬下巴，吩咐司机开车，临走前，他用命令的口气给容诗翊留下一句话："你奶奶最近总念叨你，你有空去看看。"

这句话容诗翊倒是听进去了，他在心里琢磨着，抬头时，却发觉有道目光在直勾勾地盯着他。

那道目光的主人是坐在轿车副驾驶座的人，隔着半透明的玻璃，容诗翊能看清车里那个少年是周星熠——江雪的儿子。

容诗翊才不怕他，毫不客气地用冷冷的眼神回敬过去。

黑色轿车很快消失在车流里，烦人的家伙离开了，容诗翊从石凳上重新抱起传单，继续自己的工作。

过了一会儿，他感觉口袋里的手机振了两下，就摸出来看了一眼。

新消息来自宋词。

"你在哪儿呢？"

容诗翊原本不愿搭理他，但想了想，还是回了一句："兼职。"

"烧烤？"

"你对兼职的多样性一无所知，就不能有点儿新意？我在发传单。"

"什么时候结束？"

"发完就结束。"

"还剩多少？"

宋词这是在查他的户口？

容诗翊有些不耐烦，直接给宋词拍了一张手里传单的照片以增加可信度，随后他冷酷地回复："还有这么多，够我发到晚上十点，你别烦我。"

敲完这行字，容诗翊就收起了手机，不承想他刚把手机装回兜里，就看见远处监督他们工作的负责人气势汹汹地走了过来。

容诗翊暗叫不妙，原本他想装作无事发生，可他骗得了自己，却骗不了负责人那双尖锐的眼睛。

"工作时间玩手机？"戴着眼镜的男人绕着容诗翊转了一圈，一副凶神恶煞的模样，一句话就让容诗翊破了财，"扣一小时的钱。"

工作时间开小差本来就是容诗翊的错，所以他也没吱声，只觉得心疼，一想到手机那头打扰他工作的是宋词，心更疼了。

负责人原本还想再教训容诗翊几句，但手机响了，于是他撇撇嘴，放了容诗翊一马，自己往远处走几步，接电话去了。

容诗翊没再理他，一个人生闷气似的往下压了压帽檐，继续给过路的人递传单。

大概是他的长相比较出挑,他发放传单的速度比其他人都要快一点儿,传单递出去很少被拒绝,所以这份工作对于他来说还算轻松。

容诗翊低头整理着剩余的传单,却发现负责人又回到了他身边。

他微微皱眉,看了过去,意思是"有何贵干"。

他这回可没开小差。

可令他意外的是,刚才还板着脸的负责人此时已经换上了笑脸,那笑容似乎还带着一丝谄媚。

负责人搓了搓手,把传单从容诗翊手里拿了过来,他边掏手机边说:"今天就到这里吧,你可以走了。对了,刚才都是误会,工资还是按原来说好的价格给你。"

"可我的工时还没做够啊。"容诗翊一脸蒙。

"没关系没关系,你走就是了,下次如果你有兼职需求,请还考虑我们这里哦。"

负责人满面春风地给容诗翊结了工资,临走前还跟容诗翊挥手告别。

容诗翊在原地站了好久,有点儿没看懂事态的发展,直到手机铃声响起,他才回过神。

依旧是宋词的来电。

看见他名字的一瞬间,容诗翊就预感这件事肯定跟他有关。果然,刚接通电话,听筒里就传来宋词的声音:"现在你可以下班了吧?"

宋词的声音依旧低沉,不似以往带着笑意,而是带着些颓丧。

但容诗翊没注意这些细节,他只听明白了一件事——刚才的事情真的是宋词在背后搞的鬼。

"喂,你到底做什么了?"

"没什么啊,我看你的传单上在宣传净水器,觉得挺不错,就打了他们负责人的电话,买了一百台,应该没关系吧?"

容诗翊被噎了一下,说:"你家……居然大到能装一百台净水器?"

电话两端陷入了诡异的沉默,这下被噎住的人换成了宋词。

"我捐了。"

"哦,这样啊。"

人傻钱多的宋词同学为容诗翊争取了半天空闲时间,容诗翊自认没什么能报答他的，便声情并茂地说："天哪！宋词同学，您真是一个伟大的慈善家！请允许我和我的所有细胞向您表达由衷的谢意——"

可惜他的小作文还没讲完就被宋词打断了："行了，你的时间空出来了是吧？我给你发个地址，你过来一下。"

他就知道。

"我认为我有权拒绝。"

"随叫随到？"

"那是'在校期间'！"

宋词顿了一下，很快，他精准地找到容诗翎的痛点："你发传单的工资多少？你省下来的时间，我给你按小时结。"

容诗翎十分硬气地道："我不！容大侠怎可为五斗米折腰。"

"十倍。"

"地址发来，我马上就到。"

容诗翎觉得，既然宋词执意要拿钱砸他，那他不拿就太不礼貌了。

于是他挂了电话，就往宋词给的地址赶，他原本以为，宋词找他是要让他当苦力，或者又想出了什么整他的新花招，但等他到了地方才发现，那家伙要去的居然是电影院。

宋词今天穿着简单的黑衬衫，他背着光，慵懒地靠在电影院门口的石柱旁。

"宋词，你好无聊啊，叫我来就是花钱请我看电影？还给我按小时结钱？"

容诗翎一只手插兜，大大咧咧地走到了宋词面前。

"我乐意。"

容诗翎撇撇嘴，看了宋词一眼，发现这人似乎有哪里不对劲。他的心思简单，不会去想那些弯弯绕绕，此时也就十分直白地问了："你不高兴啊？"

"很明显吗？"

宋词扫了码，电影院里的机器便吐了两张票出来。

见自己猜对了，容诗翎骄傲地翘起了小尾巴："你这人什么情绪都

039

写在脸上,我一看就知道。"

"哇,那你好厉害,我好'崇拜'你。"宋词僵硬且毫无诚意地赞美了一句,随后他又走去柜台边,转头问容诗翙,"冰可乐?"

容诗翙冲他晃晃手里的保温杯,表示自己不需要。

见状,宋词弯唇笑了一下。

"咋了,你看不起热水?"容诗翙没好气地回了一句,问出了自己心里的疑惑,"我算是看出来了,你今天不高兴,所以想找个人陪你吧?那为什么不去找你朋友,找我这个不对付的人干什么?"

"你好玩。"

宋词给出的答案十分朴实无华。

"宋词,把快乐建立在别人的痛苦上是不对的。"

"你在我这儿怎么能是'别人'呢?再说了,我怎么舍得'公主'您痛苦。"

宋词的心情似乎真的变好了,脸上的笑容还是容诗翙熟悉的恶劣"配方"。

"去去去,你别恶心我,我烦死你了。"

"哦。"宋词点点头,伸手捏着容诗翙的后领,将他带进了检票口,"那你烦着吧。"

容诗翙是一个敬业的打工人,他有自己的原则,比如不能对老板太过无理,即使老板是宋词。

他乖乖地和宋词进了观影厅,但全程都保持沉默。这是一种被压迫者的无声反抗,用来表达他对"邪恶势力"的不满。

直到电影开场,容诗翙看着阴森森的开场画面,单方面结束了冷战,问宋词:"你选的是恐怖片?"

"嗯。"宋词淡淡地应了一声,随后状似不经意地问道,"你怎么这个语气?威猛帅气的容同学,你不会是在害怕吧?"

听见这话,容诗翙默默地把到嘴边的一句"我突然想起来还有点儿事"咽了回去。

他可不想被宋词抓到更多小把柄,嘴硬道:"怎么可能?你的容哥永远不会害怕。"

话是这样说,容诗翊却又往座椅里面缩了一点儿,顺便压下帽檐,把下半张脸埋进了领口,顺便把双手揣到了卫衣的袖子里。

容诗翊不喜欢看电影,也不喜欢鬼,现在这俩条件叠在了一起,时间对于他来说就显得尤为漫长。而最令人难过的是,看着这么阴森的电影,他还不能让宋词发现自己在害怕。

不过,宋词倒是看得津津有味,电影里的主角在尖叫哭泣,他旁边的人还打着配合,一个劲儿地吸气,生怕别人看不出他是强装镇定的胆小鬼。

宋词不自觉地微微扬起唇角。

这部电影的刺激场面无数,容诗翊被吓得一抖一抖的,等电影终于结束,观影厅的灯光亮起,容诗翊如获大赦。

他往外面走的步伐甚至有点儿急,一直等出了电影院才冷静下来。

"老板,电影看完了,我可以回家了吗?"

外面天已经黑透了,容诗翊把头上的鸭舌帽取下来,抓了抓有些凌乱的头发,又把帽子反着扣在了头上。

宋词低头看了眼时间,刚准备应声,却被另一个女声抢了先:"宋词哥哥?"

听见这一声娇滴滴的呼唤,二人双双转头向声源处看去。

不远处站着几个人,其中有个像白瓷娃娃一样精致的女孩子,有一头栗色鬈发,她正踮着脚冲宋词挥手。

女生确认了自己叫的人真是宋词,便跟身边的朋友说了些什么,然后赶紧往宋词身边小跑而来。

她没注意到宋词旁边的容诗翊,只看着宋词问:"宋词哥哥一个人出来的?很晚了,要不要一起吃夜宵?"

容诗翊虽然不太聪明,但也知道自己站在这儿纯属多余。他默默地往旁边挪了两步,随时准备开溜。谁知宋词早已看穿了他的小心思,一把将他拉了回来,顺便哥儿俩好似的揽住了他的肩膀。

"我不是一个人出来的,我已经和朋友约好夜宵了,抱歉,咱们下次再约。"

"怎么,我们约你出来你从来不应,他是谁啊?和他吃饭看起来一点儿也不香!"

女生的脾气也刁蛮得很,她一只手叉腰,一只手指着容诗翊说:"一看他就是一个臭烘烘的小流氓!"

"我香着呢!"容诗翊很不服气,但话到嘴边,他还是觉得另一件事更重要。

他什么时候说要和宋词一起吃夜宵了?

他转头看向宋词,说:"是啊,跟我一起吃饭不会香的,我可是小流氓!"

宋词没接容诗翊的话,倒是女生踩着她的小皮鞋,上下打量了容诗翊一眼,学着偶像剧里的女配角那样向他示威:"讨厌的小流氓,识相的话就趁早走开吧。"

容诗翊一听,便想踩着女孩给的台阶下,但身边的宋词捏着他的肩膀不放手,还冲他眨了眨眼睛。

容诗翊这下明白了,宋词有求于他,于是他清清嗓子,说:"您好,知书达理又温柔善良的大小姐,我和宋词是好朋友,如果我是小流氓,他跟我玩,那他也是小流氓;既然我们都是小流氓,当然该一起吃饭!"

身边的宋词听了,轻笑了一声。

对面的女生被容诗翊说得哑口无言,一时气得小脸通红,她跺跺脚,偏偏又想不出回击的话来,只得"哼"了一声,转身跑了。

她走后,宋词立马收回了搭在容诗翊肩上的手,解释道:"她是我父母朋友家的,小孩子心思,你别介意。"

"我有什么好介意的。不过她看起来挺崇拜你的,我刚刚会不会毁了你在她心里的伟大形象?"

宋词听了这话,想了想,有点儿欠揍地说:"崇拜我的人多了去了。"

容诗翊顿时翻了一个白眼,他低头看了眼时间,道:"我的业务是随叫随到,给你当挡箭牌是另外的价钱。"

宋词对此并不在意,毕竟他最不缺的就是钱,便说:"好说,那你再陪我吃夜宵,我给你一张空白支票都行。"

容诗翊发现了,宋词这人好像从来不会在言语上吃亏,接话那是一套一套的,这导致他被宋词欺负这么久,还从来没成功还击过。

他要气死了。

"你真是钱多烧的。"容诗翊咬着牙狠狠道。

"是啊,但有时候也挺烦。"宋词的眸色有些深,不知道为什么,他提起了另一个话题,"想交的朋友被人指指点点,还会多出很多需要维护的人际关系,比如刚才那个小姑娘,我跟她不熟,也没有深交的意思,但因为一些利益往来,家里需要我们这些小辈之间处好关系。说不定很多年后的某天,我的世界里还会突然跳出来像她这样我不太熟甚至不认识的人,变成我的未婚妻。"

容诗翊听着这话,若有所思地点了点头。

其实他能猜到,像宋词这种人,小到晚餐,大到要考的学校,甚至要娶的人,估计都是被家里早早就安排好的,这多半也是他今天心情不佳的原因吧。

"但你家这条件还需要商业联姻?"容诗翊多少有点儿不理解。

周远山家里也算有钱了,但也没夸张到能买得起宋词家那片庄园的地步。周远山都能赶走联姻对象扶情人上位,容诗翊不信宋词需要乖乖听家里人的安排。

"打个比方而已,谁又能说准以后的事?"宋词叹了一口气。

"哦——我知道了,你的生活不如意,所以拿我寻开心,你好狠的心。"

容诗翊故作凄惨地说了一句,他看着宋词那略显迷惑的表情,终于有了反击成功的快意。

他咧嘴笑了笑,拍拍宋词的肩膀:"我开玩笑的,我知道你不是这个心思,你就是性格比较欠揍。"

谢谢,他还真是有被安慰到呢。

宋词扯了扯唇角,刚准备说些什么回击,却又听容诗翊道:"但是,没人能要求你必须活成什么样子。就像我不喜欢吃西蓝花,就算我妈说它很有营养,我也一样不吃。这个比喻可能有点儿不恰当,我的意思是你要交什么朋友、考什么学校、娶什么人,只能由你自己决定。"

听见这些话,宋词一时有些愣怔。他想,如果有些事情真的像拒绝吃西蓝花一样简单就好了。

两人沉默片刻,就在这难得的和平时刻,容诗翊突然往旁边跨了一步,还抬手给自己扇风:"你能不能体谅一下我?我知道你有洁癖爱喷酒精,但我求你少喷点儿吧,我闻着真的有点儿难受。"

宋词看他那副样子,有些疑惑地挑了挑眉:"我出门时喷的,喷雾我都没带在身上。"

"那你身上还有味?这到底是什么酒精喷雾啊,留味这么久,简直比我家那口铁锅上的十年老锈还要顽固。"

宋词觉得自己好无辜,他笑了一声,说:"这都挥发几小时了,你还觉得呛人,我觉得你更应该反思一下自己吧?"

"走开!"

容诗翊在路口跟宋词道了别,然后骑自行车回了家。走到楼下的时候,他抬头一看,家里的灯已经亮了。

当年容芷青刚和周远山离婚的时候,手里没什么钱,只能带着容诗翊住最便宜的出租屋。后来他们陆陆续续换了几个地方,最后才在这里定居。

今天听宋词提到商业联姻的事情,容诗翊其实特别有感触,因为容芷青和周远山就是商业联姻。当年周远山被家里人订下婚约,娶了容家的容芷青,可在容芷青生下容诗翊后,娘家突然出了点儿事,周远山不仅没帮忙,还吞了容家的一部分资产。

后来,等容诗翊五岁的时候,容芷青和周远山就签了离婚协议书。他俩前脚刚离婚,周远山后脚就跟情人江雪结了婚,还从外面带回来一个名叫周星熠的儿子,但很不巧的是,周星熠的身体不大好,周远山和江雪也一直没能有二胎。

对于他们这样的家庭来说,有个合格的继承人非常重要,可周星熠的身体情况太差,又患有罕见的病,说不定哪天一不留神就生命垂危了。在这种情况下,即便周星熠再聪明乖巧,也注定不能成为一个合适的继承人。所以,周星熠在确诊病情后,周远山突然就对容诗翊殷勤起来,甚至还想让他改姓回到周家。

容诗翊只觉得恶心。

周远山不仅恶心,还自私懦弱。

容诗翎回到家里后，容芷青已经靠在沙发上睡着了，手里还拿着一本没看完的书。

他不想吵醒她，就轻手轻脚地拿了床薄毯给她盖上，不过她睡眠浅，一下子被他弄醒了。

容芷青的身上有种令人舒适的温婉气质，书卷气十足。她从沙发上坐起来，还有些困倦，她半眯着眼睛看向容诗翎，问："今天你工作得这么晚？"

"也没有，我跟同学看电影去了。"容诗翎简单解释了一下。

"嗯，挺好的。你这个年纪除了学习，也该多交朋友，不要操心工作和钱，妈妈养得起你。"

容芷青摸摸容诗翎的头发。

"我知道啦。"容诗翎笑着应了容芷青的话，和她道过晚安后就回了自己的房间。

他躺在床上，没什么睡意，就先看了一会儿手机。

等到他好不容易有点儿困意的时候，手机的屏幕顶端突然弹出了宋词的对话框，他点进去看了一眼，吓得瞬间清醒。

宋词分三次给他转了六千块钱，三个转账红包的备注分别是工资、人际、心理辅导师。

宋词果然是钱多烧的。

容诗翎看着那三个红包陷入了沉思，最后挨个点了退还。

"我之前是开玩笑的，我不坑你，你非要给的话，这次就免费吧。"

容诗翎打字时没多想，信息发出去后，宋词回了一句："为什么？"

"你不是心情不好吗？我就当陪朋友散心了，要是这样还计时收费，我成什么了？"

容诗翎看着自己发出去的这条信息，沉默了一下。

虽然宋词有时候很讨人厌，但这几天相处下来，他们已经挺熟了，容诗翎自动把他划入了朋友的范围，尽管他们几天前还是死对头。就是不知道宋词是怎么想的，如果他不认同，自己不就成小丑了？

容诗翎不想当小丑，所以他此地无银三百两地补充了一句："我没有说我们是朋友的意思，就是打个比方。"

那边，宋词看着容诗翊发来的两条信息，笑了。

片刻后，他的手指在屏幕上点了几下："我们当然是朋友。谁让你爱吃草莓奶油糖呢，对吧？"

"走开！"

第二章

空降十班

第二天是周日，容诗翊照常早起去兼职的早餐店打包餐品，然后又骑着车去给几个熟客送餐。等到七八点，他结束了早上的工作，就回家换了身衣服，接着去了城郊的别墅区。

昨天周远山离开前说的最后一句话提醒了容诗翊，他确实有段时间没去看望奶奶了。

周远山不喜欢容诗翊，在他还没和容芷青离婚的时候，偌大的一个屋子里，除了容芷青，就只有奶奶对容诗翊最好。奶奶有什么好东西都先想着他，容家垮台的时候，她也帮过容家。即使后来容诗翊被容芷青带走，她身边也有了周星熠这个小孙子，可她对周星熠就是亲昵不起来。

奶奶把一颗心都给了容诗翊，所以容诗翊对所有周家人都没有好脸色，除了奶奶。

奶奶没和周远山他们住在一起，自从容芷青和容诗翊走后，她就搬回了以前的老房子，闲暇的时候就浇浇花、看看书、养养猫，自在得很。

容诗翊到奶奶家的时候，奶奶正坐在阳台的摇椅上看书。容诗翊原本准备悄悄地走过去给奶奶一个惊喜，结果还没走两步就被她发现了。

奶奶推推鼻梁上的老花镜，看都没看容诗翊一眼："哟，这是谁呀，还知道过来看我呢?我还以为大少爷早就把我这个老太婆忘到脑瓜子后头去了。"

"哪能啊。"

容诗翊笑嘻嘻地凑过去,蹲在奶奶的摇椅边,伸手摸摸她膝盖上那只大橘猫的脑袋,而后轻轻地给奶奶揉着腿。

奶奶抬眸看了他一眼,笑得皱纹都堆在了一起。

她摸摸容诗翊的头,原本想继续看书,随后却像是注意到了什么,凑近容诗翊闻了一下,说:"你身上的油烟味这么重,又做你那小零工了?是不是周远山那个臭小子又亏待你了?"

"没有。"容诗翊哼了一声,倔强的模样像极了一头小毛驴,"我又不姓周,才不花他的钱,跟受人施舍似的。再说了,我有胳膊有腿,能养活自己,也能养活我妈。"

"你这小东西,犟死你得了。"

奶奶生气地拍了一下容诗翊的手,而后又放软了声音:"那是周家欠容家、欠你妈妈的,他有养你的义务,该给你钱。"

奶奶跟容芷青的妈妈是从小玩到大的好姐妹,当初她有多看好这桩婚事,后来就有多气周远山的所作所为。可她老了,儿子不听她的了,她能做的也只有搬出来一个人住,以示不满。

奶奶翻了两页书,想了想,又劝道:"星熠那孩子,周远山是宠他,但我看得出来,他嫌那孩子身体不好,不可能把家业交给他。我看啊,到头来,该是你的东西还得是你的。"

"算了吧。"奶奶的话,容诗翊左耳进右耳出,"谁要他的臭家业,我可没兴趣,他白送给我我都不要。"

奶奶见容诗翊实在是对这些事反感,也就不再提了。

容诗翊陪着奶奶看了半本书,临到中午,他做了顿饭陪奶奶吃完,就准备去做下午的兼职。

不知是不是这个地方比较邪乎,说什么来什么,他刚出房门,就遇上了不想见的人。

周星熠站在家门口,手里还提着礼物,此时见容诗翊从里面出来,便用一种极高傲的目光打量他。

他那傲慢的神态和惹人厌的目光，跟周远山真是一个模子刻出来的。

说起来，容诗翊和周星熠虽然流着一半相同的血，但相貌没有丝毫相似之处。

容诗翊的五官精致，是一种夺目且张扬的漂亮，再看周星熠，大概是身体不好的原因，他有种柔弱的气质，眉眼更像江雪，看起来温柔又无害。

当年周远山和容芷青离婚时，容诗翊已经五岁了，但周星熠只比他小一岁，其中有什么猫腻，明眼人都看得明白。

容诗翊每每想到这点，对周远山的恶心就又多一些。

"昨天你清高得不行，今天就觍着脸过来讨好奶奶，容诗翊，可真有你的。"

周星熠特意加重了"容"字。

"嗯？你说什么，我没听太清。"

容诗翊从台阶上走下来，他比周星熠高大半个头，微微扬着下巴看周星熠，语气轻松又随意："我奶奶想我了，我来陪陪她老人家。想必你今天特意拎着礼物来这儿，也和我是一样的意思吧？"

"我……"

容诗翊这话说得客气，但周星熠哪里能不明白，这人是在明晃晃地嘲讽自己。

因为他们心里都清楚，周星熠才是刻意讨好的那个人。

周星熠向来跟容诗翊不对付。

他讨厌自己这位名义上的哥哥，这人哪儿都令人生厌，他只喜欢这个头脑简单的家伙被自己戏耍时的样子，看对方过得不痛快，自己心里才开心。

但现在容诗翊长大了，也变得难缠了。

"我听奶奶说，上次你给大橘喂的猫粮，害大橘拉了三天肚子。"

容诗翊歪着头，看了眼周星熠手上拎的袋子，拍了拍他的肩膀："好歹叫我一声哥，哥提醒你一句，猫粮又买错了，大橘早就换猫粮了。还有，奶奶不喜欢吃燕窝，下次你别买了。唉，有些人当了十几年周家人，却连长辈的吃食爱好都不知道，还不如我一个姓容的外人，对吧,周少爷?"

说完这些,容诗翊没再搭理周星熠,一只手插兜,哼着歌骑上自行车走了。

离开时,他还听见身后人怒气冲冲摔砸东西的声音。

其实,容诗翊很多时候都不想理他这个弟弟,但那家伙总爱在他面前找存在感。

周星熠好像很怕容诗翊抢他的东西,比如父爱、家庭,所以面对容诗翊时,他就像只护食的小狗,但事实上他视如珍宝的那些东西,容诗翊从来没在乎过。

容诗翊哼着歌沿着主路往回走,途中他和一辆往里面行驶的轿车擦身而过。他瞥了一眼,总觉得那辆车有点儿眼熟,但他懒得去想,下一秒就把这件事抛诸脑后。

而车里,宋词看着车窗外一闪而过的人影,不由得思索起来。

他身边的唐诗没在意他的视线,她只拢了拢身上的薄款针织外套,对着镜子又补了次口红,同儿子宋词嘱咐道:"今天拜访的是周家的奶奶,你是第一次见她吧?"

"嗯。"宋词漫不经心地应了一声。

唐诗合上镜子,想了想,还是犹豫着提了一句:"周奶奶有个孙子,今天好像也在这儿,你一会儿对人家友好些。"

昨天她丈夫宋昱要宋词多带带朋友家的小姑娘,结果被这小子以一句"我'恐女'"拒绝了,父子俩揪着这事翻了好多烂账,发了好大一通脾气,彼此都气得不轻。

宋词"嘁"了一声,微微弯唇,心里产生了一个恶劣的想法,故意道:"我不仅'恐女',还恐所有正经人家娇生惯养的孩子,我就喜欢和不受管教的人混,就是我爸最不喜欢、最看不上的那种孩子。"

唐诗一时语塞,她知道自己儿子的脾气,于是很明智地跳过了这个话题。

当宋家母子敲门进屋的时候,周星熠正在客厅里弹钢琴,显得斯文又优雅,一看就是乖孩子。

唐诗就喜欢这种看起来乖巧的孩子,她有点儿期待地看向宋词,她的儿子不喜欢结交这些人就罢了，学学人家的温顺、乖巧总可以吧？她试图从他眼里找到一丝欣赏，可惜他全程都在看角落里那只伸懒腰的胖橘猫。

啧，她儿子好像对人类完全没兴趣，倒是对猫猫狗狗情有独钟。

唐诗放弃了，她整理好表情，笑着同周奶奶打了招呼："周老夫人，好久不见。"

"哎呀，小诗，快坐快坐。"

周奶奶看清来人是谁后，就拄着手杖从摇椅上站起来。周星熠见状，忙去扶她，而后得到了一句略显客气的"谢谢星熠"。

周奶奶拉着唐诗坐在沙发上，又看了看宋词，说："这是你家孩子吧？长得真俊。"

"你家星熠也好看，瞧着真乖，像个小天使似的。"唐诗笑吟吟地回应了，随后她碰碰宋词，向他介绍道，"这位是周奶奶，还有周奶奶的孙子，周星熠。"

虽然宋词刚才和唐诗说话时是一副顽劣的模样，但到了正经场合，宋词也不会给家人掉链子。

比如此时，他摆出温文尔雅的模样，礼貌地冲周奶奶点点头："周奶奶好。"

随后，他看向周星熠，冲他笑了一下："你好。"

唐诗一直想让宋词多结交些朋友，此时她望着周星熠，怂恿道："说起来，刚刚星熠的钢琴弹得真不错，我们家小词刚好也会一点儿，你们两个要不要一起弹一曲？"

对于唐诗的提议，周星熠为了礼数，自然是愿意的，宋词也不在意这些，便点头应了下来。

走到钢琴旁边时，宋词对周星熠做了"请"的手势，看他坐好后，自己才坐到琴凳边上的位置。

周星熠翻了两页琴谱，问宋词："你会弹哪些曲子？"

宋词冲他淡淡地笑了一下，语气带着恰到好处的冷淡，不会让人觉得难相处，却又带着些不易察觉的疏离："你选，我都可以。"

周星熠点点头，随便指了一首曲子。

因为家庭环境，周星熠需要结交各种各样的世家子弟，但其中多半是趾高气扬、嚣张跋扈的"二世祖"，周星熠自视清高，看不惯他们，可碍于父母的面子，还得跟他们赔笑脸。

他本以为宋词跟那群人没什么不同，但现在看来，宋词倒是知礼数尊重人的。

一首曲子很快结束，周星熠起身夸奖道："你的琴弹得很好。"

宋词不冷不热地笑了一下，说："你也是。"

说着，宋词低头看了眼手机，有些抱歉地对旁边的周奶奶道："抱歉，周奶奶，我突然有些事，可能得先告辞了。"

周奶奶并不在意，只说道："我知道你们年轻人比较忙，去就是了。"

宋词点点头，他拿外套时，对上了唐诗气愤的目光。宋词冲她撇撇嘴，意思很明显：琴已弹完，任务完成，仁至义尽，我先溜了，这朋友您自己交吧。

周一是三中高二年级月考的日子，所以十班的学生都早早地来准备早自习。

容诗翊坐在座位上，他的手里握了一支铅笔，正认真地擦掉手下自制的简易倒计时上的字迹，将数字从"3"改成"2"。

萧凛来得比容诗翊晚一些，他放书包时，瞄了一眼容诗翊的倒计时，问："这是什么？世界末日倒计时？"

"非也。"容诗翊冲他摇摇手指，"这是我逃离宋词的魔爪，重获新生的倒计时。"

容诗翊写完，还将那张写了倒计时的纸拎起来抖了两下，他左看右看，然后才满意地将它放进了笔盒里。

考试的座位是随机分配的，且都不是学生自己的座位。早自习结束后，容诗翊便带着自己的书和笔盒去了靠近后门的那个座位。

容诗翊在桌面上翻开语文书，想再背几句诗，结果才翻到要背的页面，就被人轻轻地拍了一下肩膀。

容诗翊下意识地转头看了一眼，见自己身后站了一个有点儿眼熟的女生。

他仔细思索片刻才想起来,这是上次给他送饮料的女生,好像叫苏锦柚,还是九班的宣传委员。

苏锦柚看起来有些紧张,她朝容诗翊挥了挥手,算作打招呼,然后动作飞快地往他桌上放了一包茶叶:"容诗翊同学,我打听过,你只喝热茶不喝饮料,所以……这个给你!"

容诗翊每次遇见这种事都觉得头痛。他跟苏锦柚没什么交集,更没说过话,要不是上次那件事,他连她是谁都不知道,他实在不明白这个小姑娘为什么要这样。

他拎起那包茶叶看了一眼,又还了回去:"抱歉,我真的不喜欢无缘无故收别人的东西。还有,我的成绩差,人也不聪明,啥也帮不了你,真的不是做朋友的好人选。我觉得,或许你可以试着换一个人。"

苏锦柚可没那么好打发,她靠在十班后门的门框上,问:"换谁?你给我推荐一个,如果是你倾力推荐的人,那我可以考虑一下。"

容诗翊听了,索性转过身,反着坐在椅子上,他的两只手支着椅子靠背,思考如何搪塞这个问题。

好巧不巧,正当他苦恼时,视野里突然闯进一个熟悉的背影。

容诗翊的眼睛一下就亮了,他从笔盒里随便找了一张纸,揉成团一丢,把它精准地砸在了宋词的肩膀上。

宋词被这么一砸,脚步顿住了。他单肩背着书包,弯腰将落到脚边的纸团捡了起来,说:"乱丢垃圾,扣一分。"

容诗翊早就对宋词的"普通攻击"免疫了,他没理这人,而是指着宋词对苏锦柚道:"找他,他是宋词,三中最优秀、最高大、最威猛帅气的学生会主席,还有钱,学习成绩一等一的好,智商高、情商高,爱好和品位都非常高雅!"

宋词微微皱眉,他听着容诗翊这如同推销的语气,大概能猜到这两人在聊什么。

他弯起唇角,轻轻地朝容诗翊扬了扬下巴,意有所指道:"你平时的喜好和品位也挺高雅。"

完了。

容诗翊自知踩到了宋词的危险地带,于是默默闭上了嘴巴,祈祷这个话题能快点儿过去。

一边的苏锦柚却来劲了,她眨眨眼睛,大着胆子问宋词:"喜好?他平时喜欢什么?"

"喀喀喀。"容诗翊重重地咳了三声,心虚地看了宋词一眼。

宋词装傻,还笑眯眯地问:"你的嗓子难受啊?"

"有点儿吧。"容诗翊咬牙道。

"多喝热水。"宋词拍拍容诗翊的肩膀,随后转向苏锦柚,回答了她刚才的问题,"是秘密。"

苏锦柚不服气,吐了吐舌头,朝两人告了别,自己回九班去了。

宋词倒是没走,他靠在十班的门口,捏着那个小纸团,低头把它展开,随后似笑非笑地看着容诗翊。

容诗翊心里觉得奇怪,把字条抢过来看了一眼。

这张皱巴巴的小字条正是他之前写的倒计时,之前萧凛看不明白这是什么,可宋词这个当事人心里肯定比谁都清楚。

所以,容诗翊不出意外又被取笑了:"日子有点儿盼头挺不错的。"

说完,宋词瞥到容诗翊桌子上的那本语文书,像是想起了什么,临走前留给他一句话:"明天考完最后一门,你来一班找我。"

"凭什么?"容诗翊没好气地问。

宋词挑了挑眉,指着容诗翊手里的字条说:"五以内的加减法我还是能算清楚的,二减一等于一,容老师检查一下?'随叫随到'还剩最后一天。"

十班众人都在忙自己的事,乱哄哄的,没人注意这边,直到考试的预备铃打响,班里才逐渐安静下来。

十班的监考老师抱着卷子走进来,宋词见状,冲容诗翊挥手告别,便从十班的后门离开了。

容诗翊看着他的动作,有点儿疑惑。

等等,宋词去的方向不是一班啊?

理智告诉容诗翊,不要去多管宋词的闲事,但他一向是嘴比脑子快,所以立马叫住宋词问道:"哎,你不在一班考试吗?"

宋词没回头,只是懒洋洋地答道:"我有点儿事,请假了。"

第二天下午是月考的最后一门考试，容诗翊对着试卷抓耳挠腮，半天也没憋出几个字。他从没觉得时间有这么难熬，直到考试结束的铃声响起，他才长长松了口气。

监考老师是最近来三中的年轻毕业生，她推推眼镜，收卷时看了一眼容诗翊的答题卡，叹了一口气，说："试卷怎么空这么多呀，不会写吗？"

"不会写。"容诗翊很诚实，他一看那些小蚯蚓似的物理、化学公式就头疼。

监考老师听了这话，又抬眸看看教室里其他死气沉沉的学生，有些无奈地摇摇头。

等下课铃响，试卷被收走，容诗翊立马把桌上的纸笔收拾好，背上书包慢吞吞地往一班教室的方向走。

十班和一班的教室在这层楼的对角线上，容诗翊还不想那么快就失去自己的"自由身"，毕竟谁知道今天宋词又想出了什么新花样来折磨他，晚到一分钟就少受一分钟罪，因此，他特意绕了最远的路去一班。

他一边哼歌一边缓慢地挪动步子，等他挪到楼梯拐角时，却在楼梯间里听见两个熟悉的声音。

"美女，给个联系方式呗？我从高一开学起就特别欣赏你。"

"骗子，你前几天才跟我闺蜜说了一样的话。"

"哎哟，交个朋友嘛。"

"我不。"

"要不这样，咱俩加个微信，以后你要送给容哥的东西，我替你转交？"

"真的？"

听着事情的走向有点儿不对，容诗翊及时地拐过楼梯拐角，果然在角落里看见了杨照和苏锦柚。

容诗翊清楚杨照的德行，这人就喜欢逗小姑娘，他的那点心思全校都知道。

一般情况下，容诗翊不喜欢管这种闲事，但他不想让苏锦柚因为自己而上这家伙的当。

"人家小姑娘不愿意就算了吧。"

容诗翊冲杨照扬扬下巴，随后拎起苏锦柚的后领，把她从杨照那边拉了过来，看向她问："你不是说要送我茶叶吗？东西呢？"

苏锦柚看得出容诗翊这是在替她解围，她十分配合，赶紧从包里翻出茶叶递给他："在这儿！"

容诗翊接过茶叶，把它放在手里抛了两下，冲杨照说了句"先走了"。

苏锦柚见状，立马乖乖地跟在他后面。

两人一起出了楼梯间，等到走得稍远些，容诗翊才友情提醒道："你多动动脑子，不要别人说什么话都信，没人能在我的事上帮你的忙，到时候你因为这个被骗，我可不负责。"

说完，他冲苏锦柚晃晃手里那包茶叶，说："这次我就收下了，下次别送了。"

"哦。"

苏锦柚点点头，又神神秘秘地笑了一下："那我不送了。不过，我们马上就不是陌生人咯。我这次考得不太好，等成绩下来，我马上就要转来十班了。"

"啊？同学，为了交个朋友不至于吧？不带你这样执着的。"

"说什么呢，我转班是因为不太能跟得上九班的学习进度，跟你一点儿关系都没有。"

"你最好是。"

"嗯……其实我还有一个问题。"

苏锦柚跳到容诗翊身边，歪着头看他，说："你为什么这么高冷啊？你看杨照他们这些在学校里稍微有点儿人气的男生，巴不得被别人众星捧月似的围着，就你不乐意让很多人接近。"

容诗翊还真没想过这个问题，他结合了一下刚才的话题，一边往前走，一边随口胡诌："其实吧，我特别崇拜那些学习好的学霸，跟他们在一起，我感觉自己的心灵都被洗涤了！那叫什么……谈笑有鸿儒，往来无白丁！近朱者赤，近墨者黑！所以啊，苏同学，你别想着向下堕落跟我做同班同学了，你得好好学习，变成一个学霸，到时候咱俩指定能成为很好的朋友。你一定要认真学习，一步步走向年级第一。"

苏锦柚被他前半句话震惊到了，整个人晕乎乎的，听见后面这句时更是煞有介事地点了点头。

她跟着容诗翊走了一路，直到容诗翊停下来，她茫然地抬头一看——这是一班呀！

她恍然大悟，看来容诗翊这是知行合一，毕竟一班有很多学霸！

容诗翊倒没注意苏锦柚还跟在自己身后，一班的班主任还在讲台上讲题，他就靠着教室外墙，等他们下课。

没过多久，一班的前门被打开，班主任从里面走出来，她看见门口的容诗翊，迟疑了一瞬，问："同学，找人？"

"啊，我找宋词。"

班主任听了，问："你找宋词干什么？"

是啊，找宋词干什么，我也很想知道啊！于是容诗翊轻轻地哼了一声，说："不知道，宋词让我放学来一班等他，我不敢不从，可能他是想跟我交流一下学习的问题吧。"

"啊？"

容诗翊不觉得这话有什么问题，但一班班主任显然不是这么想的，她神色复杂地看了容诗翊一眼，抱着讲义就离开了。

容诗翊不知道她为什么用奇怪的眼神看自己，但他也没多在意。

几分钟后，宋词的声音在容诗翊的旁边响起。

"这么早？"

容诗翊抬头看去，宋词斜斜地靠在墙边，单肩背着书包，面无表情地瞧着他，随后他目光一顿，看向了容诗翊身后的苏锦柚。

容诗翊注意到宋词的视线，跟着看过去，他没想到苏锦柚还在自己身后，问道："你还有事吗？"

苏锦柚本来还沉浸在容诗翊之前的那一番话里，此时被问话才回过神来，她咧嘴笑道："啊，没事，我什么事都没有。明天见啦，拜拜！"说完，她转身离开。

"你跟她一起来的？"宋词收回视线，随口问道。

"嗯。"容诗翊把苏锦柚送的茶叶装到书包里，宋词看见了，微微挑了一下眉。

他记得这是昨天早上苏锦柚手里拿着的东西。

"容诗翊,你不是不收别人送的东西吗?"

"这次不一样,这是……"容诗翊下意识解释,话说到一半,他反问,"关你什么事?"

宋词冷冷地笑了一下。容诗翊知道,只要这人脸上出现这种表情,那他下一句要说的就绝对不会是让自己高兴的话:"问问都不行?奶油糖也不是易燃物啊,你怎么一点就着?"

"你!"

容诗翊被拿捏了。

为防止宋词继续说下去,容诗翊很明智地选择了闭嘴。

容诗翊默默地跟在宋词身后,一路上,他都在猜测宋词是不是发明了什么折磨他的新方法,最后宋词在图书馆的角落找了一张空桌子,很自然地放下书包,坐在桌边,然后拿出了自己的作业。

容诗翊有点儿奇怪:"你让我给你当书童,伺候你学习啊?"

宋词想了想,说:"你怎么能这么想我呢?我这是想让你跟我一起好好学习。鉴于你没什么基础,今天就先背篇课文吧,《蜀道难》怎么样?"

"我没带语文书。"

"好说。"宋词从书包里找了一张纸,然后埋头写了一会儿,等他把纸推给容诗翊时,上面便是他默写好的完整的《蜀道难》,其中几个生僻字还被他贴心地注上了拼音。

容诗翊拿起来看了一眼,冷冷地笑了一声:"《蜀道难》?那是李白没见过你。伺候宋词才是难于上青天!"

他扫了一眼纸上的内容,接着叹了一口气:"宋词,你是真的很懂怎么为难我,唉……行吧!"

容诗翊也没多纠结,大方地拍了拍那张纸:"既然这是'宋扒皮'让'小佣人'做的最后一件事,那我也不跟你计较了。我背,但我需要你把时间宽限到明天,因为'小佣人'现在要去打工挣钱了。"

"烧烤店不是晚上十点才开门吗?现在才五点半。"宋词低头看了一眼时间。

容诗翊摇了摇食指,一副"你不懂"的姿态,说道:"晚上六点到七点,是我去便利店帮忙的时间。"

"啧。"

"大少爷,您不懂打工人小容的世界。"容诗翊认真地把那张写满课文的纸折好,他一想苦日子到了头,就没忍住露出了喜悦的神情,强调道,"哎呀,从今往后,你在一班,我在十班,应该不会再遇见了。这也没办法,咱们本来就是两个世界的人,所以,宋大主席,咱们江湖不见,各自安好啊!"

容诗翊的眼角眉梢都带着开心,像一只摇着尾巴的小狗。宋词看他这样子,一时欲言又止。

最后,宋词笑着点点头,说:"好,那就祝你……天天开心。"

"没有你的话,我会的!"

容诗翊朝宋词挥挥手,走远了。

他向来是说到做到的人,于是他在便利店工作之余,拿着那张纸念叨,这让店长看着觉得很稀奇,以为他是一个认真刻苦的好学生,倒把他弄得有些不好意思了。

他原本以为自己一小时就能把这篇课文倒背如流,可事实证明,他轻敌了。因为直到半夜该睡觉的时候,他还趴在台灯前跟它苦战。

容诗翊一脸烦躁,揉了揉头发,这篇课文他只能说是勉勉强强地记下了。

该说不说,宋词这字写得还怪好看的。

容诗翊一只手撑着下巴,把纸拿起来凑近看了看,而后他从桌子上找了一张纸,一笔一画地照着宋词的字临摹了起来。

容诗翊的字写得不好看,连工整都算不上,此时他照着宋词的字依葫芦画瓢,也就能勉强学个七八分像。

"小翊,你做什么呢?"

容诗翊的房门突然被人敲了两下,随后门被推开,容芷青端了一盘水果走进来。

她把果盘放下,看到了容诗翊放在桌上的纸,略微惊讶道:"这是你同学写的?字真不错。"

容诗翊一听就不高兴了，一副不服气的模样。他把自己那张纸也拿给她，像一只求夸奖的小狗："看我的，我也写了，不好看吗？"

"好看好看。"容芷青点点头，"这是今天的作业吗？"

"不是，我同学默写了一篇课文要我背。"容诗翊回答。

"这样啊。"容芷青一脸了然道，"是上次和你一起看电影的同学吗？"

"是他。"

"是女孩？"

"不是。"容诗翊知道容芷青这是想歪了，他顿了顿，故意道，"是一个臭烘烘的'坏人'。"

容芷青听他这样说，只是笑着摇了摇头，留下一句"早点儿睡"，她离开前还给他关好了门。

容诗翊继续临摹宋词的字，兴致一上来，他居然耐着性子写完了整整一篇《蜀道难》。

他越看越觉得满意，之后仔细对比了一下，感觉他写的跟宋词的那份也没差多少。

容诗翊开始骄傲了，急切地想和人分享自己的这份成就，他在好友列表里翻来翻去，最后点开了和宋词的对话框。

这种好事，自然要让经常压迫他的人知道！

容诗翊给宋词发送了一张图片，并说："你猜猜这是谁写的？"

另一边，正在用手机做题的宋词看见屏幕顶端弹出来的消息，原本不想理会，随手就滑掉，但他的指尖微微一顿，想了想，还是退出做题软件，切去微信看了一眼。

他点开容诗翊发的图片，看着上面那带着他的风格却又处处透着牵强的笔迹，陷入了沉思。

半晌，宋词面无表情地回复："哇，真美！天哪，我何德何能，在有生之年看到如此娟秀清丽的字迹，我要为它痛哭流涕，我要把它装裱起来，挂在床头每日膜拜，还要仰天高呼三声——'容诗翊，永远的神'。"

容诗翊心里骄傲的小火苗瞬间被浇灭了。

宋词，你是真正的敷衍大师。

三中的阅卷速度很快，第二天一早，月考的成绩就已经打印好并且贴在公告栏上，供学生们查阅。

容诗翊到学校门口时遇见了萧凛，两个好兄弟勾肩搭背，一路往教室的方向走，路过教学楼下的公告栏时，便看到那里已经围了不少人。

两人从人群外围艰难地挤到最前面，萧凛找到十班的名单，想看看自己的成绩这次有没有进步一点点。

容诗翊最不喜欢人挤人，他微微皱眉，只想快点儿离开这个地方，结果却听身边的萧凛发出吸气声，并疑惑地说："我没看错啊，这是十班的名单啊。"

"什么？"容诗翊听见萧凛这话，心里突然有种不妙的感觉，他也凑过去看了一眼。

他真的不愿意相信自己的眼睛，因为他在十班的名单首位看见了熟悉的宋姓同学的名字。

这宛如一道闪电劈在了容诗翊本就不太聪明的脑瓜上。

他凑近看了看那个名字，又再次确认标题就是十班，然后他又找到一班的名单仔细看了一遍，名单没有出错，也没有重名的。

好家伙，这个十班的宋词真是那个宋词，那个脾气古怪的"阴阳大师"！

在场围观的其他人显然也跟容诗翊有同样的疑惑："宋词不是在一班吗，这成绩表怎么把他的成绩印到十班去了？名单印错了？"

"没有。我听一班的人说，宋词主动向学校领导请缨，说自己身为学生会主席，要肩负起主席的责任，尽力帮助学习成绩不好的同学，整顿学校风气，所以才转去了成绩最差的十班。"

"天哪，他也太酷了吧。"

拜托，什么玩意儿？听见这个解释，容诗翊觉得自己完全可以怀疑宋词这家伙脑子被撞坏了。

他板着一张脸，这一瞬间，他觉得自己眼中的世界都灰暗了许多，一边的萧凛却在幸灾乐祸："笑死了，容容，你摆脱宋词魔爪的倒计时可以重新计算了，我帮你数数还需要多久啊……"

萧凛说着，还真的掰着手指头算了起来，最后他笑着宣布："哈哈哈，遥遥无期啊！"

"走开！"容诗翊没好气地回了一句，他深吸一口气，活学活用昨天背的课文里的句子，"你听我一句，'朝避猛虎，夕避长蛇'，我中午空闲的时间就用来躲宋词。人这一辈子，千万不要靠近宋词，否则，将是你人生不幸的开始！"

容诗翊说完，就不想再在这个伤心地多待了，他叹了一口气，想从人堆里挤出去，结果下一秒就愣在了原地。

因为他一转头，就看到宋词在他身后站着，这家伙双手抱臂，似笑非笑地看着他，压迫感极强："课文背完了吗？没背完的话，我不介意让你更不幸一点儿。"

容诗翊虽然对宋词已经免疫了，但看见对方还是有点儿心虚。

不对啊，都是一米八几的男子汉，而且他容诗翊已经是自由身了，心虚什么？！

想到这儿，容诗翊挺胸抬头，他输什么也不能输气势，说："你看不起谁呢？我背完了，倒背如流！"

"真棒。"宋词毫无诚意地夸了一句。

他比容诗翊要高一些，此时微微垂眸，正对上对面这人傲娇的小表情。

看着容诗翊这副样子，宋词实在没忍住，也不知自己怎么想的，鬼使神差地冲他来了个"喔喔喔"——像逗小狗一样。

这下容诗翊愣住了，连带着原本嘈杂的人群都跟着安静了。

他感受到周围几十道震惊中带着探究、探究中又夹杂着笑意的眼神，一时耳尖通红。

而"罪魁祸首"宋词的唇角还挂着点儿笑，下一刻，这人不着痕迹地稍稍后退一步，很明智地选择在暴风雨来临之前转身就跑。

"宋词！"

那天早上，围观群众除了议论学生会主席转班的事，还见证了主席和容诗翊那场绕教学楼跑了三圈的紧张刺激的追逐战。

最后，容诗翊扔了书包，一个如猛虎般的飞扑扑向宋词，两人便一起纠缠着滚进了绿化带的灌木丛里，断裂的树枝和碎叶沾了两人一身。

"喂，你俩干什么呢？"

正当二人致力于摆脱困境时，王主任端着茶杯路过这里，呵斥道。

"报告，摔倒了，起不来！"

"哦，这样啊。你们摔了没关系，就是我这灌木看样子活不了了。反正你俩喜欢这里，那下午就把这片地方打扫干净，给这些被你们压坏的小树、小草什么的浇浇水，捡捡垃圾吧。"

王主任对他们下了命令，又把他的小茶杯放到不碍事的地方，接着又折回来，撸起袖子，拉住容诗翎的脚腕往后使劲一拖："来，让你们敬爱的王主任来拯救你……"

"刺啦——"

很好，容诗翎知道自己为什么爬不起来了。

因为他的校服以一种极其诡异的方式和灌木的枝叶死死地缠绕在一起。王主任大力出奇迹，强行分开了容诗翎和树枝，也分开了容诗翎和他的校服。

他快速站起来检查了一下，发现自己短袖校服的腰侧部位被树枝挂开了一道很长的口子，风一刮，凉飕飕的。

"宋词，我上辈子是做了多少坏事，这辈子才被罚来认识你？"

容诗翎"啧"了一声，理了理衣服，他发现衣服上的破洞根本遮不住，更烦躁了。

没了容诗翎的束缚，宋词很轻松地从灌木丛里爬了起来。他拍拍裤腿上的灰，扫了一眼容诗翎校服上的裂口，没理会他的话，而是问："你的校服外套呢？"

"没带。"

"啧。"宋词微微皱眉，脱了自己的校服外套丢给容诗翎，"拿着。"

容诗翎虽然不大情愿接受宋词的救济，但他看看自己破掉的校服，还是觉得脸面要紧。于是他暂且把傲气丢去了脑后，认命地穿上了宋词的衣服。

由于这两人又追又闹，折腾了一个早晨，等他们捡回书包，再跟王主任保证下午会打扫卫生，最后回到十班的教室时，早自习已经开始五分钟了。

容诗翊喊了声"报告",又敲了敲门。他走进去时,发现讲台上站着的并不是班主任张黎,也不是他们班的其他任课老师。

但容诗翊记得这位老师的模样,她是那天监考理综的老师。

这位年轻的老师名叫云晴晴,是来顶替休产假的张黎老师做代理班主任的。原本让新老师当班主任是不太合适的,但其他老师排课紧,没时间也没精力去兼顾班主任的事务,学校就让云晴晴顶上了。

此时,云晴晴面对着这一群陌生的学生,又看看教室门口两个衣衫不整,甚至头上还挂着碎叶子的男生,开始有点儿头痛。但她也没有多问,还是让两人先回到自己的座位上。

十班的人不算多,教室里的座位并没有坐满,好巧不巧,容诗翊前座的位置就是空的,宋词自然就坐到了那个位置。容诗翊撇撇嘴,一脸嫌弃地坐在他后面。

同桌萧凛看了个新鲜,说:"可以啊,容容,够勇猛,你俩怎么就成这样了?"

"哼,我左一拳右一拳,揍得这家伙哭着大喊饶命!"

容诗翊故意用宋词听得见的声音吹大牛,虽然他描绘的画面很威武,但现实是人摔倒还卡在灌木丛里出不来。容诗翊越想越气,最后他拧了一把萧凛的大腿,压低声音道:"你还有脸吱声呢,你当时怎么一个人溜了,都不管兄弟的死活?"

萧凛被噎了一下,委屈巴巴地说:"是你劝我别靠近宋词,不然会变得不幸。"

容诗翊无语极了,心想那种时候您倒挺听话。

这时,云晴晴站在讲台上,清了清嗓子,开始说话。

"大家好,那么从今天开始,我就是大家的代理班主任了。不知道之前张老师有没有让大家组过学习小组?我来之前大概了解了一下,咱班同学的成绩都不大稳定,基础比较薄弱,平时老师讲的课可能听不懂,没有解决遗留问题,不懂的知识就越积越多,然后一直恶性循环。现在已经高二了,让老师从最基础的知识点讲起有点儿不现实,但如果每位同学以各自擅长的学科互相帮助的话,或许会很有效果。我们不妨试一试,同学们两两组队,互相帮助,一起进步嘛。"

云晴晴是第一次当班主任，她早就听说了十班的情况，昨天还熬夜写了如何让十班进步的小计划，想来想去好像都行不通，最后她还是选了最没新意但最有效的组队学习的方式。

她说得小心翼翼，还带着点儿小期待。可惜她的话说出去许久，也没收到正面回应，倒是有几个调皮的男孩笑道："没有啊，老师，我们明明很稳定——差得很稳定！"

"晴晴老师，互相进步有点难，但让我们'菜鸡互啄'倒是可以试一试。"

"别啊，咱们班不是刚来一个学霸吗？"

"怎么，你是觉得宋词带得动你，还是你能拖宋词一起下水啊？哈哈哈。"

教室里顿时掀起一片哄笑，云晴晴站在讲台上，有点儿无措。

容诗翊见状，有点儿烦躁。他重重地拍了两下桌面，扬声道："都安静点儿，老师还站着呢。我们十班的学习成绩是差了点，但又不是流氓。"

容诗翊说出这句话后，教室里果然安静不少。

云晴晴感激地看了他一眼，而后，她从桌上拿起这次月考的成绩单："我知道你们的情况，但几次考试成绩代表不了全部，无论如何也不能对自己失去信心。我们先试一试，好不好？从后面这位同学开始，是……是容诗翊对吗？有谁想帮助容诗翊同学吗？"

容诗翊没想到这件事首先就轮到了自己。

不远处有人压低声音议论，容诗翊注意到自己旁边隔了条过道的座位上，有人举起了手。

容诗翊有点儿意外，转头看了一眼，刚好对上苏锦柚那双大眼睛。

她还真来十班了啊。

容诗翊想了想，如果非要组队的话，他大概率会跟萧凛"菜鸡互啄"，但他俩成绩都不好，云晴晴显然不会允许，那跟苏锦柚一起，好像也不是不行……

容诗翊心里的算盘打得噼里啪啦响，然而就在这时，容诗翊前座那位也缓缓地举起了手。

065

接着,他就听见了宋词那假正经的声音:"老师,我可以。"

萧凛看热闹不嫌事大,赞叹道:"嚯,你这人缘不错啊,竞争挺激烈嘛。"

这应该是对他的肯定,他却高兴不起来,他心里已然拉响了警报,内心世界满是红色感叹号和求救信号!

"不行!"

容诗翊的反应极大,在云晴晴还没来得及反应时就猛地拍桌站了起来。

云晴晴看着刚才替自己解围的这个头发有点红的男生,对眼下的状况有些茫然。

是了,刚才这位同学是和举手的那个同学一起进来的,他们的关系应该很好,云晴晴觉得可以理解,所以她冲容诗翊点点头,表示自己知道了。

她想了想,又问:"举手的那个同学,你叫什么名字?"

"宋词。"

"哦,你就是宋词呀。"云晴晴若有所思,再次询问容诗翊的意见,"这位同学,你不愿意让宋词和容诗翊一起学习,那你跟宋词一起可以吗?"

教室里已经有人憋不住笑了,容诗翊扶着额头,多少有点儿无奈:"老师,我就是容诗翊。"

"哦哦哦,不好意思,我没注意这座位表没更新。我看看……你的成绩问题有点儿大啊,确实和宋词同学一起学习会比较好,宋词同学很厉害的,跟他组队不吃亏的。"

云晴晴循循善诱,但容诗翊可不是好哄的小朋友。

什么不吃亏,容诗翊答应跟他组队才是吃了大亏!

容诗翊已经打定主意要跟宋词井水不犯河水了,于是他看向苏锦柚,指着她向云晴晴争取道:"我想跟苏锦柚一起组队!"

苏锦柚心里暗自开心,她挺直腰板,努力想把手再举高一点儿,结果她突然感觉自己的斜前方有个人回头看了她一眼。

她心里突然有种不妙的感觉,于是默默地向那边看去,果然对上了宋词黑沉沉的眼睛。

宋词看着她，浅浅地笑了一下。

苏锦柚瞬间心里一凉，她有些僵硬地收回视线，放下了手，捂住脸，自知背叛友人罪孽深重，没忍心去看容诗翊受伤的表情。

容诗翊，对不起！我也不舍得抛弃你，但主席他……实在是太可怕了！

容诗翊目睹了苏锦柚这个"叛徒"背叛自己的全过程。他戳戳萧凛的胳膊肘，示意对方快闪亮登场——英雄救英雄的时刻到了！

没想到这家伙非常过分，直接伏在桌子上，用后脑勺对着容诗翊，也不知道是真睡着了还是不想变得不幸。

呜呼哀哉！

容诗翊知道自己永远叫不醒一个装睡的人，他第一次体验到孤立无援的感觉。

这下真的没人愿意和容诗翊组队了，云晴晴也心满意足地敲定了宋词和容诗翊的学习小组。大家都很满意，这个世界的伤心人只剩下容诗翊一个。

容诗翊感觉自己被世界抛弃了，他不会再爱了，他已经失去笑容和快乐了。

他颓废地趴在桌子上，可他身上的校服外套是宋词的，一趴下去，鼻腔里全是酒精味。

他赌气似的屏住呼吸，但也没能坚持多久，再吸气时，那味道更加汹涌地扑了过来。

容诗翊有点儿泄气，半合着眼睛发呆，这时萧凛转过身，他看着容诗翊的样子，问道："你怎么了？虽然我很理解你再次落入魔爪的心情，但即便如此，你也不能放弃希望啊！容容，你振作起来！"

"别说了，我是要被宋词身上的酒精味熏死了。"

容诗翊有气无力地举着手，将校服外套的袖口举到萧凛面前："他是天天住在酒窖里吗？"

萧凛神色复杂，嗅了一下，说："没有啊，就一点点消毒喷雾的味道，也没到熏人的程度。再说了，你闲得没事穿宋词的校服干什么？"

067

容诗翊懒得解释,他撩开校服的下摆,亮出了自己短袖腰侧那个破的口子。

萧凛一看,没忍住用手指戳了一下破的口子,然后被容诗翊无情地拍开了手。

"宋词虽令人不幸,但必要时,也有点儿利用价值。"容诗翊皱皱鼻子,回答了萧凛刚才的问题。

他知道宋词能听见他的声音,所以故意这么说。

果然,他这句话说完没多久,桌上便多了一个小纸团,是前座的人扔过来的。他展开一看,上面只画了一个微笑的表情符号。

容诗翊依葫芦画瓢,回了一个一样的表情符号,然后踢了一下宋词的椅子腿。

他们坐在教室的角落,这点儿小动作并不引人注意。

云晴晴刚组建完学习小组,确认了一遍名单没有遗漏,此时离下课还有十几分钟,她想了想,道:"我跟张黎老师一样是教语文的,咱们班的语文课代表是谁啊?"

这句话问出去许久都没有回音,云晴晴再次无措起来,过了一会儿,有人懒洋洋地说:"老师,我们班的语文课代表是每个小组长按周轮值的,没有固定的人选。"

"这样啊。"

云晴晴点点头,有点儿苦恼地说:"这样换来换去的有点麻烦,还是有位固定的课代表比较好,咱们班有同学想当语文课代表吗?"

这次倒是很快有人举手,云晴晴看过去,还是宋词。

宋词并不是自荐,他的声音不大,却足够让全班人听见:"老师,容诗翊有这方面的意向。他早看出了咱们班语文课代表职位轮换不稳定的问题,一直说对这个职位势在必得。为此,他昨天背了一晚上的《蜀道难》。虽然容诗翊同学这次的考试成绩不太理想,但他认真善良又有责任心,我相信他一定能胜任这份工作。"

宋词顿了顿,又补充了一句:"而且,作为他的学习帮手,我会好好监督他,帮助他尽到一个语文课代表应尽的职责。"

宋词这一番话说得情真意切,说得容诗翊本人都差点儿信了。

他疯狂踹着宋词的椅子腿,见反抗没用,又立马解释道:"不是!不是这样的!都是……"

完了,他该说什么?说课文是宋词逼他背的?那也太没面子了!

容诗翎权衡利弊一番,最终还是选择合起嘴巴、闭上眼睛,默默地承受这一切。

"小容同学的成绩我看过,虽然别的学科差了点儿,但语文成绩一直在一百分左右,在咱们班已经很优秀了。既然宋词这样说了,那就由小容同学来担任咱们班的语文课代表吧,大家还有其他意见吗?"

云晴晴似乎对容诗翎这个人选很满意,台下其他的同学也颇为认可,说:"没有没有,我们没有意见。"

这时候,宋词又朝容诗翎丢过来一个小纸团。那个纸团在桌上弹了两下,滚到了容诗翎眼前。

他打开一看,上面画了一个超级夸张的微笑表情符号。

好得意,好猖狂!

容诗翎真的恨透宋词了。

为了避免和宋词有太多接触,容诗翎一整天都绕着他走,中午还一个人去打扫了早上被他俩压塌的灌木丛。

这种憋屈的感觉令容诗翎很痛苦,他沮丧了一整天,整个人显得格外蔫。

到了下午,容诗翎莫名很困,提不起精神,一不小心迷迷糊糊地睡着了。

直到上体育课跑圈的时候,体育老师看着队伍里脚步飘忽的容诗翎,把他单独拎了出来。

体育老师打量着眼前脸色奇怪、眼神飘忽的男生,说:"容诗翎,你要是想睡觉,就别来我的课堂上。"

少年的皮肤很白,但现在整个人都透着点儿淡淡的粉色,眼皮也无精打采地耷拉着,像是下一秒就要睡着。

容诗翎人有点儿晕乎,反应也迟钝,他没听懂体育老师在说些什么。

他只感觉有点儿热,所以抬手给自己扇扇风,答道:"没有啊,我清醒着呢。"

"你还装呢,我刚刚看得一清二楚!"

"报告老师,容诗翊没有想睡觉,不过他确实从中午开始就有点儿不舒服。"

萧凛见状,赶紧出声帮兄弟解释。

"少在这儿打配合,你以为我瞎啊。"

体育老师说着,凑近打量了一下容诗翊,他脸上的绯红是不太正常。这时,容诗翊突然趔趄了一下,眼看着就要一头栽在地上。

"哎!"

体育老师被吓了一跳,连忙伸手去扶容诗翊。站在第一排的宋词看到了,走过来拉过容诗翊的胳臂,把容诗翊背在了身后,然后说:"老师,你先带大家上课吧,我带他去医院。"

医院里,药水的味道有点儿呛鼻。医生在单子上画了两道,拉开帘子走了出去,而帘子里躺着的是睡得正香的容诗翊。

"他没什么问题,就是过敏导致的轻微休克,睡一觉就行。"医生皱皱眉,顿了顿,"他是酒精过敏,但你说他从来不喝酒,这有点儿奇怪,他真没沾酒精?酒心巧克力也没有?"

宋词不记得容诗翊有吃这些东西,他沉默半晌,突然想到另一件被忽略的事:"我平时会用消毒酒精喷雾,但这点儿酒精含量也能导致人过敏?"

听见这话,医生恍然大悟:"那就对了。他是过敏体质,还是对酒精格外敏感的那一类。"

医生舒了一口气:"好了,不解之谜解开了,治疗结束。"

容诗翊迷迷糊糊醒过来的时候,已经是傍晚了。病房里没开灯,只有旁边的窗户映着天边的火烧云,染得整个病房里都是橙红色。

宋词正站在窗边打电话,他的声音有点儿低,但足够容诗翊听见:"我在医院。

"我没事。同学出了点儿事,我带他来的。

"不回去了,嗯,知道。"

容诗翎揉了揉眼睛,茫然地环视四周,才惊觉自己是躺在病房里。

是了,他的记忆就停留在被体育老师问话那里,后来呢?他晕倒了?

容诗翎自认为身体不错,别说大病,小感冒都几乎没有,可现在怎么到了要住院的地步?

他仔细地感觉自己的身体状况:头好像有点儿痛,身上也有点儿酸。

在接下来的短短五分钟里,容诗翎把他知道的所有绝症都在心里过了一遍,甚至连后事都给自己安排好了。

要知道,他不抽烟不喝酒,天天锻炼身体,从小就是养生大户,连垃圾食品都不怎么吃。这是因为他年纪小的时候看了太多这方面的纪录片,深知生命的脆弱,所以想尽力多活几年。

看来人各有命,有时候喝再多热水也没有用,该来的总会来的。

容诗翎在心里感慨着,等宋词接完电话走到床边时,看到的就是他这一脸悲壮凝望天花板的样子。

宋词抬手按向墙壁上的开关,刺眼的白光亮起,惹得容诗翎怪叫了一声,赶紧遮住了自己快被刺瞎的眼睛。

"你醒了?"宋词瞥了他一眼,然后在床边的椅子上坐下。

容诗翎深吸一口气,他已经做足了心理准备,开口问宋词时,语气仿佛是看淡了生死一般:"说吧,很严重吗?还有多久?"

宋词没理解容诗翎突然说这话是什么意思,但不理解归不理解,宋词还是顺着容诗翎的话,故作严肃地点了点头:"你放心,也不是什么大事,好好养着,还能活很久。"

容诗翎被自己不着边际的猜测冲昏了头脑,连宋词是什么人都忘到了脑后,只想到这是家属用来安慰重症病人的常见话术,一时心更凉了。

宋词抬起手,替容诗翎拉了拉被角,语气异常温柔:"你头痛吗?感觉怎么样?要不要再睡一会儿?"

容诗翎的心里更难过了,他把头别到一边,只道:"你就直接告诉我吧,医生说了什么?还能治吗?"

"医生说……"宋词的声音明显低了下来,显得有点儿伤感,"不用治了,没有治疗的必要。"

"你……"容诗翊居然有些哽咽,他深吸一口气,忍住含在眼眶里的泪水,"那你先别告诉别人。我现在能出院吗?我还有兼职。"

"你人都这样了,还惦记你的兼职?"

"是啊,我都快死了,钱攒一点儿是一点儿,不然连能留下来的东西都没有,我妈怎么办?"

"嗯,你说得对。"

容诗翊迅速调整好心态,他顿了顿,看向宋词,问:"我到底怎么了,是什么病?"

宋词的语气有点儿迟疑:"你真的要听?准备好了?这个结果可能是你接受不了的。"

"你说就行,我的心理素质很强大。"

"那行。医生的原话是……"宋词刻意顿了一下,然后轻飘飘来了一句,"你醉了。"

"什么?"

容诗翊有点儿不相信自己听到的话,他在脑海里又将这句话来来回回播放了无数遍。

"你在体育课上醉倒了,下午在病房里睡了一觉。"

这回容诗翊听明白了,但他十分不理解:"我又没喝酒,怎么会醉?"

"实不相瞒,是因为我校服上残留的消毒酒精喷雾。"

"宋词!"

宋词听见容诗翊咬着牙,一字一顿地叫了他的名字,于是笑着应了一声:"我在。"

"我恨你。"

想不通,容诗翊真的想不通,他说:"我真服了,我还以为我得绝症了呢!拜托,我不就闻了你那该死的酒精味,然后迷迷糊糊地睡了个觉吗,你把我送到单人病房干什么?这医院是你家开的啊,这么豪横?"

"确实是我家开的。"

宋词确实没有故意整容诗翊的意思,只是急诊那边突然来了一批人,有点儿吵,他嫌烦。医院这几天有空出来的单人病房,他就把容诗翊挪了进去，正好容诗翊也需要清静。

容诗翊无话可说，他自己在床上生了一会儿闷气，掀开被子就要下去。

宋词见他这样，抬手扶了他一把，问："你有感觉哪里不舒服吗？我是认真问的。"

容诗翊不留情地甩掉了宋词的手，嘴硬道："谢谢你的关心，我可是安安稳稳地睡了一下午，现在倍儿精神！"

其实容诗翊的头还有点儿晕，但不碍事。

他一直知道自己不能沾酒精，七八岁的时候，他跟着奶奶去周家聚餐，被周星熠骗进酒窖开酒喝，结果刚喝一口就倒在地上不省人事了。

当时医生就说他是过敏体质，并且对酒精格外敏感，轻度接触酒精就会醉得晕过去，重度接触甚至会导致休克，所以他平常连酒心巧克力都不沾。但他万万没想到，消毒酒精喷雾也会让他中招。

容诗翊很恼火，大概就像自然界的动物都有自己的天敌那样，他的天敌就是宋词，所以他俩哪哪都不对付，只要碰到宋词就准没好事。

容诗翊气了一晚上，第二天一早到学校，他又被萧凛和苏锦柚堵在了座位上。

"容容，你昨天到底怎么了？身体没事吧？你怎么看着这么沮丧？"

容诗翊懒得跟他们解释，总不能说自己是被消毒酒精喷雾熏得去了医院吧，这也太丢人了！

他只打了一个哈欠，说："问题不大，就是昨晚没睡好。"

容诗翊没什么精神，他撑着脑袋，盯着桌上的木纹发呆，身边的萧凛和苏锦柚还在叽叽喳喳，听着有些聒噪。

最后一节课时，云晴晴突然说要开个简短的班会，然后大概说了一下接下来几周的教学与活动安排。有个男生没忍住，出声问道："老师，七班和八班都开始准备文化节的节目了，为什么咱们班还不通知啊？"

听了这话，教室里的附和声一片。云晴晴站在台上有点儿尴尬，她推了推眼镜，语气里带了点儿小心翼翼："是这样的，咱们学校这次的文化节跟往常有点儿不一样，刚好撞上了年级大扫除，整体时间被压缩了一小时,所以学校的领导商量了一下,最后作出的决定是,取消十班节目的名额,毕竟往年咱们班的参与度不高,节目效果也……"

她自己也很内疚,说着说着,低下了头:"我有帮大家争取,但……"

"他们怎么能这样呢?"

一个又高又壮的男生站起来表示抗议,他叫马虎,平时性格就豪横,现在更是一万个不服气。

"不想参加跟不让参加能是一个性质吗?就逮着我们欺负呗。"

"是啊,凭什么,是我们不配吗?"

"真是好笑,张黎老师在的时候我们啥活动都没缺席过,怎么就这次不行了呢?"

台下的质疑声渐起,云晴晴才大学毕业不久,年龄不比这些学生大多少,根本没见过这种场面,她一时也不知道该说些什么来安抚他们,只能像个做错事的小孩一样,站在讲台上听着。

容诗翊有点儿听不下去了,他往后挪了一下椅子,椅子腿摩擦地面,发出一道刺耳的声响。

教室里的嘈杂声被这噪声压了下去,容诗翊懒散地出声:"刚刚老师不是说了,是因为时长问题,还有过往表现才取消我们的名额的,为难老师干什么?她又做不了决定。"

"你说得还挺轻松,可凭什么被踢掉的是我们班?这不公平!"

马虎一巴掌重重地拍在桌面上。

"凭什么?去年文化节咱们的诗朗诵烂成什么样你们不知道?你给学校添麻烦的时候怎么不想想公不公平?不想被不公平对待,平时就争气点儿,不想争气就在这种时候憋着别吭声,别在这儿无能狂怒。"

云晴晴很感激容诗翊的解围,她用力地点点头:"如果同学们能表现得好一点儿,比如下次考试进步一点点,我就有理由和学校争取了!"

她这句话说出来后,台下倒是安静了,只是大家脸上的表情都不怎么愉快。

十班的基础比较差,要他们进步,那可是比较难的,而且云晴晴口中的争取真的有用吗?他们不是很相信。

马虎的气没处撒,他重重地冷哼一声,看向容诗翊:"真是站着说话不腰疼。"

"是啊。"容诗翊回答得很坦荡，"但我也没有往老师身上撒气啊。"

"行，我们是可以为这事争口气，但这也不是一两个人争气就够的。你呢？你能做点儿什么？你的数学算得明白吗？到时候大家努力半天，要是因为某些人拖了一整个班的平均分，文化节还是没戏，我们成什么了，小丑吗？"

马虎这话虽然难听，却是事实，容诗翊一时也想不出反驳的话，不过在那之前，已经有人帮他回击了。

"某些人做好自己的事就行了，其他人不需要你操心。"

宋词微微扬着下巴，看向马虎，他的语气淡淡的，还带了一丝挑衅，一字一顿道："非要比成绩的话，不如来和我比一比？"

宋词这话一出，教室里一时鸦雀无声。要是换个人说这种话，恐怕早就被嘲笑不自量力了。

马虎被噎了一下，气势明显弱了不少："这是十班自己的事，倒也不用你这个外人插话。"

虽然宋词现在坐在这间教室里，但真没几个同学把他当十班的人，因为大家都知道，宋词跟他们不一样，他们中的部分人四门成绩加起来还没宋词一门理综的分数高。宋词到十班本就是"做慈善"来的，可不就是外人？

虽说容诗翊视宋词如"洪水猛兽"，但他可听不得这话："什么叫外人？少整那没用的，只要他宋词还在十班一天，他就是十班的一分子！是我——"

容诗翊的话说了一半，突然停下了，但话都说到这儿了，他看了眼宋词，还是咬着牙硬着头皮道："是我容诗翊的好兄弟！"

"嗯。"宋词微微弯起眼睛，看了他一眼，点点头赞同道，"好兄弟。"

那边，马虎被这一唱一和的两人堵住了嘴，他无处反驳，只好维持着自己最后一丝硬气，说："行啊，那你们好哥儿俩先给大家做个表率呗。"

宋词微微挑眉道："你说。"

听到"表率"二字，容诗翊有种不好的预感。他想在事态脱离掌控之前及时叫停这场辩论,但令人心痛的是,他还是晚了一步。

"容诗翊把这事说得那么风轻云淡,宋词对自己的学习伙伴又这么有信心,那就在下周的数学周考中让大家看到你们的实力,看看到底是真有本事还是在画大饼。"

下周?不行不行,他做不到!

容诗翊在心里哀号,并默默祈祷宋词拒绝这无理的要求,可惜天不遂他愿——

"行。要是容诗翊能做到呢?"

宋词瞥了眼疯狂给他使眼色的容诗翊,假装看不到他眼里的崩溃。

"那我就为今天对他的轻蔑和质疑给他道歉!"马虎只是脾气臭性子急,这种事还是能说得出做得到的。

宋词盯着他,微微弯起嘴唇应下:"好啊。"

这时下课铃正好响了,其他学生看够了热闹,陆陆续续出门吃饭了。

容诗翊在马虎离开后,失去了所有的力气。他瘫坐在椅子上,双眼无神地望着天花板,只觉得世界都变成了灰白色。

苏锦柚看到他这副生无可恋的样子,凑过来安慰道:"没关系的,容容,你进步十分也是进步啊!对自己有点儿信心嘛,你的学习小帮手可是主席哦!他带飞你肯定没问题的!"

"容容"这个称呼是苏锦柚跟萧凛学的,容诗翊原本觉得这个名字太肉麻,但萧凛死活不改口,他听着听着,也就慢慢习惯了。

"你以为这是打游戏能'躺赢'啊,考试他怎么带飞我?还不得靠我自己学!受伤的还是我!"

说着,容诗翊幽怨地看了她一眼:"还有,正因为是他,我才愁。他为什么那么顺利地成了我的小帮手,你还记得吗,小叛徒苏锦柚同学?"

这家伙开始翻旧账了,苏锦柚心虚地吐吐舌头,对着宋词和容诗翊比了个加油的手势,赶紧跟萧凛逃离了教室。

这两人走后,容诗翊像是彻底泄了气的皮球,趴在桌子上。他长长地叹了一口气,幽幽道:"这是干吗呀,一开始不是在跟文化节较劲吗,最后干吗把我扯进去了?"

"枪打出头鸟。"

"那能怎么办呢，就看着他们对小老师开炮？这都是什么事啊。"

"嗯。所以你管了这事就认命承担后果吧，不过事情也不算太糟，毕竟你身边还有我这个大好人帮你的忙，不是吗？"说着，宋词顿了顿，似笑非笑地唤道，"容容？"

听见这个称呼，容诗翊猛地一激灵，整个人都精神了。他立马坐直身子，一脸惊恐地抓住宋词的衣袖："我求求你了，别这么叫我，我已经很痛苦了，请您放小人一条生路。"

不知道为什么，这两个字从宋词嘴里说出来，莫名其妙就带了"惊悚"的效果，令容诗翊感觉很不自在。

宋词微一挑眉，看着容诗翊的眼睛说："为什么我不能这么叫？"

"换一个称呼吧，你跟萧凛他们叫一样的多没意思，一样的称呼怎么能表现出咱俩不一样的真挚友谊。"

"我可看不出来你对我有多真挚。"

宋词夸张地打量了他一眼，冷笑一声，没再理会他。

晚自习课间休息的时候，宋词着手准备他学习伙伴的补习计划，于是他要来了容诗翊上次考试的数学试卷。

他原本是想看看这人成绩上的缺陷在哪儿，结果只看一眼就陷入了沉默。

几秒后，他把答题卡重重地拍到容诗翊的桌子上："容诗翊，你能不能告诉我，试卷上一共十二道选择题，一道题都不会做可以理解，但一道题有四个选项，四分之一的概率一共能猜十二次，你一次都没猜对？"

容诗翊正跟萧凛玩打手游戏，玩得正起劲，他抽空扫了眼那张卷子，眼神里带着些微的不屑，他大手一挥，说："我也觉得我的运气差到天怒人怨，其实我会做第一题，真的，我每次都能做对。"

宋词看着第一题旁那个亮眼的红叉，说："那想必您这次是故意选错的？"

"不，这次确实是我做错了。"容诗翊很诚实，他一边跟宋词说话，一边还仔细观察萧凛的动作，话音刚落，他眼疾手快地在萧凛的手背上拍了一下，"哈哈哈，你太菜了，来来来，换你打我了。"

"算你走运，我刚才是大意了，没有躲，再来！"萧凛揉揉自己被拍得发红的手背。

"哈哈哈,你打不到!"

"你肯定提前躲了!"

"我没有,是你菜。"

"走开啊……"

宋词面无表情地看着嘻哈打闹的两个人,片刻后,他屈指敲了敲桌面,笑眯眯地问:"萧同学,能跟我换个座位吗?"

容诗翊的笑容僵在了脸上。

半秒后,他迅速正襟危坐,看着桌面上的试卷,严肃地说:"您讲,我听着。"

但还是晚了,宋词并没有收回刚才那句话的意思。

萧凛原本还想为自己的兄弟坚守底线、绝不换座位,但对上宋词那笑眯眯的表情,他瞬间就屈服了。

"当然可以!"萧凛立马从自己的座位上站起来,离开前他还声情并茂地补充道,"您请。"

容诗翊对他这副"狗腿子"的做派目瞪口呆,他感觉自己被抛弃了,满腔的愤怒无处说,只能化悲愤为脚力,一脚踹在萧凛的屁股上。

宋词正好走到容诗翊的身后,看见他的小动作,笑了一下,抬手拍拍他的肩膀,说:"消消气,容诗翊同学,麻烦给我让让。"

容诗翊像触电似的缩了一下肩膀,他完全失去了刚才踹萧凛的气势,默默地把椅子往前挪了一点儿。

宋词坐在容诗翊的旁边。当宋词经过时,容诗翊特意嗅了一下,原本他还盘算着要以闻到宋词身上的酒精味会醉的理由赶对方走,但今天他居然什么也没闻见。

"你今天没喷酒精?没洁癖了?"容诗翊有点儿意外。

"嗯。"宋词漫不经心地回应,随后他带了些笑意道,"你不是总嫌那味道难闻吗?我就顺便在消毒之后用了点儿除味的东西。这还不是怕我的消毒酒精味影响到容老师学习的热情。"

"喊,你别动啊,你这玩意儿有用吗?我怎么不信呢。我跟你讲啊,只要被我闻见一点儿味道,你就给我走远点儿,让萧凛回来!"

容诗翎把椅子拉得离宋词近了点儿，随后按住宋词的肩膀，把脑袋凑了过去。

宋词虽然诧异，但他没躲，任由容诗翎抓着他的衣服嗅。

他看出来了，容诗翎很认真地在"吹毛求疵"。

宋词微微挑眉，道："容诗翎，我怀疑你在故意找我的错误来排挤我，你知道这叫什么吗？这叫霸凌。"

"谁霸凌你了？你少给我扣帽子，我就检查一下你身上有没有能威胁到我身体健康的东西而已。"

"本人不做吃亏的买卖，你让我幼小的心灵受到了伤害，你得补偿我。"

"什么？"

"给我一颗糖。"

宋词用言语把自己打造成受害者，行为上可是一点儿都不客气。他敏锐地察觉到容诗翎打算跑路，便一只手按住他的肩膀，另一只手去摸他的口袋。

下一秒，宋词就碰到了容诗翎用来装糖果的小盒子。

宋词以前对奶油糖根本不感兴趣，但他知道容诗翎在吃这种糖后，感觉这种甜腻味道能让人的心情变好。后来他也尝过草莓味的奶油蛋糕，可那个比起容诗翎的草莓奶油糖还是差远了。

"宋词，不带你这样的！"

容诗翎被宋词这一下弄得鸡皮疙瘩起了一身，他被宋词按着，根本使不上力，还得分心思护着自己的糖果盒。最后僵持半天，还是宋词先松的手。

他完全没有意识到自己刚刚抱怨时发出的声音在教室里显得格外突兀，这导致他一抬头就发现教室里的其他人都在以一种极其震惊的目光望着他们。

什么？宋词和容诗翎这两个死对头居然在教室的角落里一起说说笑笑、打打闹闹，这正常吗？

苏锦柚见了，表情更是一言难尽，她斟酌了一下用词，然后小心翼翼地问道："容容，原来你跟主席私下里关系还挺好呀？"

079

"哪里好了？！"

容诗翊正在气头上，他摸摸自己的口袋，确认他的糖果盒没被宋词夺走才松了一口气，而后他没好气地否认了这个问题。

一旁的宋词听了，微微挑眉，隔着容诗翊问苏锦柚："苏锦柚，你喜欢草莓味奶……"

容诗翊顿时像一只被踩了尾巴的小狗，他一把揽住宋词的肩膀，硬是昧着良心道："我刚才开玩笑呢！其实我俩的关系可好了，我最崇拜宋词了！"

"真的？"宋词的笑意深了一些。

"真的！"容诗翊用力地点头。

"有多崇拜？你多夸几句。"

容诗翊笑得很勉强："特别特别崇拜，崇拜到晚上做梦梦到你都会哭醒，然后质问自己一百遍，明明都是人，我为什么就不能像你一样优秀。"

好好好，容诗翊这是彻底不装了，把宋词直接从对头变成偶像了。

"吃瓜群众"对事情的发展感到十分迷茫，还有个看热闹的趁机打趣道："我前几天还听说容哥追到一班缠着宋词给他辅导功课呢，隔天人家大学霸就来我们十班了。他俩这是把我们当外人呢，表面上水火不容，背地里早就称兄道弟了。容哥不会还瞒着我们偷偷学习吧？怪不得那天容哥跟马虎呛声的时候答应得那么爽快，原来早有准备。"

"啥？"容诗翊眼睁睁看着事情的走向越发离谱，他想解释却又不知从何说起。

晚自习结束后，容诗翊把自己的东西收到书包里，拍拍萧凛的肩膀，说："我有兼职要做，先走了。"

"哦，去吧。"萧凛点了点头。

"这就走了？"宋词问。

"干什么，不让走？你还想让我留堂啊？"容诗翊没好气地说道。

"不，我跟你一起走。"宋词两三下收好桌上的文具和书本。

"啥？"

"我给你补习数学。"

"不要，明天再说。"

容诗翊的态度十分决绝，他背上书包转身就溜，可刚迈开一步就被宋词拽住了。

宋词的眉眼里带了些忧伤，他轻轻地叹了一口气，语气做作地说："刚刚你还说崇拜我，不理睬你的时候你追我到一班，现在我来了你又开始嫌我烦，可能人性就是这样吧，轻易得到的就不会珍惜，原本珍惜的又被弃如敝屣，到头来，终究一切都成空。"

"什么？"

"容诗翊，你的崇拜真是廉价啊！"

"啊？"

为了防止宋词再说些让人酸掉牙的话，再造出离谱的谣言，容诗翊最后还是允许宋词随行了。

夜晚，容诗翊照例在便利店打工，他帮着老板搬货，宋词就在旁边搭把手，顺便给他讲了几个基础的数学公式。

容诗翊一边听宋词说一边回应，宋词本以为他在敷衍，没想到他不仅倒背如流，还能举一反三。

宋词有点儿意外，他把手里的纸箱放好，没急着去搬下一趟，而是双手抱臂，微微挑眉，看着容诗翊："这些你居然会？"

"拜托，大哥，你讲的这是初中数学吧，看不起谁呢？我初中成绩不差的好吧。"

容诗翊摆出一副骄傲的样子，要是他身后有尾巴，此时一定是高高翘着的。

便利店里，冷色调的灯光映在玻璃上，和外面已经黑了的天色形成鲜明对比。

容诗翊弯着腰，把最后几瓶饮料放到货架上，然后低头看了眼时间，对宋词说道："我下班了，补习到此结束，你可以回家了。"

"你不是还有烧烤店的工作？"

"那个下班时间太晚，前几天我辞掉了。"

"嗯。"宋词嘴上应了，却没有走的意思。

他懒散地靠在身旁的货架上，看着正埋头记账的容诗翊，笑道："小翊，如果我说我无家可归，你要不要考虑收留我一晚？"

容诗翊觉得离谱,像看傻子似的瞅了宋词一眼,然后指着门口说:"你别问我,出门左转一百米有个五星级酒店,他们肯定愿意收留你。"

听见这番无情的话,宋词叹了一口气,十分伤感:"酒店的床,没有家的温暖。"

"这简单!你多跟它聊聊天,投其所好,然后互诉衷肠。"

"比起它,我更想跟你家的床培养感情。正好晚上我再让你去数学的海洋里遨游,一举两得。"

容诗翊感到一阵恶寒:"我家的床可配不上宋少爷金贵的身躯。"

宋词见他不愿意,也没再说什么,只耸耸肩。但他还站在原地,没有离开的意思。

容诗翊才不管他。过了半分钟,容诗翊感觉口袋里的手机振了两下,他有种不好的预感,于是赶紧把手机拿出来看了一眼:收到来自宋词的转账500元。

容诗翊抬起头,宋词恰好冲他笑了一下,露出的虎牙为这笑容平添了几分恶劣:"现在配了吗?"

容诗翊:"……"

容诗翊觉得自己要败在他手里了。

"我帮你过'消消乐'的关卡。"宋词继续加码,还慢悠悠地加了三个字,"过十关。"

完了,容诗翊承认自己心动了。

"那你先出去转一会儿,我还有点儿事,弄完就走。"

容诗翊完全没有了刚才的气焰,他默默地接收了宋词的转账,但这钱收得还是不安心,他心想,等会儿得买点儿好菜,回去给少爷做顿饭好好招待一下。

容诗翊清点好货物,等换班的小哥进门后才换掉工作服,离开前他还在前台买了两根烤肠。

他把烤肠上的竹签抽掉,拎着袋子出门,他没去找宋词,而是先拐去了旁边的小巷子里。

这条巷子里住了条小流浪狗,容诗翊最开始发现它的时候,它饿得奄奄一息,窝在墙脚。容诗翊看不过去,自己又不能养它,因为容芷青对小动物的毛过敏。他只能给它在巷子的角落搭个临时的狗窝，每天下班时买点儿东西过来喂它，保证它不会饿肚子。

这小东西虽然惨，但命还挺硬，在容诗翊的固定投喂下，从病恹恹变得活蹦乱跳，甚至还长胖了点儿。

废弃的小巷平时几乎没人经过，冷清又空旷，到了夜里，也只有两盏昏黄的路灯。灯光把容诗翊的影子拉得很长，他像往常一样站在巷子口，吹了声口哨，按理来说那小家伙听见他的口哨声就会摇着尾巴跑出来迎接他，今天却迟迟不见它的踪影。

容诗翊觉得有点儿奇怪，他试探着往巷子里走了几步，却听见巷子深处有男人笑闹的声音，还有小狗细微的哀号声。

容诗翊皱起眉头，心里升起一丝不妙的感觉。他快步往巷子深处走，只见小小的路灯下，几个小混混蹲在墙脚，而他们围着的，正是那条趴在地上奄奄一息的小流浪狗。

"这小东西不禁玩啊，轻轻踹了几下就成这样了，没劲。"

"行了，哥，给它个痛快吧，搁这儿嘤嘤嘤的真吵。"

"唉，小家伙，算你倒霉，这次死了就记得下辈子别当狗啊。"

带头的那个男人笑嘻嘻地站起来，他提了提裤腿，抬脚对着小狗的脑袋比画两下，似乎在找下脚的合适位置。

小狗已经没力气躲了，只是呜咽一声，趴在原地瑟缩了一下，然后闭上了眼睛。

男人身边的两个人等着看热闹，还装模作样地捂住了眼睛，一副不忍直视的模样。可没想到的是，他们的大哥这一脚还没踩下去，就踉跄着摔到了垃圾桶里。

"大哥！"

其中一个留爆炸头的人发出尖锐的叫声，他向不速之客望去，发现是一个陌生的小子。

"你找死啊？"

容诗翊的个头很高，长相也不算温和，他没有表情的时候甚至显得有些凶。"爆炸头"一看他就知道不好惹，但"爆炸头"仗着自己这边人多，倒也没有怕。

083

可容诗翊才不管他们人多不多,他冷笑一声,把肩上的书包扔到了一边……

宋词出了便利店后,不知还要等容诗翊多久,就先去附近的小吃街逛了一圈。

他买了些点心,想起容诗翊喜欢喝乌龙茶,还专门找了家饮品店,进去买了两杯乌龙茶。

宋少爷收获颇丰,拎了两袋吃的,他估摸着容诗翊该下班了,便慢悠悠地返回便利店。

谁知他走进便利店的时候,在前台站着的已经是其他员工了,对方告诉他,容诗翊在十分钟前就走了。

宋词顿时有种被戏耍的感觉,心情非常不愉快。

他在原地站了几秒,瞥了一眼手里拎着的点心和茶,刚准备丢进旁边的垃圾桶里,前台小哥却像是想起什么似的叫住了他:"哎,帅哥。"

宋词微微挑眉。

"小容走之前买了两根烤肠,他应该是去旁边的巷子里喂小狗了,现在估计还在呢,你可以去看看。"

宋词想了想,暂且饶过了手里的东西,和小哥道过谢后,就往巷子的方向走去。

等他走到巷子口的时候,小巷深处走出来三个混混模样的人,他们身上脏兮兮的,互相搀扶着,看起来带着伤,嘴里还骂骂咧咧的。

宋词瞥了一眼,皱了皱眉,没听清他们在说什么。

他不大想继续走进去,便拿出手机,给容诗翊拨电话。几秒后,手机铃声从巷子里传了出来。宋词朝着声音来源处走去,他拐了一个弯后,看着眼前的景象,瞳孔微微收缩。

容诗翊正靠墙坐在灯后的暗角里,衣服乱糟糟的,宋词离了几步远都能看见他衣服上面那几个清晰的脚印。

容诗翊的唇角还挂着血,他艰难地从地上拿起手机,按了接听键后放在耳边。

他靠着墙壁,瞥见不远处的宋词时,没太意外,只冲宋词笑了一下。

电话里的声音传进耳朵里,比现实中面对面的说话声要稍微慢一点儿，宋词听见容诗翊说："我还以为是那群浑蛋找人来了呢。宋词，我人就在你眼前，打什么电话啊？烦不烦？"

容诗翊咳了两声，说："你快来扶我一把，我站不起来了。"

宋词挂断电话，面无表情地走过去。虽然他的表情看着有点儿严肃，但动作还算温柔。他把容诗翊从地上扶起来，说："容诗翊，我才离开不到二十分钟。"

"二十分钟怎么了？二十分钟够我单挑一支十人小队了！"容诗翊吹牛从不打草稿。

"然后被小队群殴致死，隔天上《江城晚报》头条？你的酒席我能吃上吗？我给你多随点份子钱，留着你下去好好花？"

宋词毫不客气地打击他，随后叹了一口气，问："你要不要去医院？"

"等等。"

容诗翊艰难地站稳身子，他放开了宋词的手，低头从自己怀里捧出一个小毛团。

那是一条脏兮兮的小黑狗，它缩成一团。

容诗翊用目光示意宋词："先救它。"

因为容诗翊要保护小狗，所以无法分心来对付那些流氓，挨了他们好几下，但好在最后他还是把他们赶跑了，小狗也被他护在怀里，没受更多欺负。

宋词挑了挑眉，他虽然嫌狗脏，但还是用指腹轻轻蹭了一下小狗的额头。

这小家伙虽然伤得不轻，但警惕性还挺高，它不认识宋词，以为又是想伤害它的人类，于是昂首冲他龇了龇牙。

"啧，它跟你一个样。"宋词收回手，评价道。

两人从小巷子出来后，去了最近的宠物医院给小狗看伤。登记资料时，护士填着表格，问宋词："狗狗叫什么名字？"

宋词自然是不知道的，所以他看向另一边正坐在椅子上揉腰的容诗翊。

容诗翊茫然地眨眨眼，说："我不知道啊，没起名，随便写吧。"

宋词点点头，表示自己明白了，然后一本正经地告诉护士："叫容容。"

"喂!"

容诗翊瞬间炸毛了,可那两人全然不理会他。

护士头都没抬,问:"哪个字?"

宋词看着容诗翊扭曲的脸,只觉得好笑,便没继续逗他:"绒毛的绒吧。"

"绒绒,好的。狗狗伤得有点儿重,可能需要住院治疗,没问题吧?"

"没问题。"

绒绒被送去做了检查,医生说它断了几根骨头,又营养不良,需要住院好好调理一下,两个人对此都没什么意见。

所有手续办完后已是深夜,作为唯一身体健康且行动自如的人,宋词帮着安顿好"小伤员"后,又扶着"大伤员"往外面走。

等出了宠物医院的门,容诗翊却停下不走了,他悄悄地看了宋词一眼,有些不自然地揉揉鼻尖,别扭地说:"今天麻烦你了,谢谢啊,刚刚你付了多少钱?我转给你。"

"我不差那点儿钱。"宋词没太在意这个,他隔着衣服捏了捏容诗翊的胳膊,问,"别想狗了,你需要去医院吗?"

"不用,我皮实着呢,最多破了点儿皮。"

为了增加自己这句话的可信度,容诗翊还抬着胳膊做了下伸展运动,结果动作太大,扯到了伤处,下一秒他就龇牙咧嘴,乖乖停止了动作。

这给宋词看乐了,他轻笑一声,刚准备嘲笑容诗翊两句,手机铃声就响了起来。

容诗翊愣了一下,意识到铃声是自己的手机发出来的,便赶紧走远两步,才接通电话。

宋词看了看路灯下接电话的容诗翊,转而低头在自己的手机屏幕上点了几下,也不知道他在给谁发信息。

那边,容诗翊接到了容芷青的电话,他不想让容芷青担心,于是撒了个谎把这事瞒了过去。

"喂,妈,没有,我刚下班。是,今天是有点儿晚。"

"什么时候回家?"

容诗翊犹豫了一下,看了看自己校服上的黑脚印,说:"我今天不回去了,去同学家住,太晚了走夜路不安全嘛。嗯,我不会给别人添麻烦的。行,我知道了,再见。"

容诗翊以前也经常去朋友家里过夜,容芷青没察觉出异样,在确认他的去向后就没再多问。

容诗翊挂掉电话,心想等会儿去投奔萧凛,结果他转过身就见宋词正抱臂靠在树上,笑眯眯地盯着自己。

天哪,宋词又有坏心眼了,好吓人。

容诗翊飞速地在手机上点开和宋词的聊天框,把之前宋词转给他的那五百块钱转了回去,他只想在宋词实施"坏心眼"之前赶紧逃离这个地方。

"钱还你,今天情况特殊,我不能收留你了,你还是去和酒店没有感情的冰冷大床互诉衷肠吧。"

宋词听见这话,微微皱了皱眉:"你不是要去同学家住吗?"

容诗翊点点头:"你听到了啊?对,我一会儿去找萧凛,顺便把衣服洗了,我总不能这么脏兮兮地回家吧?"

"去他家不麻烦?来我家吧。"

"啊?"容诗翊愣了一下才反应过来他的意思,立马起了一身鸡皮疙瘩,"算了吧,你家更吓人。我没有冒犯你的意思,只是草民不太习惯住城堡……等等,你不是无家可归吗?"

容诗翊之前以为宋词是跟家里人吵架了才不想回去。

听了这个问题,宋词坦荡地点点头:"嗯,其中一个家不可归了,但我还有很多个家。你放心,我带你去的家,里面只有一个热心的宋同学。"

这话听得容诗翊害怕,他转头就跑:"我不要,再见!"

可惜容诗翊的腿不幸负伤,跑起来不太利索,才跑出去十多米就被宋词拎小鸡似的捉了回来。

容诗翊受制于宋词,挣扎了一路也喊了一路,后面他喊累了,只好认清现实,被宋词搂回了家。

宋词确实没带容诗翊回他那个夸张的庄园,而是去了市中心一个有名小区的大平层房子。

"6001，你先上去，密码我发给你。"走到楼下，宋词才放开了容诗翊，嘱咐他道。

容诗翊瞅了他一眼，问："那你干吗去？"

"我去买点儿药。"宋词把书包丢给容诗翊，"书房的展柜里有几个茶饼，你想喝什么自己掰了泡。"

"哦。"

容诗翊点点头，把宋词的书包背在肩上，又说："那你记得把我的转账收了啊。"

宋词看他那副别扭的样子就觉得好笑："这么着急？我不收，你自己留着，反正我早晚得去你家做客，是吧，好朋友？"

容诗翊每次跟宋词说完话，都会后悔自己为什么长了张嘴。他冲宋词翻了一个大大的白眼，然后头也不回地上了楼。

宋词站在原地，看到容诗翊的身影消失在自己的视线里，脸上的笑意也敛去了。

他拿出手机，拨了一个号码，语气冰冷得跟刚才判若两人："找到人了吗？"

隔壁街的废旧仓库里，灰尘漫天，只有一颗旧灯泡将室内微微照亮一些，有飞蛾不断往灯上扑。过了一会儿，仓库的门打开了，一股风灌进来，将被细绳吊着的灯泡吹得晃晃悠悠。

宋词迈着长腿走进来，坐到仓库正中间的椅子上。

三个小混混走到宋词面前，他们一把鼻涕一把泪的，一个劲地低头认错。

展博川站在一旁，说："哟，宋词，这三个人怎么惹到你了，大半夜还这么折腾，专门叫我们把人请来？"

"不长眼欺负了他的朋友呗。"

一旁有个梳着高马尾的女孩笑了两声，给宋词递过来一部手机："监控。"

展博川好奇地凑过来看。

小巷子里只有一个旧的小摄像头,画面不是很清晰,只能勉强看个大概。

在监控影像里,有一个少年为了保护一只小狗,被三个男人踹翻在地,挨了好一会儿揍。

"哟,这不是容诗翊吗?"

展博川"啧"了两声,评价道:"这三人还真坏,还让人家小狗下辈子别当狗,虐待动物,真恶心。"

宋词关掉手机,把它还给高马尾女孩:"我们绒绒断了三根骨头。"

宋词说着,笑了一下,露出他那颗虎牙来,看着无端有几分邪气。

高马尾女孩面无表情地补充道:"这种事他们干过不少,那片区域经常有虐待猫狗的事件发生,不仅是流浪猫狗,其他家养的宠物有失踪的、有药物致死的,都跟他们脱不了干系。"

"大哥,我们真的错了,我们是有一点儿恶趣味,平时喜欢欺负些猫猫狗狗,以后我们肯定不犯了。"

其中一个"爆炸头"哭得稀里哗啦,他哪见过这阵仗,只试图跟看起来最好说话的宋词讲道理。

宋词看他的"爆炸头"好玩,于是伸出两根指头捏了一下,随后嫌弃地在展博川的衣服上蹭了蹭。

展博川立马发出尖锐的叫声,赶紧往后退。

"恶趣味?"

宋词重复着"爆炸头"的用词,漫不经心道:"好遗憾哦,我跟你们不一样,我就喜欢猫猫狗狗,而且我也有点儿恶趣味。"

宋词笑眯眯地站起来,和身边的朋友说:"行了,整理一下证据,送派出所去吧,那才是他们该去的地方。"

第三章
道歉必备的果汁

宋词到家的时候，容诗翎正趴在靠近门口的小吧台上玩"消消乐"。他知道宋词进门了，懒洋洋地直起身："您是开飞机去南非买的药？"

宋词知道他这是嫌自己慢，于是笑了一下，说："还好吧，我知道你担心我，放心，也没有很累。"

容诗翎翻了一个白眼。

自从认识宋词，他翻白眼的频率明显变高了，但他觉得这不是自己的问题。

宋词没跟容诗翎解释自己晚归的原因，只把装着药的塑料袋扔到他的怀里："不知道你伤哪儿了，我随便买了点儿药。如果破皮了，你就先消毒再上药，需要的东西都在里面。"

"哦。"

容诗翎打开袋子瞅了一眼，随后在宋词经过时拦住他，把自己的手机递到他面前，用目光在宋词的脸和手机屏幕间疯狂做暗示。

宋词顺着他的目光看向手机屏幕，上面正播放着"消消乐"过关失败的动画。

这人怎么这么好笑？

容诗翎的暗示被成功接收，他看着宋词乖乖地接过手机，给他当过关小助手，十分满意。

接着，他从宋词递给他的塑料袋里拿出药和纱布，在掀起自己衣服下摆时略微犹豫了一下，说："宋词，我可要脱衣服了。"

宋词一脸古怪地看着他："你上药还要给我预告一下？"

"我这不是怕你介意吗。"

"我为什么要介意？"

"您每天干个啥都要先喷酒精消毒，难道您不是个讲究人？再说了，您是主人，我是客人，我当然要征求一下您的意见，不然碍了您的眼被丢出去可怎么办？"

"哦。"宋词应了一声，漫不经心地回道，"行，你脱衣服吧，我允许了。现在这间屋子的主人赋予你自由行动的权利，你想做什么都不用报备。"

容诗翙撇撇嘴，知道自己说不过宋词，于是转身背对着他，麻利地把上衣脱了下来。

安静的室内传来衣料摩擦的声响，以及"消消乐"的游戏音效。

"哎，我好像没有要上药的地方。"

容诗翙认真地检查自己身上的伤处，最后只在腰侧和胳膊上看见几处瘀青。他又卷起裤腿，腿上那块疼得很厉害的地方也不过是瘀青的颜色格外重，应该是肌肉损伤了。

这都不是大事，容诗翙赶紧跟宋词分享这个喜讯："宋词，我没受伤！"在容诗翙看来，无论身上的青紫有多少，只要没流血，一律按没受伤处理。

"哇，那你好棒。"

宋词连眼睛都没抬，说："冰箱里有雪糕，你可以拿去敷一下。"

"不用，麻烦，过几天自己就好了。"

容诗翙把药和纱布原封不动地放回袋子里，他见宋词从进门起就一直低着头，就凑到他身边看了一眼："你在干什么？"

只见宋词的两只手各拿一部手机，左手拿着容诗翙的手机玩"消消乐"，右手的手机屏幕上的字有点儿小，容诗翙看不清。

"显然，我在做题。"

"啊？你还要做题？"

容诗翊看宋词平时那副样子，还以为他基本不学习，全靠天赋呢。

"啊？不会吧？不会真的有人觉得不做题也能考出好成绩吧？"

宋词看题的速度很快，在跟容诗翊说话的时候又做了一道题。

"你平时上课不都低着头吗？一看就没在听，我坐你后面可看得清清楚楚。"容诗翊不服气道。

"不怪我，十班上课的进度慢，课堂上讲的内容我都听过了。"

"嫌慢你还主动到十班来？我看你就是故意恶心我！"

"不瞒你说，"宋词说话真的是气死人不偿命，"一班实在太无聊了，没有一点火就着的草莓奶油味小红毛。"

说完，他还笑着看了眼容诗翊装糖果盒的口袋："是吧，粉粉小公主？"

"走开啊！"

容诗翊大惊失色，连忙捂着自己的口袋，飞速逃离现场。

他借客房的浴室洗了个澡，然后把自己的衣服也洗了，但在走出浴室前，他陷入了一个很尴尬的境地——他忘记向宋词借衣服了！

容诗翊想了想，从浴室里探出头来，大喊："宋词！"

结果他召唤失败，半天也没听见宋词回应。

容诗翊只得把浴巾围在腰间，亲自走一趟。他来到客厅，发现宋词没有待在原来的位置，而是站在阳台上打电话。

容诗翊走过去拧了一下门把，发现门被他从外面反锁了，就抬手敲了敲玻璃。

宋词回头看了他一眼，随后嘴唇张合，似是说了句什么，但这门的隔音效果太好，他没听见。

这房子的地段很好，在阳台上能看到市中心最热闹的商业街，在夜里的高楼间如同连着一片霓虹灯海。宋词靠在阳台的栏杆上，头发被夜风吹起来，白衬衫的扣子解了两颗，他站在那一片光里，整个人却带了种颓丧的感觉。

宋词看见容诗翊后，挂断了电话。他从口袋里拿出一瓶喷雾，往身上喷了几下，才走过去把门拉开。

酒精的味道有些呛人，虽然被除味喷雾盖掉一半，又被阳台的风散去一些，可余下那一丝飘到室内来，还是让容诗翊有些难受。

"我不是说了让你站远点儿吗？"宋词抽了一张湿巾，擦干净手指。

"我没听到。"

容诗翊随口答了，而后问道："我把衣服洗了，你能借我衣服穿吗？"

"嗯。"

宋词应了一声，点点头，正准备去卧室拿衣服，脚步却突然停了。他看着容诗翊，脑子里瞬间有了个恶劣的想法："想借衣服？一颗奶油糖换一件，当作租赁费。"

"啥？你是不是有什么毛病？"

容诗翊真的不理解宋词为什么对他的糖有这么重的执念。

"我嗜甜。"宋词随口道。

"你爱吃自己买去呗，老问我要干什么？"

奶油糖又不是多难买的东西，就宋词这身家，随手买一仓库囤着都不难吧。

"啧，那怎么能一样，粉粉小公主牌奶油糖当然得问'公主'要才最正宗。"

容诗翊听着这话感觉有点儿不对劲。

他还没来得及深究，便看见宋词往自己这边走了一步，顿时心中警铃大作："你别过来。"

听见这话，宋词又往前走了一步。

不行，这家伙的压迫感太强了，求生的本能让容诗翊直接撒丫子就跑。

宋词的家实在是大，容诗翊随便找了间屋子钻进去，一把摔上门就准备反锁。就在门即将锁上的时候，宋词打开门用手抵住了门框，断绝了容诗翊逃跑的可能。

这画面恐怖得像是惊悚片里的追逐战。

"宋词，我警告你，我给你三秒，松手！"容诗翊和门另一边的宋词谈判。

"这是我家。"宋词一点儿不客气道。

"你家也不是你肆意作恶的地方！"容诗翊一边用力抵住门板，一边撂狠话,"你再推,我就打掉你的门牙!"

"你试试!"宋词抵住门板,正准备用力,口袋里突然响起手机铃声。

这手机铃声不是宋词的,是容诗翊的。刚刚容诗翊把手机给宋词玩"消消乐",宋词玩完就随手放口袋里了,一直没还给他。

此时,宋词一只手抵着门板,另一只手从口袋里拿出容诗翊的手机,对着来电备注念道:"萧大头。"

"我的手机!你还给我!"容诗翊炸毛了。

"就不。"

宋词不仅不给手机,他还接通了,并且使坏地把声音调到最大,按了免提。

"喂,容容,睡了没?"萧凛懒洋洋的声音从扬声器里传来。

宋词笑眯眯地抢答:"萧同学,他没睡呢。"

容诗翊在一门之隔的地方发出一声怒吼:"喂!"

另一边的萧凛听得耳朵都快聋了,人也要傻了。

如果他没听错的话,刚刚接电话的是宋词?容诗翊跟宋词在一起?他俩不是死对头吗?

萧凛的嘴巴张得老大,他刚想问什么,就听到听筒那边传来一阵嘈杂声,好像还有重物摔倒的声音。

事实上,容诗翊怕宋词说出什么吓人的话,情急之下松开了门把手,刚好宋词在用力,下一秒,宋词就结结实实地摔到了地上。

落地前,宋词感觉自己好像扯下了什么柔软的东西,他听见容诗翊崩溃的呐喊:"我服了,宋词,你扯我的浴巾干什么?"

容诗翊看着还没从地上爬起来的宋词,急中生智,用浴巾把宋词的头裹了起来,然后把浴巾的两个角系成死结,最后还恶狠狠地在他的后脑勺拍了两巴掌。

"容诗翊!"

宋词的头被裹得像粽子,他的声音从浴巾下传出来,威胁的意味甚浓。

容诗翊才不管他。

他趁宋词受制于浴巾,争分夺秒地从地上捡起手机,掀开房间床上的被子钻了进去。

"你有什么事？有话快说，我马上要迎来一场生死决斗，这很可能是我们之间的最后一场通话。"

电话那端的人沉默良久。

萧凛欲言又止，最后他叹了一口气，像老父亲一样叮嘱道："希望我们下次见面不是在派出所。"

萧凛干脆地挂了电话，独留容诗翊一人凌乱。

容诗翊已经管不了那么多了，他吸吸鼻子，发现被子里有股熟悉的酒精味。

这……该不会是宋词的房间吧？

容诗翊被这味道弄得有点儿难受，他想从床上爬起来，却被人按着头压了下去，紧接着好像有什么东西隔着被子给自己来了个"泰山压顶"。

不出意外的话，那应该是一个名叫宋词的人。

宋词好心地掀开被子，里面露出容诗翊的头发。

容诗翊咬着牙，恶狠狠道："宋词，我可能不是真的好人，但你是真的'狗'。"

"是吗？"

宋词笑眯眯地在容诗翊的头上拍了一下。

"你放开我，不然我今晚就'暗杀'你。"容诗翊的半张脸埋在柔软的枕头里，他毫无气势地威胁道。

"给颗糖，不然你今晚别想动弹。"

"宋词，你是不是有病？"

容诗翊有点儿抓狂。说真的，给宋词分颗糖不是什么难事，但容诗翊心里总有种预感：今天这一仗他要是输了，那就相当于打开了潘多拉盒子，他以后都别想好过了。

因为宋词的词典里没有见好就收，他只会变本加厉。

容诗翊在眼下的得失和他的命运前景之间挣扎了一番，最后叹了一口气，缴械投降："真无语，糖在客房的床头呢，自己拿去，只准拿一颗！"

容诗翊说这话的时候有点儿蔫，但宋词没注意，他满意地放开容诗翊，从床上下去，打开衣柜，拿了几件衣服给他："睡衣是洗过的，内裤是新的，你先穿。"

"谢了。"

容诗翊揉了揉太阳穴，他坐起来，把衣服往身上一套，然后迅速回到客房。

回到房间后，虽然困得要命，可他翻来覆去就是睡不着，只觉得头晕脑涨。

他猜又是宋词那酒精喷雾味惹的祸。

容诗翊熬了一会儿，终于还是受不了了。他一脚踹开了被子，一骨碌从床上爬起来，连拖鞋都没穿，直接光着脚去找宋词。

宋词刚洗完澡，正靠在床头看手机，结果一声巨响，只见有个人气势汹汹地冲进他的房间，那架势仿佛下一秒就得要他的命。

"宋词！你这个浑蛋！"

容诗翊说着，朝宋词伸出魔爪，像是要跟他决一死战。

宋词看着他，挑了一下眉："容诗翊，你发什么疯？"

"谁发疯？我没发疯！我在反抗，我在呐喊！我要对着苍天，控诉你宋词的恶行！"

看容诗翊这气势，仿佛他身后带领着千军万马。

可惜"大将军"还没碰到"敌人"就栽了，容诗翊被床沿绊了一下，整个人像醉了似的"啪"地倒在了床上。

宋词猜容诗翊又被酒精弄晕了，他推开容诗翊的脑袋，拿起手机找到医生的聊天框。

"我把酒精喷雾换成低浓度的了，也一直在去味，为什么那家伙还会晕？"

"不应该啊，肯定是你漏了什么东西，再想想？"

看见这行字，宋词揉了揉眉心，他看见自己身上的被子，便反应过来了。

啧，他怎么把这个忘了。

"他之前在我的房间待过。"

"那就是了，你可能感觉不到，但你经常接触的地方肯定会有酒精残留，你给他换个平时你不用的房间休息就行。"

宋词只觉得麻烦，但容诗翊是他带回家的，也是他把容诗翊蒙在被子里闹着玩，现在对方变成这样，他得负责。

想到这儿，宋词在心里叹了一口气，像摸小狗似的摸着容诗翊的头发："小翊，起来，换个地方。"

"嗯？"

容诗翊似乎醉糊涂了，他艰难地睁开眼睛，看了宋词一眼，完全没有要起来的意思。

宋词知道把容诗翊弄清醒不可能了，索性就拎着他的胳膊把他架起来，安置到隔壁房间。

宋词给容诗翊盖好被子，哪知方才还像烂泥似的容诗翊不知道哪里来的力气，一骨碌爬了起来，紧紧地拽着他的衣角不放手。

"宋词，哪里跑！今天我容大侠就要……替天行道！"

听见这话，宋词直接捏住他的脸颊，说："小崽子，还敢继续龇牙？啊？"

也不知道容诗翊听懂没有，但他不说话了，从拽着宋词的衣角改为箍住宋词的胳膊，他渐渐安分下来。

宋词一只手动不了，只能换只手打开手机，敲下一行字发给医生："他这种情况，有没有办法彻底解决？"

医生很快回复道："从他那里解决很难，从你这边就很容易，比如改变一下使用酒精喷雾的习惯。"

"改不了。"

"行吧，那我还有一个办法。"过了一会儿，医生又发来一句话，"我感觉你俩的关系还行，实在不行你就多给他喷喷酒精，以毒攻毒，他习惯了就不会那么敏感了。"

宋词听了觉得有点儿离谱，不太能理解这医生的脑子里在想什么："算了吧，我没经常伺候人的癖好。"

第二天容诗翊醒来时，只觉得腰酸背痛。他揉了揉眼睛，立马意识到眼下的情况有点儿不对劲。

他先是感觉自己的睡姿有点憋屈，所以他试探着瞥了一眼。

等等，他旁边怎么还有一个人？宋词一个人占了三分之二的位置，他自己则可怜兮兮地缩在床边，再往外挪一寸就得掉在地上，能不憋屈吗？

容诗翊瞬间清醒，立马爬起来，他快速回忆了一下昨天晚上发生的事，但他的记忆只停留在自己回房睡觉的时候。

想到这儿，容诗翊转头看向沉睡的宋词。

他看了一会儿，心里冒出一个坏点子，于是他悄悄地凑过去，伸手捏住宋词的鼻子往上推。

"你这个猪，太阳都……"

就在容诗翊碰到宋词的那一瞬间，宋词突然睁开了眼睛。宋词的眸子颜色很深，没有表情时还带了些攻击性，乍一看多少有点儿吓人。

容诗翊立马把没说完的半句话咽了回去，然后十分明智地放手就跑。

但他没跑多远，就被宋词拖了回来。

"你长本事了，昨天我收留你，今天一大早你却要趁我睡着'暗杀'我，你好狠的心。"

宋词轻松地用一只手控制住了容诗翊，另一只手则捏住了他的脸颊。

容诗翊自动忽略了他的前半句话，嘴硬道："咱俩谁跟谁啊，我能害你吗？我那是……"

"嗯？"宋词做出一副洗耳恭听的样子。

容诗翊胡编乱造："我只是想试探一下你的鼻息，看看你还有气没。"

"那我也帮你试试。"宋词顺着他的话说。

容诗翊心里咯噔一响："谢谢你，不用了，我活得好好的！"

他好想逃，但是逃不掉。

阳光从窗帘的缝隙中溜进来，微风吹动窗边的纱帘，连带着旁边那一大串风铃也发出清脆的声音。

容诗翊被这声音唤回了神志，突然意识到一个很严重的问题。

"宋词，现在几点了？"

"你说说你们两个，我昨天看见容诗翊上周早自习全勤，心里的欣慰劲儿还没过呢，今天就给我整这出？还有宋词，你怎么偏偏跟容诗翊

Sleeping Beauty

《睡美人》舞台剧 邀请函

主演人员

Act the Leading role

容诗翊　　　饰　　　睡美人

宋词　　　　饰　　　王子

📍 观剧地点	🕐 观剧时间
三中礼堂	20:00/晚八点

Regulation
观剧守则

1. 请勿大声喧哗
2. 如有演出事故,请勿惊讶
3. 请勿把容哥的照片登到电子校报上

Guang Yin

瞎混,好的不学,学坏的,迟到一次就老实了。"

教导处门口,迟到的容诗翊和宋词背靠着墙,低着头并排站在一起。容诗翊听见这话,多少有点儿不满:"尊敬的王主任,请您说话稍微严谨点儿,什么叫宋词跟着我瞎混,明明是宋词胁迫我带他出去的,赶也赶不走,甩也甩不掉,不信你问他!"

"确实。"宋词看了他一眼,配合地点点头。

这下王主任愣住了,他推了推眼镜,拍拍宋词的肩膀,表情急速转换,和蔼地道:"宋词,下次你有急事,找我批假条就行,大大方方地走正门,别学容诗翊,咱们不兴这个。"

容诗翊闻言,瞬间目瞪口呆。

经过王主任的一番批评和教育,容诗翊和宋词喜提罚站一小时的处分。

没过多久,学生们做完课间操回来,原本寂静的楼道变得有些喧哗。

教导处原本是一个清静的地方,一般来说很少有人从这里经过,但今天不知是谁走漏了风声,学生会主席和十班的容诗翊在教导处门口一块儿罚站的消息像长了翅膀似的传遍整个学校,导致今天路过教导处看热闹的人格外多。

容诗翊只觉得自己像一只在动物园里被人围观的猴子。

"容容,你好惨啊。"

正当容诗翊站着闭目养神、眼不见心不烦的时候,苏锦柚闻讯跑过来,在他身边调侃了一句。她在宋词和容诗翊之间来回打量,试探着问:"你们怎么同时迟到了?昨天在一起玩了?"

萧凛姗姗来迟,过来时刚好听见这一句,立马露出怜惜的表情。

容诗翊注意到萧凛的异样,他那表情实在耐人寻味。容诗翊刚想解释,话却被身边人堵了回去。

宋词笑眯眯地歪着头,道:"嗯,昨天玩得有点儿晚,今天睡过头了。"

"啧,你闭嘴吧。"

容诗翊没理会周围人投来的震惊的目光,他现在只担心宋词这家伙会把他昨晚醉醺醺时发生的丢人事迹散播出去。

宋词也没理会容诗翊，他看了容诗翊一眼，微微皱起眉："你是不是穿错衣服了？"

"嗯？"容诗翊低下头，一看自己的衣服，还真是穿错了。

三中去年调整过一次校服式样，旧款校服外套的校徽比新款的要小一圈，容诗翊的校服是旧款，跟他身上这件不一样，多半是早晨他出门时手忙脚乱，拿错了宋词的旧外套。

容诗翊倒不甚在意，说："可能是早上急着出门才穿错了，我今天回去给你洗了，明天还你。"

"不用，你留着吧，穿你身上好看。"

"你有病？"

这两人你一句我一句的，视旁人为无物，萧凛有点儿没眼看。他默默地走过去，拿起容诗翊和宋词的书包，准备帮他们拿回教室。临走的时候，萧凛心痛地看了容诗翊一眼，凑到他耳边神秘兮兮地问："你被打疼了就说，别屈服，哥儿们一定帮你报仇。"

容诗翊觉得他莫名其妙。

"我看你闲得胃疼，看不起谁呢？"

萧凛闻言，点了点头，他走时还冲容诗翊竖起了大拇指。

容诗翊嫌弃地哼了一声，他看向宋词，却发现这人居然在偷笑。

"宋词，我今天早上就应该拿被子捂死你。"容诗翊咬牙道。

"我昨天晚上就应该拿手机把你演的好戏录下来，然后今天投在大屏上循环播放给大家看。"宋词眨了眨眼睛，压低声音道，"是吧，替天行道的容大侠？"

"哟，那你要不要回忆一下我为什么会醉？是谁把我按在那儿找我要糖吃？"宋词这恶人先告状的样子给容诗翊气笑了。

宋词对此并没有多余的表示，只是笑眯眯地把容诗翊的脑袋箍在了自己的臂弯里。

两人罚站结束时，已经第三节课下课了，宋词要去学生会处理事情，就先走了，容诗翊便一个人优哉地回到了十班。

他回到自己的座位时，萧凛不在，估计跑出去玩了。他俩的桌子一向比脸还干净，此刻他的桌上却放了一个三明治。

容诗翊拿起三明治看了一眼，刚想问是谁放的，旁边就有人主动来认领了。

苏锦柚有点儿尴尬地道："容容，这是我早上放的，已经凉了，你还给我吧。"

她说完后，容诗翊点了点头，又问了一句："柚子，你喜欢吃糖吗？"

苏锦柚听到他这话，一时有些茫然。

容诗翊叹了一口气，说："算了，也不能这么问。是这样的，你觉得宋词怎么样？"

容诗翊的想法很简单，他受够了，他再不想因为一两颗糖受宋词的折磨。如果有机会，他想给宋词找个固定的糖果投放人，既然苏锦柚总喜欢给他送吃的，那不妨让她也给宋词送吃的，以此转移宋词的注意力，这样的话自己不就能脱离苦海了？

"主席？他人挺好的啊。"

苏锦柚不知道容诗翊问自己这个干什么，看他这架势，她莫名有点儿紧张。

"嗯，是挺好的，可惜长了张吃嘴。"容诗翊暗暗握紧了拳头，"你还有其他小姐妹觉得他挺好吗？"

如果有的话，他愿意发扬友爱精神，帮他们加深一下友谊，只要能把宋词这家伙的心思分走就行。

苏锦柚的手指交握，谨慎地道："当然了，容容，你太低估主席的人格魅力了，但大家哪敢靠近他啊。"

"唉，是啊。"容诗翊苦恼地坐到座位上，他撑着头，仿佛陷入了无穷的悲伤中，他自言自语道，"谁会那么想不开，去跟宋词做朋友呢？"

他这句话刚说完，就瞥见前座多了一个人，抬头一看，果然是宋词。

完了，他刚刚嘀咕的话不会被这家伙听见了吧？

容诗翊紧张地盯着宋词的背影，他等了半天，见暴风雨没有来临，才暗暗松了一口气。

"容容，老师叫你。"这时，苏锦柚突然叫了容诗翊一声。

容诗翊愣了一下，往后门的方向看去，只见云晴晴抱着一摞练习册站在门口，正冲他招手。

容诗翊没多想，起身走了出去。云晴晴没说找他做什么，只带他去了离十班最近的楼梯间。

此时正上自习课，楼梯间很安静，除了他俩，再没有其他人。云晴晴带着容诗翊走到窗台边，她先推了推眼镜，然后小心翼翼地说："小容，我今天找你，主要是想跟你聊聊昨天你们跟马虎同学打赌的事情。"

容诗翊一听到这个就头疼，但他还是继续听云晴晴说了下去："我是第一次当班主任，可能有些地方做得不够好，需要你们来包容我。像这次文化节的事……唉。"

云晴晴犹豫了一下，说："这次是一个机会，小容，既然你跟马虎打了赌，那你可以努力一下吗？我想，如果最后你赢了，其他同学看到你的进步，也会更有信心、更有动力的。"

云晴晴说得很真诚，其实这对容诗翊来说也不是什么难事，只是他……

"老师，我会努力的，但结果不一定会很好。"

"没关系的，结果不好又怎么样呢？态度和过程才是最重要的。同学们和你一起努力，我们慢慢来，一点儿一点儿改变大家对十班的刻板印象。"

云晴晴看着他，她大大的眼睛里满是期待。

容诗翊觉得面前这位年轻老师有点儿天真。他们昨天打赌也就是一时气上头，其他人最多是看个热闹，大家不是没有努力过，怎么可能因为一个人的进步就能带动所有人一起改变？

可他看着云晴晴的样子，实在不忍心打击她的自信心。

最终，容诗翊点了点头，十分爽快地应道："行，我尽力。"

有了容诗翊的答复，云晴晴很高兴，她连忙把怀里的练习册递给容诗翊："这是我准备的练习册，还有一本找数学老师要的笔记，我相信你一定行的！"

容诗翊伸手接过那堆东西，抱着它们回到自己的座位上。

此时萧凛已经回到教室，他听见旁边的桌面发出一声巨响，吓了一跳,他看过去,发现是几本数学练习册和一本厚厚的笔记本。

"容容,你干吗去了?"

容诗翊叹了一口气,说:"这是班主任给的,她要我努力学习做个表率,带动你们学习。"

"可是,这玩意儿是足够努力就能懂的吗?"萧凛掀开笔记本封皮看了一眼,入目便是一堆字母公式。

容诗翊一向禁不起人用激将法,脱口而出:"你看不起谁呢?萧大头,我可是有学习小帮手的人,对吧,宋词?"

说着,容诗翊伸手拍了拍宋词的肩膀,结果宋词一点儿也不给他面子,连头都不回,只是敷衍地"嗯"了一声。

萧凛看看容诗翊,再看看宋词,说:"失敬,失敬。加油,容容,你俩搭配,干活不累!"

容诗翊懒得理萧凛,他翻开笔记本,开始从第一页认真学习。

他把练习册往宋词那边一推:"宋词,这道题怎么做?"

容诗翊看的题都是非常基础的,宋词扫了一眼,说:"选C。"

"我知道选C,答案写着呢。"

"那你还问?"

"我需要的是答案吗?好比多年后我看见你身边突然多了一个娃,我会关心这个娃吗?我关心的不得是你从谈恋爱到结婚再到生娃的过程?"容诗翊没好气道。

旁边的萧凛听了这话,心想,容诗翊,你真是一个举例鬼才。

宋词叹了一口气,道:"容诗翊,你说说你,你可真八卦。"

"你怪我八卦?你都生娃了还不告诉我,我不得好奇问问?"

"放心,我结婚一定叫你。"

"这还差不多。"

容诗翊这才满意了,几秒后,他感觉不对劲,说:"我问的是你的娃吗?我问的是解这道题的过程!"

宋词仿佛自动忽略了容诗翊的后半句话,他略带伤感地说:"你别担心,我不会有娃的。别说娃了,恐怕下半辈子我都是独自漂泊、孤苦无依的命。"

"为什么？"容诗翊再次成功被转移话题。

"唉。"宋词轻轻地叹一口气，"毕竟，怎么会有人想不开去跟宋词做朋友呢。我这么差劲的人，连朋友都不配有，更不敢奢望有人能跟我谈恋爱了。"

这家伙果然听见了他之前说的话。

宋词说完后，就转过身干自己的事，再没搭理容诗翊。

容诗翊摸不清宋词是不是生气了。他观察了一会儿，也看不出个好歹，只能试探着伸出手戳了戳宋词："宋词，宋词。"

宋词一动不动，过了一会儿，他丢过来一个纸团。容诗翊展开纸团看了一眼，上面只写了一句话："已经上课了，自习课打扰同学学习，扣一分。"后面还画了一个微笑的表情。

容诗翊盯着那行字和微笑的表情，直接把那个纸团丢进了桌子里，转头拿着练习册去问苏锦柚。

苏锦柚当然很乐意帮助他，虽然她自己的成绩也没多好，但讲讲基础题还是绰绰有余的。一节自习课下来，容诗翊受益良多，弄懂了好几个知识点。

什么宋词，不要也罢！

虽然容诗翊心里这么想，但他还是有点儿过意不去，毕竟是他在人家背后说坏话在先，怨不得宋词生气。

可能是看容诗翊有点儿心不在焉，苏锦柚给他讲完了题，没忍住问道："容容，你跟主席闹别扭了？"

"没有啊。"容诗翊立马回道。

这叫闹别扭吗？这不是宋词的欠揍日常吗？

"那如果没闹别扭，主席怎么不理你了？"

"哦，因为我说人只有想不开了才会想跟他做朋友，被他听见了。"

苏锦柚陷入了沉思，最后评价道："容容，你好过分。"

这突如其来的指责让容诗翊开始自我反省："我很过分？"

"超级过分！"

容诗翊的神经比较大条，平时他跟朋友也是这么相处的，想说什么就说什么，从没有想过自己说的话有冒犯别人的地方。

"你去道个歉吧。不管是谁被你这样说，都会很伤心的。"苏锦柚重重地叹了一口气。

容诗翊听后却沉默了，宋词这么没良心，还会伤心？

苏锦柚继续苦口婆心地劝说："人与人相处，就是要互相包容啊。你们也不要让这种小事坏了心情嘛。"

容诗翊被她这番话砸得有点儿头晕，他越想越觉得是自己的错，于是便在苏锦柚的提议下，去买了瓶运动饮料，打算送给宋词。

苏锦柚担心容诗翊弄巧成拙，亲自上阵给他挑了一瓶包装花里胡哨的饮料，是樱花口味的，她说宋词一定喜欢。但容诗翊有点儿嫌弃，因为这瓶饮料的包装太粉嫩了，上面还印了不少爱心，跟他大猛男的形象一点儿都不搭。

不过，容诗翊觉得道歉送礼这种事还是要听心思细腻的小女生的建议，因此他也没有再纠结了。

下午的体育课，体育老师让大家绕着学校跑了两圈，就宣布自由活动了。

萧凛走过来，同容诗翊勾肩搭背，说："哎，容容，打球吗？"

容诗翊摇摇头，脸上愁云密布："不了，你们先打，我还有事，要去找一下宋词。"说着，他从椅子上拿起那瓶粉嫩的运动饮料。

等看清那瓶饮料，萧凛的嘴巴张得如同能塞下十个鸡蛋。

如果他没看错，容诗翊手上那瓶饮料是最近爆火的"有爱果汁"。

这个果汁最近在搞周年活动，推出了本季限定的樱花白桃口味，为了营销，他们还在上市时同步上映了一部青春校园类型的微电影，这个饮料成了很多年轻学生跟风"玩梗"的神器。

萧凛想起了他昨天在电视里看到的酸掉牙的广告词和微电影演员浮夸的表演，不同的是，此时他脑海中自动代入了容诗翊的脸："你有爱，我有爱，我们都有多多的爱！甜甜的校园，甜甜的你，喝了我的樱花白桃，我们就是一辈子的好朋友了哦！"

萧凛捂住了眼睛。

给一个大男人送这种饮料，不愧是容容！

容诗翊不明白，周围为什么有那么多人盯着他看，他有点儿不自在，但也没多想，看了一圈，锁定了宋词的位置。

宋词正在不远处跟体育老师说话，容诗翊不好上去打扰。他等了一会儿，直到他们说完话才走过去，别别扭扭地道："哎，宋词，你跟我过来一下。"

这可不是容诗翊故意扭捏，是他实在不想顶着这么多探寻的目光道歉，那也太丢脸了！

他拉着宋词到了操场边的一处小回廊里，回廊周围挂了些爬山虎，把远处那些人的视线阻隔了，他自在了不少。

宋词不知道容诗翊的葫芦里卖的什么药，他靠在柱子上，瞥了一眼容诗翊手里的樱花饮料，微微挑眉，说："你不是不喝这些吗？"

"我是不喝。"容诗翊摸了摸鼻尖，看着回廊上花花绿绿的宣传画，伸手把饮料递给宋词，"送你的。"

这三个字蹦出来，两人之间的空气一时凝住了，气氛尴尬得可怕。

宋词看看那个瓶子，又看着容诗翊，似乎没懂他是什么意思。

容诗翊看着宋词不明所以的眼神，不自然地补充道："那个……今天早上我在背后说你，是我不对，我只是随口吐槽了一下，没别的意思，你别生气。"

说完这话，他感觉浑身上下都不自在，加上拿着的粉色饮料瓶也没被宋词接过去，他顿时觉得丢人极了，便气急败坏地收回了手："看把你惯的，我跟你解释什么？你到底要不要喝这个？不要算了！"

"谁说不要？"

宋词在他收回手前把饮料拿了过来，然后拎着这瓶饮料打量了一下，突然忍不住笑了一声。

他原本想调侃容诗翊两句，但不知道为什么，他突然不想这样做了，于是又将话咽了回去。

"说吧，谁给你出的主意？"

宋词不觉得今天这出戏会是容诗翊一人的手笔。

"柚子。"容诗翊回答得很诚实。

"柚子？苏锦柚？"

"对啊。"

容诗翊干完了一件大事，紧绷的心终于放松，语气也轻快不少："你拿了我的饮料，我就当你接受我的道歉了。我不跟你浪费时间了，大头叫我打球呢。"

"嗯。"宋词顿了顿，在他走前提醒他，"你记得，下次道歉别给对方送这个。"

"我知道了，你怎么像个公主似的。"

容诗翊没往别处想，他以为宋词这话是因为"我有的东西别人不能有"的奇怪癖好，这人本来就事多，他早就习惯了。

他冲宋词摆摆手，就离开了回廊。刚走出去，他就被四面八方投来的目光盯得浑身不自在。

这些人真是的，什么毛病，怎么这么八卦？

这个时间操场上不止十班在上体育课，容诗翊回到篮球场想找萧凛他们打球时，发现篮圈围了一群高个子男生，似乎是起了冲突。

"什么人啊，这篮球场是你家开的？狂给谁看呢！"

马虎抱着篮球，跟对面的人理论，他的脸气得红彤彤的。

容诗翊拨开人群挤到前面，他刚准备问一句，就被萧凛拉住了。萧凛压低声音解释道："是八班的人。我们半场篮球打得好好的，他们突然过来叫我们让地方，说他们要打全场。"

"旁边不是还有个场子吗？"容诗翊皱起眉问道。

萧凛挠挠头，说："篮圈坏了，还没修。"

"哟，你们是想为了篮球场干一架吗？"

说话的人留了一头莫西干式的短发，容诗翊记得他叫余询。这人一直看容诗翊不顺眼，两人之前遇见几次，次次都以不愉快收场。

容诗翊懒得理会他的挑衅，只说："同学，你们班的人也不多，打半场完全够用吧。"

"够是够了，但我们今天想来场比较正式的比赛，所以就委屈一下你们咯。"余询耸耸肩。

"凭什么啊？半场配不上你？你把我们赶走了，我们上哪儿打去？

大家都在上体育课，而且我们还是先来的，凭什么让着你？"

马虎把怀里的篮球往地上重重一砸，球撞在地面上，发出一声巨响。

"不就麻烦你们让个地方，那么大火气干什么？"余询"啧啧"两声，倒显得马虎在无理取闹。

他装模作样道："哎，我突然想起来了，你们班是不是连文化节的名额都没有？巧了，没场子打球刚好能给你们空出时间读书，不然，这次是文化节不让你们上，下次说不定连运动会都不带你们玩了。"

"就是，你们班除了会叫几个人高马大的男生来吓唬人之外，也没什么了吧？想想也是，你们这情况在学校也就只能打打球，学校没把你们除名就不错了，哈哈哈……"

八班那群人里还有不嫌事大的，频频帮腔。

文化节这件事戳到了十班人的痛点，一时竟没人出口反驳。

容诗翊握紧了拳头，他真想现在就往余询那张脸上招呼两下。

"容容！"

"小容。"

当容诗翊就要沉不住气的时候，萧凛一把拉住他的手臂，除此之外，还有另一个人也叫住了他。

云晴晴拎了一大袋奶茶，她把那些奶茶放在地上，走到十班的学生前面。

她个子不高，身材娇小，但面对这些比他高很多的男生时，气势一点儿也不输："同学，再怎么说也是我们班的同学先到的，你们想要场地，完全可以好好说，说话这么难听，还搞歧视，是不是不太合适？"

余询等人虽然张狂，但云晴晴好歹是老师，面对她，他们多少收敛了点儿，但态度依旧不算好："老师，我们这话虽然难听，但也是实话。"

"我是十班的班主任，我觉得你们刚才的话伤害了我的学生，我希望你们可以向我的学生道歉。"

余询笑了两声："我说得不对吗，为什么要道歉？"

听见这话，十班在场的同学都变了脸色。

"你！"

108

"嗯，你说得有道理。"

容诗翊正要发作，就被身后一个懒洋洋的声音打断了。

宋词缓步走到容诗翊身边，搭上他的肩膀，冲对面的余询扬了扬下巴，说："能说出这种话，想必您的成绩一定十分优异。如果我没记错的话，三中第一好像不是你啊，是谁来着？啧，让我想想……"

宋词装模作样地思考着，片刻后，他扬起一个顽劣的笑容来："啊，原来是我啊。"

原本容诗翊还在炸毛，听见这一句，愤怒彻底没了。

不愧是宋词。

被宋词这么一说，余询的脸有点儿挂不住了。

他怎么忘了十班现在还有个宋词。的确是他先拿成绩说事的，但要认真算起来，八班跟十班比，又能好到哪里去？

他握紧拳头，刚准备反驳，却被宋词一个眼神堵了回去。

宋词眼神冰冷，居高临下地看着余询，像位居食物链顶端的捕食者对冒犯者露出了獠牙。

他微微眯了眯眼睛，沉声道："那就让开吧？"

"你……"余询的面色由青转白，他死死地咬着牙，但又无法反驳宋词的话。

余询憋了半天，最后只强撑着道："那你不也是一个人，要我们让开做什么？怎么，你一个人还想打全场？"

听见这话，宋词笑了一下，抬手抓了一下容诗翊的头发："我哥们儿想打球，我给他清场子，不行吗？"

容诗翊知道宋词这是在帮他说话，甚至默许了这人揽住自己的肩膀，他还顺着宋词的话说道："他给我撑场子，不行吗？"

此时其他班的人也凑了过来，但不敢走近，就在不远处探头探脑地看热闹。

容诗翊冲余询扬扬下巴，说："你还站着不走？我们十班也不是不讲理，想打球，咱们就一个班占半场，井水不犯河水。不想打就趁早走开，别在这儿浪费大家的时间，体育课的时间也没多长。"

宋词毕竟是学生会主席，所以八班有人拽了拽余询的衣袖，想说算

109

了。但在场的都是十七八岁的少年,气上头了谁也不服谁,怎么可能吃了瘪就这么夹着尾巴乖乖走人?

余询的性子本来就不怎么好,别人越劝他就越生气,他一把甩开那个劝和的人,道:"反正都要打球,那索性咱们两个班凑一起打一场,切磋切磋?"

容诗翊犹豫了一下。虽然对方这话是冲他说的,但这事不是他一个人能决定的。

他转过头,扫了一眼萧凛他们,问:"怎么说?打不打?"

萧凛扭头在十班人群里望了一圈,刚准备摇头,却被另一个声音抢了先。

"打!谁怕谁?"马虎向来莽撞,他气得一上头,直接就为在场的十班人做了决定。

既然已经有人撂了话,那其他人再推脱就没面子了。

两个班分头准备,各自挑选上场人选时,萧凛忍不住了,对着马虎不满道:"你也太莽撞了,咱们班的人都没来齐!三子他们不知道去哪了,我们上哪儿找人打配合?"

容诗翊和萧凛平时都和九班的杨照他们打球,跟自己班的同学打得少,可也不是不能打。但以往班级赛的打球主力已经有三个不知去向,只剩下他和容诗翊加马虎一个替补,现在对上八班,赢不赢就不说了,连人都不一定凑得齐。

"我哪知道他们不在。"马虎倒是有理。

"你……"

"没办法,硬着头皮上吧,话都放出去了。"

容诗翊不是很想继续浪费时间纠结这些,他环视一圈,当务之急是抓个能上场的壮丁。

等等,此时最大的壮丁不就站在自己眼前吗?

想到这儿,容诗翊用胳膊肘推了宋词一下:"哎,宋词,你会打篮球吗?"

宋词笑了一下,露出他的小虎牙,说出的话好不狂妄:"宋词,无所不能。"

"看把你能的。"容诗翊冲他翻了一个白眼。

这话虽然说得嫌弃,但有了宋词的加入,容诗翊莫名其妙安心了点儿。

可他的好心情并没有持续多久,因为宋词说:"但天上没有白掉的馅饼,我不做吃亏的买卖。"

容诗翊硬着头皮道:"你说吧,要我做什么?"

"我没想好,你先欠着吧。"说完,宋词走到一旁的长椅边,放下了自己的外套和手里的饮料。

最后,十班这边的阵容是容诗翊、宋词、萧凛和马虎,还有一个高个子男生。这样一个现场临时拼出来的队伍,对上的却是八班的班级赛主力阵容。

这种情况下,几乎所有人都不觉得十班会赢。

虽然十班这支球队是现凑的,马虎和另外一个男生还打得很一般,但是宋词和容诗翊打了一手好配合,加上宋词个人能力极强,倒也勉强能把分拉上来。

"天哪,我还以为宋词只会学习,他以前参加过运动会吗?我怎么从来没听说过他会打篮球,还打得这么好!"

"一班学霸每年的运动会不都是上去凑数的?至于宋词……他好像除了在开幕式上发言,就没再出现过,他真是深藏不露啊。"

围观的人群中不乏类似的讨论,云晴晴站在一边,万分紧张,她不自觉地握紧了拳头。

上半场进行到尾声时,余询进了一个三分球,球稳稳地落进篮筐里,引得八班的同学们一片欢呼。

"余询好厉害!八班好牛!"

八班有个男生喊了这么一嗓子,气势瞬间高涨,他们的口号声也响彻篮球场。

云晴晴抿抿嘴唇,有点儿着急。虽然她是老师,只负责教书,但她可不想在这种事上落后,于是她将双手拢成喇叭状,喊道:"十班加油!小容最棒!"

111

听见老师喊加油，容诗翊脚下一滑，手里的球差点儿飞出去。而周围的十班同学在短暂的哄笑后，也一个个学着云晴晴的样子，让属于十班的一声声"加油"盖过了对面的声音。

就在这时，容诗翊被八班一个高个子男生拦下，他没有一丝犹豫，转头就把球抛去了宋词的方向。

宋词稳稳地接住球，迈开长腿，在对面防备他下一个动作时，来了一个漂亮的转身过人，随后弹跳起身，在上半场的最后一秒，他将篮球扣进筐内，此时比赛结束的哨声随之响起。

上半场比赛结束，十班以一分的优势暂时领先。

"Nice！"

容诗翊脸上是难掩的兴奋，他拨开身边的人，直直地跑向宋词，像一只熊一样撞到了他身上。

宋词愣了一下，被他撞得后退几步。

"帅啊，宋词！"

容诗翊向来不吝惜自己的赞美，他激动得不行，直到宋词被他带着在原地转了个圈，他才从宋词身上跳下来。

打篮球会消耗不少体力，容诗翊停下后才觉得累。他用手给自己扇着风，走到休息区的长椅旁边，想着赶紧喝口水。他坐下来后，才想起自己上体育课忘了带保温杯。

上前递纸巾的云晴晴注意到他的异样，问："小容，我给大家买了奶茶，你要喝点儿吗？"

容诗翊摇摇头。

奶茶这玩意儿太腻了，压根儿不解渴，还不如不喝。这样想着，容诗翊抿抿嘴唇，往身旁瞥了一眼，正好看见宋词手上那瓶自己刚送出去的饮料。

被容诗翊盯上时，宋词正准备拧瓶盖，他看见这人眼巴巴的样子，觉得好笑，他哪能不懂对方的意思。他伸手把瓶子递给容诗翊，但在那之前，他还是提醒了一句："我喝过了。"

"啧，我不嫌弃你。"

容诗翊快渴疯了，他接过饮料，咕噜咕噜地灌了两口，他看到不远

112

处的马虎，赶紧把饮料还给宋词。

"马虎，你怎么失误那么多次？"容诗翊追到马虎身边问。

"手感不好。"

马虎没打好球，自己心里也正憋闷着，便回答得有点儿不耐烦。

"手感不好，传个球总行吧，我也没要求你必须进球，团队游戏就得多配合。"容诗翊抬手拍拍马虎的肩膀，嘱咐道。

短暂的休息后，下半场的比赛很快开始了。十班有了上半场的优势，士气比之前高出不少，但形势似乎不比之前乐观。

八班在上半场吃了亏，终于发现宋词才是对手的主力，因此改变了战术，开始针对宋词严防死守，几乎把他缠得无法脱身，完全限制了他的发挥。

这样的情形下，队内能依靠的只有容诗翊和萧凛。

但这是两个班的比赛，只靠他们显然不够，战况瞬间变得胶着起来，加上频频出错的马虎，十班只能勉强追上八班的分数。

时间一分一秒过去，容诗翊和萧凛在比赛即将走到尾声时打出了一个绝妙的配合，用一个三分球瞬间反超八班两分。

眼看着比赛要结束，十班只要保持目前的比分就能赢得胜利，可很快，八班再次抢到手的球权令大家的心瞬间提到了嗓子眼。

就在这关键时刻，马虎抓住了对方的失误，把球抢到了自己手里。马虎有点儿紧张，往容诗翊那边看了一眼。他知道自己现在应该把球传到容诗翊手里，但他们目前已经领先了，自己不传这个球应该也没多大问题，反正就剩下几秒了，投个篮，进了锦上添花，失误了也还是稳赢。

想到这儿，马虎忽视容诗翊示意的眼神，自己做了个投篮的起手动作。

谁知就在这时，马虎手滑，被身前的余询手疾眼快地截下了球。余询抓住机会，进了个漂亮的三分球，在最后一刻扭转局势，超越十班赢得了胜利。

八班那边爆发出一阵欢呼和尖叫，声音的浪潮几乎要把其他人淹没了。

"马虎,你干什么呢?刚刚那一球长眼睛的都知道不该投,你都看见容容那边没人了,怎么不把球传给他?非要给人家机会吗?"

在一片哄闹中,萧凛走过来推了马虎一把。

"我能进!那一球我能进,就是手滑了被人截了而已!"

马虎也是个倔脾气,球赛输在他手上,他也不痛快。本来他当了一整场的混子,心里就不怎么服气,最后只是想要个帅,可谁知会发生这种事。

"你觉得你能进,我还觉得我能考清华呢!你失误多少次,自己心里不知道吗?"

萧凛正在气头上,想再和马虎争论几句,却被容诗翊拦住了。

他一抬眼,就见余询抱着篮球走过来,那副嚣张的样子,让人恨不得给他来上两拳。

"承让承让。看来三中第一也不是样样都能拿第一,三中倒一果然是哪儿都不行。"

"别这么说,我可以做的事可还多着呢,就看你想不想见识见识。"容诗翊学会了宋词最擅长的说话方式,笑着回道。

随后,他冲余询扬扬下巴:"愿赌服输,我们撤了,你们玩。"

容诗翊虽然算不上脾气好,但也不是胡搅蛮缠的人。说完,他就去长椅上拿了外套,自己先走了。

十班人见状,也陆陆续续离开了操场。只是等他们回去后,教室里一片死气沉沉,完全没有了往日活泼的样子。

容诗翊去卫生间洗了把脸,他回来的时候,路过宋词的桌子,看见上面摆着语文课本,就顺手翻了两页。

他还记得自己是语文课代表,所以出声提醒道:"下节语文课,大家有空预习一下第五十三页。"

他这话一出,只有零星几个人回应了,容诗翊也没多在意。教室里的沉默和楼道里的哄闹形成鲜明对比,只能偶尔听到几下翻书的响动。

"抱歉了。"

在一片死气沉沉里,马虎突然从座位上站起来,走到讲台上,对着下面的同学深深地鞠了一躬:"是我太冲动,答应跟他们打比赛,还打输了，让大家丢脸了。"

马虎弯下腰后，久久没有起身。

教室门口传来一阵脚步声，云晴晴走上讲台，把手里的教案放下，拍拍马虎的肩膀，安慰道："没关系的。"

云晴晴做十班的班主任也有好几天了，她在班级里一直没什么威慑力，学生们也不怎么在意她说的话。

但今天，是云晴晴站在大家前面保护他们，反驳那些恶言，也是云晴晴带头给他们喊口号，把大家团结起来。这么闹了一通，大家对这位年轻的老师改观不少。

众人沉默许久，后来，前排有个小女生委屈得哭了："老师，我们真的很差吗？"

大家本来就因为文化节的事情生气，今天又来这么一记重锤，让这些孩子第一次正视了他人投向他们身上的眼光。

"他说我们不行……"

教室里一片唉声叹气，容诗翊听了一耳朵，一时连课文都看不进去了。他有点儿受不了，说："大家都振作起来啊！人家嫌咱们不争气，咱们争口气不就行了？人家说咱们差劲，那咱们就摆正态度给他们看，很难吗？"

"说得很简单，但咱们在座的哪个没努力过？这书本要真有那么容易学，那些成绩好的还那么刻苦干什么？就算咱们现在开始学，也落后了人家好大一截，哪还有救啊？"

"就是……"

大家七嘴八舌地说着丧气话，有个女生小声问道："老师，如果我们现在开始认真读书，还来得及吗？"

听见这个问题，云晴晴沉默了很久。她没回应是或不是，只是说："如果我说来不及，你们就要放弃吗？"

"是啊，我又没让你们跟全校第一比，咱们自己跟自己比还不行吗？只要足够用心，往前一步都是进步，咱们只管努力就是了！"

见气氛到了，容诗翊赶紧拍了两下桌子，他抬头时，看见了宋词，灵机一动，说："再说了，咱们不是还有宋词吗？大学霸，还怕不能带

115

飞你们？"

宋词瞥了容诗翊一眼，不知道自己怎么突然被拉到了一条船上。

容诗翊使劲给宋词使眼色，最后他豁出去似的说："都听你的，当牛做马都行。"

宋词一听，眸子里带了些笑意，容诗翊知道，这是合作愉快的意思。

"只要想学就不晚，以后自习课都听我指挥，我从最基础的开始讲，可以吗？"

一个男生站了起来："家人们，那句话怎么说的，咱们不蒸馒头争口气，行不行？"

十班的同学们相互看一眼，像是被他打足了气，纷纷举手附和道："行！"

看大家有了动力，宋词回头看了眼容诗翊，不想正对上这家伙的视线。容诗翊也被这气氛感染了，冲他竖起大拇指。

下午的语文课，大家都听得很认真，自习课时宋词开的小讲堂也有不少人参与，看来大家是铁了心要争口气。云晴晴感动得红了眼眶。

放学后，容诗翊收拾书包打算去兼职，临走时，他瞥见宋词正慢悠悠地把一个空饮料瓶子装进书包里。

"宋词，都喝完了你还留着空瓶子干什么？"

宋词抬眸看了他一眼，故作苦恼地叹了一口气："我家境贫寒，多收集几个空瓶子好攒下学期的学费。"

"你有病？"容诗翊打量了他一眼，突然想到一个可怕的可能性，"你少在这儿糊弄我，姓宋的，你不会要在瓶子上写上我的名字每日扎一针吧？科学社会，可不兴这个！"

"怎么会呢。"宋词捂住胸口，皱起眉，一脸受伤，"我这是第一次收到小翊的礼物，想留着瓶子做个纪念，还要被恶意揣测。"

"你得了吧。"容诗翊没当回事，摆了摆手说，"不就一瓶饮料吗，我下次再送你，你别干这种可怜事。"

"好。"

听见这话，宋词瞬间变脸，还笑眯眯地朝他挥了挥手。

后座的萧凛默默地听完了他们的闲聊，沉默良久，在容诗翊走后，他同宋词说了一句话:"我们容容的想法总是很天马行空,你……多担待。"

最近,十班的改变震惊了整个年级。

据十班的任课老师描述,他们班的学生上课时,课堂气氛明显变好不少,回答问题变积极了不说,甚至课间操都有人举着单词本在背单词。

王主任大呼震惊,于是在某节自习课时暗访十班,看看他们到底是不是真的改变了,恰巧他发现宋词正站在讲台上,看板书是在讲数学。

学生们愿意提起劲头学习当然是好事,在云晴晴的请求下,十班其他任课老师纷纷答应从基础知识教起,也算是提前开始了第一轮复习。

夏天的尾巴悄悄溜走,天气转凉,再过几天又是新一轮月考。

容诗翊还一直在便利店兼职,没客人的时候他就做一做数学题,生活十分充实。

"小容,学习呢?"

就在容诗翊对着题目苦思冥想的时候,便利店老板突然神秘兮兮地凑过来:"你准备一下干活了,我今天抢到好货了。"

"啊?"容诗翊听着,感觉老板这语气多少有点儿不对劲,"什么好货?"

"有爱果汁啊!你都不知道,这玩意儿进到货全靠抢,我前几次死活都抢不到,今天还是定了闹钟早早爬起来,就这才抢到了最后三箱。不说别的,这果汁的热度这么高,隔壁店都卖得赚翻了,我也必须蹭一波热度!"

看得出老板真的很激动,为了迎接这三箱新"家人",他甚至专门去买了一个粉色的货架,摆在店里最显眼的位置。

"有爱果汁?"容诗翊皱了皱眉。

不是吧,怎么会有这么土、这么奇怪的果汁名字?

"你不会不知道吧?"老板听见容诗翊的话,瞪大了眼睛。

不是吧,这么火的东西他都没听过?

和容诗翊相处这么久,他有时候觉得这小子不像是年轻人。

"就那个……粉色包装的运动饮料啊,樱花白桃味的,这个果汁的微电影广告还上过热搜呢。"

等等,粉色包装的运动饮料?

容诗翙顿时有种不太好的预感。

他的脑瓜子嗡嗡作响,下意识想在网上搜一下这玩意儿,但他一打开手机,就有个电话打过来,来电人的备注是"周远山"。

容诗翙不太想接,但他想了想,还是点了接通键。

"今天晚上你有空吗?"周远山跟他说话向来不寒暄,开门见山。

"没空,我要学习。"容诗翙也一点儿不客气。

"那就是有空。半小时后你回家一趟,我带你去个地方。"

周远山说话时总是带着一种近乎命令的语气,容诗翙最讨厌他这一点。

"我说了,没空。再说了,你也不缺我这一个儿子。"说完,容诗翙没耐心再听周远山说下去,直接挂掉了电话。

便利店老板一直在旁边听着,见容诗翙放下手机,才小心翼翼地问道:"家里人?"

"不是。"

容诗翙从来不承认他跟周远山是一家人。

老板还想八卦几句,容诗翙却不太想说了,他瞥见店门外有辆粉色货车开过来,就赶紧转移话题:"老板,你的货到了。"

老板总共就抢到三箱货,容诗翙一趟就能搬回来。他干活时没注意到箱子上的图案,等到拆了箱子把饮料往货架上摆放时,他才意识到事情的严重性。

他举着那瓶再眼熟不过的粉色饮料,表情一点儿一点儿变得僵硬。

"这就是'有爱果汁'?"

老板点点头,和他一起往货架上摆放果汁:"你看它,不觉得非常有青春的气息吗?"

不,他只觉得惊悚。

容诗翙默默地摆好货,默默地回到收银台,然后默默地搜索了那个传说中的微电影广告。

这部微电影讲述了少年们在校园里纯洁的友谊,大家一起学习进步,最后高考结束时,女主角在夕阳下一脸羞涩地向男主角递出那个"可恶"的粉瓶子,说出了那句经典台词。

——喝了我的樱花白桃,我们就是一辈子的好朋友了哦。

容诗翊尴尬得连脚趾都蜷缩了,但他现在不太想给宋词打电话解释。他思来想去,最后只给萧凛发了条消息:"你当时看见我给宋词送有爱果汁,为什么不拦着?"

突然被劈头盖脸地兴师问罪,萧凛蒙了:"我为什么要拦着你,你俩的关系不是挺好的吗?"

"这还用问?"

这饮料送给别人没问题,送给宋词就是丢脸丢到家了!

接下来,容诗翊用了十分钟和萧凛掰扯清楚事情的来龙去脉。

"我明白了,这事不怪柚子,她可能是觉得这个饮料比较火才给你推荐的。你就没发现最近别人看你都在憋笑吗?"

"我发现了。"容诗翊痛彻心扉,"但我以为问题出在你们身上。"

他现在只想坐火箭逃离这个星球。

说曹操,曹操到。突然,容诗翊放在桌上的手机亮了,一个电话打进来,来电显示赫然是宋词。

容诗翊的手一抖,他接通电话,抢在宋词开口前解释道:"宋词,我那天送你有爱果汁没别的意思!"

电话那端的人问道:"嗯?"

"我一点儿都不崇拜你,也没想和你有什么真挚的友谊!"

容诗翊第一次痛恨自己嘴笨。

"我听不懂。你晚上有空吗?"宋词没多跟他纠缠,立马转移了话题。

听见这个熟悉的问题,容诗翊愣了一下。

今天怎么有这么多人想占用他晚上的时间?

"没空,我要学习。"容诗翊把给周远山的答案原封不动地送给了宋词。

宋词停顿片刻,说:"我想起来了,你要打工。那把你们老板的电话发我一下吧。"

好熟悉的感觉!上次听见这句话后,宋词为了让他提前下班,大手

119

一挥，买了一百台净水器！

"不给。"容诗翊再也不上他的当了，态度十分坚决。

"唉。"就在容诗翊要挂断电话时，宋词幽幽地叹了一口气，"你不想去也没关系，我不怪你，我就是有点儿伤心。"

"喂，你好好说话！我又不欠你的，你伤心什么？"容诗翊觉得莫名其妙。

"之前你送我有爱果汁，刚刚又说和我的关系没那么好。唉，可能我就是一个不讨人喜欢的人吧，就像你说的，这个世界上没人想和我做朋友。你好好做题吧，我一个人在角落里默默地待着就好……"

"我求你赶紧闭嘴吧，地址发来，懂吗？"

"好的。"

市中心某个高档小区里，宋词挂了电话，一旁的唐诗正在补妆，她对着镜子抿抿嘴唇上的口红，随口问道："谁啊？"

"朋友。"

"哦。"唐诗稍稍扬起下巴，往对面的架子上瞥了一眼。

整间房子的装修都是极简风，墙上和桌上的装饰也都是素淡的冷色调，唯独对面的装饰木架上，一堆整齐的白瓷小花盆里放着一个突兀的饮料瓶子，还是粉色的，里面插了两枝新鲜的花，真是怎么看都不协调。

唐诗说起正事："你明知道你爸的意思，还要带个不相干的朋友一起去，不怕他不高兴？"

"他搞这事，也没考虑过我高不高兴，我想那么多做什么？这是回敬而已。"

"嘿，瞧你这话说的。先讲好，你们爷俩儿的事我不掺和。"

今天，宋词的父亲宋昱举办了一场商务性质的宴会，实际就是想让宋词多认识一些合作伙伴家的小辈，帮他拓展人脉圈。宋昱管宋词管得很严，连交什么朋友都得过问别人的家世，但宋词是完全不服管教的，他最讨厌被人安排，平时只要一找着机会就跟宋昱唱反调，这次他在这种聚会带自己的朋友过去，也是为了'无声反抗'他的父亲。

120

唐诗没太多想法，毕竟宋词从小到大也没什么亲密的朋友，她只想知道，到底是什么样的人间天使能忍受宋词的臭脾气。

"你那朋友刚才是在兼职吗？一边兼职还一边学习，好厉害。"

唐诗已经将宋词的朋友想象成一个单纯乖巧、认真努力、刻苦学习的小学霸了，说不定等会儿还会腼腆地对她说"阿姨好"。

正巧这时门外传来按密码锁的声音，唐诗连忙走了过去，她抚平自己旗袍上的褶皱，一脸期待地看着门口的方向。

接着，门被缓缓打开，唐诗带着满脸笑容，看见的却不是她想象中的乖巧小学霸。

怎么说呢，这男生跟她预想的毫不相干。

两人面对面站着，在看见对方的那一刻，都愣住了。

第四章

我不允许你用可爱来形容一位猛男

容诗翊来之前,跟宋词提前打过招呼,所以他到宋词家的时候是直接按密码进来的。

但开门后,事情好像有点儿不对劲。因为他看见门口的人并不是宋词,而是一个穿着深蓝色旗袍的女人。

那个女人一头栗色长鬈发,容貌十分精致,看见容诗翊时,她明显也愣了一下。

容诗翊第一反应就是自己走错了门,于是他挠挠头,尴尬地道歉:"不好意思,我走错门了。"

容诗翊退了一步,他在想自己怎么会犯走错门这种低级错误,但转念间又反应过来——不对,这门是他输入密码打开的,怎么可能走错?

于是,唐诗看见那个头发有些棕红的小帅哥又走了回来。

容诗翊不知道宋词家里有别人,还是个漂亮姐姐,所以一时没敢进去。唐诗也有点儿蒙,不知道该说点儿什么,两人大眼瞪小眼许久,最后还是容诗翊主动出击。

容诗翊看她的年龄不是很大,但打扮略显成熟,就小心翼翼地打了个招呼:"姐……姐姐好?"

这声"姐姐"喊得唐诗心花怒放,她这才回过神来,笑眯眯地招呼道:"你就是宋词的学霸好朋友?快进来。"

"啊，是……吧。"容诗翊没怎么听懂她的意思，胡乱应下了。

而在容诗翊进门的短短几秒里，唐诗悄悄地打量了他好几眼。

个高腿长，头发颜色很特别。

总结一下，他看起来不乖巧，也不像学霸。

容诗翊在玄关处换好拖鞋，他不抬头都能感觉到那个姐姐看向他的灼热目光，这让他紧张得不行。

宋词走过来打破尴尬的气氛，道："我介绍一下，小翊，这是我妈。"

妈？容诗翊难以置信地看了唐诗一眼，说她是二十多岁的小姑娘他都信！

"这位是容诗翊，我的学习搭档，江城三中最酷的男人。"宋词特意加重了后半句。

果然不是乖巧学霸。宋词估计是知道宋昱最不喜欢这种小孩，所以专门叫这孩子来气他的吧？

她看了容诗翊一眼，轻轻地叹了一口气："你们玩，我去给你们准备点儿水果。"

平时张扬得不行的容诗翊在陌生长辈面前就变得拘谨起来，他乖巧地站在一边，点点头，等到唐诗离开客厅，他那僵硬的微笑面具才彻底崩裂。

他臭着一张脸，压低声音道："宋词，你叫我来到底要干什么？"

宋词无辜地耸耸肩，说："我专门把你叫来，让你认识一下我妈。"

"你有病？少浪费我的时间。"容诗翊翻了一个大大的白眼，转身就走。

宋词拽住他的衣袖，说："晚上一起吃顿饭？"

"我不。"容诗翊无比决绝道。

令人意外的是，今天的宋词格外好说话，他轻飘飘地来了句："行，那你走吧。"

这倒让容诗翊进退两难，他脚步一顿，慢悠悠地转过身，疑惑地看向宋词。

这一切都在宋词的预料中，现在观众已经就位，他要开始表演了。

他走到木架旁边，拿起那个装着鲜花的饮料瓶，抬手拨弄一下花

123

瓣，仿佛下一秒就要向林黛玉看齐，垂泪将这两枝花葬在土里。

"有些人说过的话轻易就收回去了，什么朋友，到头来还不是说断就断，说走就走。"

容诗翊看见那个粉色瓶子就头疼，宋词怎么还留着这玩意儿？

"我服了，宋词，你还留着它干什么？"

"别人送的当然要留着。"

"这就是一个饮料瓶！它是有什么魔力吗，这么招你喜欢？"

宋词笑得露出他那颗虎牙来："是它喜欢我，它和我有缘。"

容诗翊最听不得这种玩笑，他浑身的鸡皮疙瘩都要起来了，伸手就要去抢宋词手里的瓶子："这瓶子你还是别留着了，免得它变成鬼上你的身，我替你把它处理掉……"

宋词没让容诗翊碰到瓶子，他后退一步，高高地举起瓶子，躲过了扑过来的容诗翊。

"你不是要走吗？走呗，别管我的事。"

"那可不行，怎么说你也是我的小老师，我不能让你被'瓶子精'蛊惑了心智。"

容诗翊和宋词相处久了，斗嘴也能和他过上两招。他边说边去抢对方手里的瓶子，但他比宋词矮一点儿，这导致他踮起脚也碰不着那个饮料瓶。

容诗翊不服气，于是他暂时停了攻势，转为静静地站在宋词面前。

宋词见他突然停下，也不知道他葫芦里卖的什么药，微微一顿。容诗翊就在宋词出神的那一秒以迅雷不及掩耳之势钳住他的脖子，说："你拿来吧！"

宋词毫无防备，被容诗翊突然一扑，往后跟跄了好几步，差点儿摔倒。但饮料瓶子在半空中倾倒了，里面装着的小半瓶水洒了下来，其中夹杂着两片白色花瓣，贴在了宋词的脸颊上。

"容诗翊？"宋词咬了咬牙，语气里带了点儿威胁的意味。

"我错了，错了。"容诗翊忍着笑，忙用衣袖去擦宋词脸上的水。

"你们干吗呢？"

正当他们这边一片混乱时，唐诗的声音响了起来。

只见她端了一个果盘,笑道:"你俩玩着呢?老吴到楼下了,也不好多等,咱们没事就先走吧。"

"那我就不打扰了。"

见他们要走,容诗翊赶紧把那个粉色瓶子和玫瑰花一起塞进了他随身携带的小包里,心想自己出去就把这些玩意儿丢了。

唐诗看了宋词一眼,说:"怎么,小翊不是要一起去吗?"

"啊?"容诗翊瞪大眼睛,压低声音问宋词,"你到底叫我去干吗?"

"强制交友局,救个场?"宋词扯了一个理由。

"又是这样,你的事是真多,我可是一个臭烘烘的小流氓,怎么给你救场?怕不是去砸场子的。"

"没事。"宋词笑得像只老狐狸,"就需要小流氓。"

容诗翊最终还是被宋词拉上了车。

刚才打闹的时候,容诗翊的衣服被花瓶里的水弄湿一大片,所以临走的时候,唐诗给他找了件宋词的衬衣换上,他俩的体形差不多,衣服倒也合身。

容诗翊一路上都在想自己怎么就上了宋词的"贼船",但他来都来了,总不好再反悔,只能硬着头皮上。

原本容诗翊以为这只是一场普普通通的家宴,但后来他才发现他太天真了,因为就算是家宴,宋家人也能办得不普通。

黑色的轿车停在了江城最有名的江景餐厅楼下。

容诗翊不喜欢来这种地方,无论是看着还是待着,他都觉得不自在。

唐诗注意到容诗翊情绪不高,以为这孩子怯场了,便安慰道:"没关系的,你放松就好,大家都很好相处的。"

容诗翊冲她笑了笑。

唐诗和宋词估计经常在这里露脸,刚一进门,餐厅的侍应生就很是殷勤地将他们带进了电梯。

容诗翊默默地靠在电梯的扶手上,转头看着玻璃外的景色。

"你在想什么?"宋词注意到容诗翊在出神。

容诗翊瞥了他一眼,说:"我在想,咱俩真不是一个世界的人。这种事就这一次,以后你别再找我,我嫌烦。"

电梯很快到了顶楼,"叮"的一声响,电梯门缓缓地打开。容诗翊个子高,一眼就看见了在前方的真皮沙发上坐着的男人。

那男人看起来四五十岁,眉眼和宋词有一点儿像,不用猜就知道这两人是父子。

除此之外,容诗翊还能很明显地感觉到,这人看自己的眼神算不上友好。

看这形势,容诗翊很快明晰了自己的定位——被宋词拿来气老爹的工具人。

宋昱到得很早,此刻正坐在沙发上休息,手里握了一个高脚杯,里面的红酒微微晃动着,倒映着天花板上的灯光,很是好看。

宋昱打量着宋词身边站的少年,微微皱了下眉。他算是江城商界响当当的人物,当年年纪轻轻就从父亲手中接过了宋氏集团,并将其发展到今天这般规模,足以见得他个人能力之强。

宋昱开口时,语气不算太好:"宋词,介绍一下?"

他的声音低沉,听得唐诗心里没底。她最了解自己的丈夫,很清楚这时候他多半已经在压着怒火了。

"容诗翊,我同学。"宋词假装没听出宋昱话里的不悦,还高高兴兴地介绍着。

宋昱喜欢严谨到极致的规矩,而宋词的乐趣就是打破它们。正因如此,他跟宋昱的关系一直不太好。

宋昱扫了宋词一眼,又看向容诗翊——痞里痞气,是他最看不上眼的那类人。

他不咸不淡地笑了一声,晃了晃手里的红酒杯,慢条斯理道:"宋词,你明知道今天是家宴,还带别人过来,成心在找不痛快?"

"啊?"宋词状似无辜地眨了眨眼,说,"是家宴,但您不是也邀请了别的朋友吗?我觉得我带同学来并没有什么不妥。"

"理由。"宋昱垂眸道。

"他比朋友还亲。"宋词的手揽上容诗翊的肩膀,"我重新介绍一下,容诗翊,我拜把子的好弟弟。"

原本兢兢业业扮演着工具人,神游天外地听着这两尊大神斗法的容

126

诗翊被这一句话惊醒了。

他的目光从远处的江景挪到宋昱铁青的脸上，再挪到宋词笑眯眯的眼睛上。

宋词，你在说什么胡话呢，之前你没说有这段剧情啊！

宋词假装看不懂容诗翊眼里的震惊，继续道："你快和咱爸打个招呼。"

咱爸？

宋词，你是真正的狠人。

沉默间，宋词轻轻地捏了一下容诗翊的肩膀，提醒他震惊结束，是时候回神了。

容诗翊经历一番头脑风暴，最终在自己的脸面和兄弟义气之间选择了后者。

他僵硬地扬起一个笑容，尴尬地看向宋昱，开口道："爸……不是，伯父！伯父好！"

该死，他差点儿被宋词带偏了。

宋昱没有回应，重重地将高脚杯放到手边的玻璃小几上，低头揉揉自己的眉心，半天没有说话。

最后，他冷冰冰地看着对面的两个人，说："宋词，你要是想用这种方法气我，大可不必。"

"如果你非要这么想，那我也没办法。"宋词笑了一下，语气显得很轻松。

他这个态度，倒是让宋昱心里没了底。

"叮——"

正当父子二人对峙时，不远处传来电梯到达该楼层的提示音。

容诗翊之前听宋词说过这是交友局，那宴会上肯定还有别家的人，现在估计是他们到了。

果然，宋昱立马停止了和宋词"斗法"，他站起身，系好西装的扣子，从他们二人身边路过时，留下一句话："今天你别给我惹事，我回去再和你说。"

容诗翊悄悄抬头，刚好对上宋昱扫过来的视线。

宋昱样貌威严，身上带着上位者的气质，和周远山身上的趾高气扬完全不一样。

啧，宋家这两人真不愧是父子，连给人的压迫感都是一样的。

"爸叫得挺顺口的，表现不错，但还有进步空间，弟弟，咱们还可以再友爱一点儿。"等到宋昱走远几步，宋词夸赞容诗翊道。

"去你的。"容诗翊用胳膊肘撞了他一下，道，"你爸有点儿凶。"

宋词点点头，深以为然道："是有点儿。"

这时，电梯里的人走了过来，容诗翊听着挺热闹，便回头看了一眼。

结果，这不看不知道，一眼看过去，两边的人都愣住了。

电梯里走出来的是今天下午给容诗翊打过电话的周远山，他的身边还跟着盛装打扮的江雪，以及穿着一身奶白色西装的周星熠。

这一家三口看起来和和睦睦的，但落在容诗翊眼里，多少有点儿扎眼。

周远山显然也看见了容诗翊，但他只是稍微惊讶了一下，随后便笑着跟宋昱、唐诗打招呼。

容诗翊跟着宋词入席，不再关注这一家子，倒是周星熠坐在对面一直没闲着，打量了容诗翊好几次，目光怎么也算不上和善。

可能是周星熠的目光太过明目张胆，连宋词都注意到了。他低声问容诗翊："认识？"

容诗翊"哼"了一声，说："算是吧。"

此时，大人们还在寒暄，留几个半大孩子聚在一起。周星熠还是记着周远山的嘱咐，有点儿紧张地打了个招呼："宋词哥，好久不见。"

"嗯，好久不见。"宋词礼貌地回道。

周星熠知道今天周远山叫了容诗翊一起来，但他不是拒绝了吗？可他为什么还是来了，而且还坐在宋家那边？

他一个上不得台面的小流氓，凭什么？

想到这儿，周星熠出言提醒："哥哥，你是不是坐错位置了，怎么坐在宋词哥旁边？"

他说完，还好心地替容诗翙跟宋词道歉："抱歉啊，宋词哥，我哥很少来这种场合，不太懂规矩，希望没有冒犯到你们。"

周星熠这话一出，不知情的宋家三人都愣了一下。

哥哥？哪门子的哥哥？

容诗翙最烦周星熠这副假惺惺的样子，他一点儿都不客气地回道："平时你都叫我的大名，怎么这时候客气起来了？"

宋词暂时没看懂他们的关系，但他能看出容诗翙现在不高兴，便笑眯眯地说："嗯，你误会了，小翙是我带来的朋友。"

"那么，周先生，介绍一下？"众人在餐桌上沉默片刻，最终还是由宋昱出声打破僵局。

周远山回过神来，这事说不吃惊那是假的，他万万没想到容诗翙和宋词的关系那么好。在江城，谁不想跟宋家打好关系？他原本想让周星熠和宋词套近乎，现在看来也没这个必要了，反正都是他的儿子。虽然容诗翙有些不成器，但宋昱都没意见，那自己也就无所谓了。

想到这儿，周远山发自内心地笑了出来："啊，抱歉，是我疏忽了，忘了介绍。这位是周诗翙，我的大儿子。"

"容诗翙。"

周远山的话音刚落，容诗翙便冷冷地出声："我说一百遍了，我姓容，跟你们周家有什么关系？"

宋昱紧紧地皱起眉。

而唐诗听容诗翙这么一提，心里便清楚了，之前她没往那方面想，现在她倒是回忆起当年周家的一些事。

周远山娶了容家小姐后，就吞了容家的家产，还把容家母子赶了出去，没过几天他又大办婚礼，娶了现在的妻子。可笑的是，周远山跟现任办婚礼时，他的小儿子还在他们的婚礼上当花童。

周远山干的就不是人事，难怪小容不认他。

因为这个插曲，餐桌上的氛围一时间有点儿诡异。

原本他们这顿饭是两家基于商业的人情往来而吃的，但现在容诗翙横插一脚，两家人聊家常显然不合适。周远山和宋昱聊完工作上的事便再无交流，两位夫人偶尔谈起的话题也都潦草带过。

129

这一场宴会，好像只有宋词和容诗翊比较自在，相比之下，周星熠就不怎么高兴了。

他一直知道自己的身体不好，周远山也顾忌这点，所以一直盘算着把家产留给容诗翊，哪怕是容诗翊不愿意认周远山这个父亲。

周星熠心里不满，将叉子重重地戳进牛排中，盯着牛肉表面被戳出的洞，突然生出一个想法。

他看向对面的容诗翊，问："哥哥，你现在还在外面兼职吗？平时累不累啊？"

容诗翊不知道周星熠又在打什么主意，但肯定不是什么好事。

他敷衍道："嗯，还行吧。"

"那你有在好好学习吗？我知道哥哥不喜欢看书，但至少要努力一下吧，别总是考倒数第一，不然以后连家里的钱都数不清，当心让别人笑话。"

周星熠的声音不大，听起来就像普通的家人寒暄，但话里的意思就耐人寻味了。

"我考多少分是我的事，你别关心。我在外边烤个串、给便利店打个工也就挣那么点儿钱，四位数以内的加减法再算不清，我还能活到现在？"

"哥哥，你别这么说。爸一直说咱们是一家人，爱看咱们和和气气的，你这么生疏，会伤他的心的。"

容诗翊已经没了吃饭的兴致，他放下刀叉，靠在椅背上，说："伤心？我是挺伤心，以前他半个月不回家一趟，我妈更伤心。哦，他不回家是去哪儿了，你应该比较清楚吧？毕竟你爸妈结婚的时候，你不是都能走路了吗？"

容诗翊本来就个性张扬，周星熠拐弯抹角地嘲讽他，那他就尽数奉还。

"周诗翊，你胡说什么呢？"周远山闻言，脸色一白，怒喝道。

容诗翊耸了耸肩，冷漠地道："我这个人除了素质，什么都有，你不想丢脸就劝你的宝贝儿子少惹我。还有，我姓容。"

周远山只觉得头疼，真想站起来扇容诗翊几个大嘴巴，但他现在还需要容诗翙稳住宋家,这小崽子惹不得。

他权衡利弊片刻,瞥了一眼周星熠,压着怒气呵斥道:"周星熠,给你哥道歉!"

容诗翙看他们这副样子,只觉得好笑。

小时候,容诗翙偶尔会被江雪接去周家住几天,当时周星熠总是骗他喝酒、故意打碎花瓶,甚至有一次还把他推下楼梯。

容诗翙才不会暗里吃亏,一开始他还会辩解几句讨要公平,但就算他告到大人那里去,只要周星熠一哭,周远山就会毫不犹豫地偏袒周星熠,然后狠狠地教训他。

以前容诗翙不懂,为什么这个家对他不公平,后来长大了他才明白,人心本来就是偏的,而他不是被偏爱的那个。

后来,周星熠被查出得了一种罕见病,江雪又没法再生孩子,周远山失去了最合适的人选,这才向容诗翙献上迟来的关心和爱。

可惜,晚了。

别人可能会觉得容诗翙不知好歹,觉得他假清高,但他知道自己在干什么,他嫌周远山的钱脏。

而且,他刚才骂得还挺爽的,就是给宋词惹麻烦了,怪不好意思的。

容诗翙胡乱地想着,有点儿出神,这时身边人碰了碰他的手臂。

他愣了一下,转过头,见宋词正看着他。

宋词说:"你想做什么就去做吧,怎么高兴怎么来,别怕给我惹麻烦,出事了我帮你。"

听见这话,容诗翙没忍住,微微扬起了嘴角。

不远处的周星熠看着这两人,一股闷气涌上心头。他深吸一口气,拿起手边的红酒杯,走到容诗翙的身边。

他知道容诗翙喝不了酒——小时候容诗翙只喝了一口就直接进了医院。

那今天,如果容诗翙不肯喝酒,就是心胸狭隘、没礼貌;如果他喝了,那让他醉倒或者晕倒出个丑,也挺好的。

想到这儿,周星熠心里生出一丝快意。

他举着酒杯,佯作真诚道:"对不起,哥,我刚才不该冒犯你。我不知道你介意这些,我知道错了,你能原谅我吗?"

容诗翊懒得搭理周星熠,他不耐烦地站起身,拿着杯子和周星熠随意碰了一下,但没有喝。

他盯着周星熠,冷笑一声,道:"周星熠,小时候我让着你,是因为我是你哥,现在我无视你,不是因为我怕你,只是懒得和你计较,但这不代表你能蹬鼻子上脸,懂吗?"

说完,容诗翊便端起高脚杯,把里面的酒液全部浇在了周星熠的头上。

"你什么心思,咱俩心里都清楚。这酒,你自己留着喝吧。"

红色的酒浆滑过周星熠的脸,落到了他精致的白色西服上。

在场所有人见状都愣住了,旁边的侍应生忙拿了一张手帕,看着容诗翊这副架势却犹豫着不敢上前。

容诗翊无视众人的目光,若无其事地将高脚杯放下。

事已至此,他不可能装作什么都没发生继续留在这里,所以他拍拍自己的衣服,只留下一句话:"很抱歉,毁了各位的晚餐,我先撤了,你们继续。"

说完,他拎起椅背上的外套,径直走了出去。

离开的时候,他回头看了一眼,除了宋词站在一旁看着他,就只有唐诗悄悄地冲他挥挥手算作告别。

等到容诗翊走后,一旁的侍应生才手忙脚乱地为周星熠递上手帕。

周星熠的脸色很难看,他用手帕使劲在衣服上擦着,可那红酒的痕迹像附在衣料上一般,去不掉了。

这个插曲出乎所有人的意料,周远山也没想到容诗翊居然敢当着这么多人的面做出如此无礼的举动,他觉得非常难堪。

他看看周星熠,本想安慰小儿子几句,但他更怕宋家因此不高兴,于是先跟宋昱道了个歉:"宋先生,实在抱歉,我家大儿子向来混账,我回去一定多加管教!今天扫了大家的兴致,还请大家别太在意。"

宋昱对此好像没有多在意,慢条斯理地将最后一块牛排送入口中,平淡地"嗯"了一声,算作回应。

倒是宋词听到"混账"这个词有点儿不舒服,他想了想,对周远山问道:"周叔,小翊他酒精过敏,不能喝酒,您和星熠不会不知道吧?"

周远山愣了一下,他哪里记得这种小事,现在宋词这么一提,好像是有这么一回事。

宋词看了一眼他的表情,微微弯起嘴唇:"看来周叔和星熠平时真的很忙,不记得这种小事也正常。"

宋词的语气没带什么情绪,可听在当事人耳朵里,莫名有种讽刺感。

是啊,周远山刚还口口声声说是一家人,却连过敏这么重要的事都不记得,真是虚伪。

周远山有点儿尴尬,他在思考要如何回答才能把话圆回来,一边的周星熠却抢在他出声前急切地解释:"怎么会,我们——"

江雪见状,忙道:"星熠,你先去清理一下衣服。"

周星熠低着头,闷闷地应下,逃也似的离开了。周家几个人都挺尴尬,周远山更是面色铁青。

宋词的目的达到,也没了留下来的兴致,打算直接离开,却被宋昱叫住了。

宋昱没有对刚才的闹剧表态,而是问道:"宋词,现在离席,还有没有点儿规矩?"

听见这话,宋词停下脚步。他转头看了周远山一眼,轻笑一声,道:"这场聚餐已经结束了,不是吗?"

宋昱不置可否,晃晃手里的酒杯,问了一句:"那就是你带来的好朋友?"

"嗯,可能你不满意,但那并不重要。"宋词笑了一下,一脸张扬。

容诗翊从餐厅出来后,没有急着回家。

餐厅这栋楼临江而建,江水对岸就是江城最繁华的地段,一片霓虹灯如同铺在陆地上的彩色星空。

容诗翊沿着江边的围栏走了一会儿,然后停了下来,撑着下巴看着对面的景色出神。

要是他早知道今天过来会碰上周家的人,那他就算被宋词掐死也不会答应一起来。

133

烦死了！

容诗翊一脸烦躁，揉了揉自己的头发，再抬眼时，他突然被人从后面拍了一下背，来人笑着问道："猜猜我是谁？"

容诗翊面无表情道："你是狗。"

"火气这么大？"

宋词笑了两声，也没生气，默默地站到了容诗翊身边，看向江对岸的灯海。

容诗翊站得不怎么安分，踩着围栏下面的横杆，胳膊肘撑在扶手上，半个身子都要探出去了。

宋词瞥了他一眼，拽着他的后领把人拉了下来："站好了。"

两人陷入沉默，只有人群的喧闹和从江面路过的风穿梭在两人之间。片刻后，宋词淡淡开口："抱歉，我今天应该提前告诉你饭局里都有谁。"

听见这话，容诗翊惊得睁大了双眼。

宋词注意到他的表情，觉得好笑："怎么了？"

"宋词！"容诗翊听见宋词说"抱歉"，比看见会飞的猪还要惊讶，"这是你第一次跟我道歉！真新鲜。"

"嗯，不可以吗？我以后可以找机会多给你道几次歉，这不难。"

宋词回应着，同时冲容诗翊勾勾手指："我想吃点儿甜的，你可以借我一颗糖吗？"

"你怎么客气起来了？还'借'，说得好像你会还似的。"容诗翊浑身不自在。

"对待好弟弟还是要温柔一点儿。"宋词笑笑。

"得得得，该出戏了，你还演上瘾了。"容诗翊嫌弃地往旁边挪了半步，从口袋里掏出糖盒丢给宋词。

宋词从糖盒里取出一颗糖含在嘴里，品尝着草莓奶油的味道。

秋日的夜风带着些凉意，容诗翊感觉有点儿冷，他缩了缩脖子，突然想起来一件事，问道："我今天把事情闹成这样，你爸不会生你的气吧？"

"可能吧，大概明天小宋就该露宿街头了。"宋词半真半假地回了一句，顿了顿，话锋一转："如果我是你的话，就再把事情闹大一点儿，十

134

几年受过的气一次性发泄出来，多好！"

宋词不清楚容诗翊跟周家人的恩怨，但看今天这架势也知道，那家人以前肯定没少刁难他。

"得了吧，那小子是个病秧子，我泼一杯酒就了不得了，要是动起手来，出了事怎么办？"

容诗翊懒洋洋地打了一个哈欠："虽然说宋少爷答应帮我，但我也不能让你难堪，对吧？"

宋词没应声，瞥了容诗翊一眼，说："他以前也那么整你？你不在意？"

"怎么可能不在意啊，我不想计较而已。就像肉骨头对我而言只是丢掉的垃圾，但我丢了，狗就跑过来咬我一口，我既不能咬回去，也不能劝它别咬了，能怎么办？当然是躲远一点儿啰。况且我忙着呢，可没时间陪它玩。"

宋词听了他的话，想了想，又提议道："不，你还可以当着它的面把肉骨头吃掉。"

"我有病呀，吃垃圾干什么？"容诗翊被他逗乐了。

宋词但笑不语，过了一会儿，他合上手里的糖果盒，还给容诗翊："你累了就回家吧。"

听了这话，容诗翊别过头看他一眼。宋词的头半垂着，连眸子里一贯的笑意也隐去了。

但容诗翊也没去追究这一丝微妙的不同，他挥手和宋词告别后，就沿着江边的围栏往家的方向走。

容诗翊才走出去几步，就发现事情并不简单。

他转头看着跟着他的宋词，说："你跟着我干什么？"

"哎呀，被发现了。"

"你根本就没好好藏！"

宋词笑了两声，十分自然地走上前，说："你说什么呢，晚上坏人多，我这是送你回家。"

"你有病吧？我是大猛男，除了一个叫宋词的人，哪还有不长眼的坏人敢欺负到我头上？"

135

容诗翎拔腿就跑，但他不敌宋词，最后还是以宋词用臂弯箍住他的脑袋结束追逐。

容诗翎认栽了。

他家离这边不远，可以从小巷子抄近路，周边大多是老建筑，脚下是古旧的石板路，偶尔还有流浪猫蹿来蹿去。

为了防止容诗翎再溜，宋词一直拽着他的衣袖，一开始他还有点儿不愿意，但慢慢地也就习惯了。

他们在小巷里走着，有一搭没一搭地聊着天，但容诗翎一直怏怏的，直到他闻见熟悉的烧烤味，突然就来了兴致："宋词，你想吃烧烤吗？"

宋词有点儿无法理解他："如果我没记错的话，你好像不久前才从餐厅出来？"

"你还说呢！"容诗翎提起这个就生气，"宋少爷，对不起，小容是一个俗人，吃不惯鹅肝酱和五分熟的牛排。现在，我的胃在向我抗议，说它需要烤肉串，最好再加上一份爆肚。"

"都是荤的，那不如再来份凉拌黄瓜解解腻？"宋词提议道。

"好主意啊。"容诗翎竖起了大拇指。

"哎，容容！"

正当容诗翎努力把宋词往烧烤摊拉的时候，前方突然传来一个熟悉的声音。

只穿了一件背心的萧凛从椅子上站起来，跳着冲容诗翎挥手，道："你下班啦？来两串肉不？"

"当然！来来来！"

容诗翎整个人都亢奋了，一把松开宋词就往萧凛那边跑。

宋词身上的拉扯力突然消失，顿时让他跟跄半步，他微微蜷起手指，没有跟容诗翎一起走过去，而是站在原地看着容诗翎的背影出神。

不知怎的，他想到了容诗翎今天晚上在电梯里说的话："咱俩真不是一个世界的人。"

是的，容诗翎乐观又真实，他有很多朋友，有自由的人生，他的世界有充满烟火气的巷子，有裂了边的青石板路，也有贴着墙根儿行走的流浪猫。

但宋词不一样,他生在富贵丛中,他的路从一开始就是被身边人规划好的。

从一开始他就知道,容诗翊身上有他没见过的东西,比如像小太阳一样的光辉。

夜里清冷,宋词站在光照不到的地方,看着容诗翊走向那片满是欢声笑语的暖光中。

石板路上,走出去一段距离的少年停下脚步,转过身看着宋词。他抱着手臂,逆光站着,笑得张扬:"来啊,宋词,怎么站着不动了?还要我来请你?"

宋词愣了一下。

两人在渐起的夜风中对视几秒,最后,宋词轻轻地笑了一下。他从黑夜里走了出来,站在光下:"不用请,我自己会来。"

夜色渐深,烧烤摊上没什么人,只有中间的一张大桌子旁围坐了一圈少年。

他们原本在说笑,看见容诗翊过来,便给他让出位置。

"你这么晚才下班?"萧凛随口问道,从后面的空桌旁拿了一把椅子过来。

"有事。"容诗翊拍拍他的肩膀,"再多拿一把椅子。"

"干吗?"萧凛抬头看了一眼,瞧见容诗翊身后跟着的宋词,便不再问了,默默地又去当椅子的搬运工。

跟萧凛一起在这儿吃饭的大多是他们在小学和初中认识的朋友,其他人看宋词是生面孔,说:"这位是……"

"宋词,我朋友。"容诗翊说。

说着,他抽了张纸巾擦了擦自己身前的桌面,他当然知道宋词的臭毛病,顺手帮宋词也擦了,最后还不忘摸了摸桌子,向宋词证明:"你看,干净了啊。"

他这举动被不少人看在眼里,有个人笑着问道:"这是哪来的大佬啊?"

"你管那么多呢！"容诗翊冲他翻一个白眼。

这群人都是自来熟，容诗翊的朋友就是他们的朋友，每次有了新面孔，他们都得跟对方讲述一下容诗翊从小到大的光荣事迹。这次他们也兴致勃勃地跟宋词讲述："哎，兄弟，你可不知道，我们容哥上小学那会儿可会英雄救美了，那时候隔壁班有个臭小子欺负女孩，被他按在地上揍得直喊妈妈。"

"哇，这么厉害？"宋词接过萧凛递来的饮料，喝了一口，笑着看了一眼容诗翊。

"还有更厉害的！那是上初中的时候吧，我们学校隔壁街有几个混混，他们总到我们学校来堵学生要钱。你猜我们容哥干了什么事？他直接带着哥几个把那几个混混拦住了，最后那些人还被警察叔叔批评教育了。"

对面有个男生说得直乐："那几个混混如今在北街那块混，到现在他们见到容哥都得叫声哥。你以为这声容哥怎么来的，都是这一桩桩光辉事迹堆起来的！"

这都是容诗翊以前年少轻狂时干过的事，现在提起来他都有点儿不好意思了："差不多行了，小时候干的混账事就别说出来丢脸了。"

听他这样说，大家打趣几句，便很自然地换了话题。聊了一会儿，不知是谁提议的，边上几个人纷纷拿出手机联机打游戏。

容诗翊没有参与，他今天晚上没吃什么东西，到现在才觉得饿，于是像小仓鼠一样不停地咀嚼着食物。

过了一会儿，萧凛随口问道："你俩下午在一起啊？玩什么去了？"

"玩什么玩啊，吃饭去了。"容诗翊慢悠悠地解释。

"你俩单独约饭不叫我？容容，你不爱我了。"

"没有，我跟他单独吃什么，还有他爸妈呢。"

听见爸妈这两字，萧凛人都傻了，连到嘴边的肉串都不香了。他心痛地控诉道："你真是一个大骗子，你不是说你俩的关系不好吗？关系不好你跟他爸妈一起吃饭？"

"不是你想的那样。"容诗翊都不知道从何解释，"还有周远山他们。"

其他人不知道周远山是谁，光这么听根本不明白，但萧凛跟容诗翊是穿一条裤子长大的,自然知道他家里的事情。

他试探着问:"不会还有周星熠吧?"

"嗯。"

"那小兔崽子没惹你吧?"

"惹了,我泼了他一杯酒,没什么大事。"

容诗翎面前的烧烤有些凉了,他端起盘子,朝后面喊了一句:"王姨,借你的烧烤架用用!"

容诗翎跑去热他的烤串,宋词看看他的背影,问萧凛:"周星熠?"

"嗯,他就是容容的弟弟。"

萧凛早把宋词当自己人了,话匣子一打开就收不住:"他从小就喜欢给容容使绊子,两人从小到大的关系都很差。这也没什么,男孩之间打打闹闹不少见,但你知道离谱的是什么吗?"

萧凛顿了顿,义愤填膺道:"离谱的是,几年前,有一次那家伙来找容容,具体出了什么事我不清楚,但能让容容气成那样的肯定不是小事。容容跟他打了一架,那家伙是病秧子,容容也没动真格,结果那家伙直接跑去报警了!当时容容差点儿就被抓起来了,最后还是他俩的爹过来解释清楚才把人带走。"

宋词神色不明,听着萧凛控诉周星熠的可恶行径,没发表什么看法。

他们这群人吃完烧烤还想继续玩,容诗翎才不跟他们闹,就提前离场了。他走时还拍拍宋词的肩膀:"走,回家。"

"嗯?"宋词慢悠悠地瞥了他一眼,"我哪儿还有家啊?"

说起这事,容诗翎就心虚了。

今天在餐厅里,那么大的动静是他闹出来的,他一个蹭饭的把人家场子砸了,现在宋词的爸妈肯定在生气。让宋词沦落至此,他得负责任。

想到这儿,容诗翎难得局促:"要不你把你爸妈的电话号码发给我,我给他们道歉,总不能让你睡桥洞啊。"

"没事的。"听见这话,宋词笑了,并为容诗翎提供了一个绝佳的解决办法,"我倒不用睡桥洞,你不是还有家吗?"

"啥?"

139

容诗翊虽然嫌弃宋词，但心里还是很愧疚自己今天的行为，所以他没想跟宋词拌嘴，短暂地纠结后，他还是带着宋词回了家。

他家在离烧烤摊不远的一个旧小区里，面积虽然小，但是环境还不错。

容诗翊带着宋词上楼，因为楼道的隔音不太好，他有意压低说话的声音，踩楼梯的脚步声也很小。

"我妈应该已经睡了，你进去后小点儿声。"容诗翊扶着宋词的胳膊，叮嘱道。

"嗯。"宋词低头看着手机，闻言应了他一声。

容诗翊原本没多在意宋词在干吗，直到他听见宋词给某个人发了句语音："今天我不回去了。"

容诗翊用胳膊肘撞了他一下："你跟谁说话呢？"

宋词十分无辜地道："我爸妈啊。"

"你不是说你爸妈生你的气，你没家了吗？"

宋词更无辜了，他摊摊手，说："我可没说，那难道不是你自己脑补出来的？"

"你！"

容诗翊迅速回想了一下，想找出证据来打宋词的脸。他把他和宋词先前的对话来来回回想了好几遍，最后悲痛地发现：好像还真是！宋词从头到尾就没把事情说明白，一切都是他自己脑补出来的！

宋词这只狐狸，根本就是在利用他的内疚和善良！

"你回自己家去吧！"容诗翊抬脚就要踹他，但也就做个样子，没真的去踹。

"这都到门口了，你还赶我走，好人，你就收留我一晚吧！"

"你有病吧？自己家两米宽的床不睡，我家可没客房。"

"没事，我跟你挤挤。"宋词一副"你不开门我今晚就赖在这儿不走了"的架势。

僵持许久，容诗翊认输了。他在宋词面前就没赢过。

容诗翊生无可恋地掏出钥匙，把宋词带进去。开门后，房间里黑漆漆的，容芷青果然睡了。

宋词被容诗翊打发去浴室洗澡，洗完后，他就在容诗翊的房间里坐着，望着房间的墙壁发呆。

容诗翊的房间不算整洁，书桌上堆着很多漫画书，墙上还贴着不知道哪年哪月、边角已经泛黄的手抄课程表，再往上是贴满小半面墙的奖状。

宋词挨个看过去，从幼儿园小班的"优秀宝宝"到初中的"三好学生"，应有尽有，只是这些奖状上的时间都截止于初三，和他高中有关的，只有某一年运动会的两三个奖杯。

再往前看，是容诗翊从小到大的照片，全部挂在墙上。

宋词站起来看了一圈，在一张照片里，容诗翊应该只有五六岁，照片上除了他，还有一个眉眼温柔的女人。但这张照片的另外半边被撕掉了，想也知道，被撕掉的部分多半是周远山。

还有容诗翊十一二岁的生活照，照片里的小男孩抱着一把玩具枪，笑得很开心。

初中毕业照里，容诗翊也很张扬耀眼，让人一眼就能注意到。

就在宋词欣赏这些旧照的时候，房间的门被人打开了。容诗翊擦着头发走进来，看了他一眼，说："你干什么呢？"

"看照片。"宋词笑眯眯地指着某一张毕业照里的容诗翊说，"想不到你小时候挺可爱的。"

"我不允许你用可爱来形容一位猛男。"容诗翊冲他摇摇手指，随后打开衣柜，从里面拿了一个枕头出来，摆在自己的小床上，"今晚你就凑合一下吧，其他的被子在我妈的房间，她睡眠浅，我不好去拿。"

容诗翊把枕头摆好，强调道："只有今天住啊，明天赶紧回你自己家去。"

"容大人能收留我一晚，我已经感动得要流眼泪了，哪里还敢要求太多。"宋词一点儿也不真诚地回道。

"有病。"容诗翊翻了一个白眼。他转身从椅子上拿起他随身携带的小包，想把手机拿出来，结果拉链一开，他在里面看见了一个不该出现的东西。

容诗翊皱着眉把那个东西拿出来——是一个粉色塑料瓶，里面还躺着两枝花。

可恶，他原本把这玩意儿装包里是想扔掉的，怎么忘记了？

旁边的宋词侧躺在床上，他一只手支着头，看了看那个塑料瓶，又看看容诗翊，揶揄道："你这人怎么还偷走我的小粉？"

"小粉？"这个称呼让容诗翊觉得非常离谱。

"是啊，我给它起了一个名字，叫小粉。"

"那你就跟你的小粉说再见吧！"说完，容诗翊立马开窗想把瓶子丢出去，却被宋词拉住了衣角。

"你要丢掉它，就先丢掉我！"宋词一副被恶人"棒打鸳鸯"的样子，当即悲痛欲绝，泫然欲泣。

容诗翊无情地道："那你也给我走！"

"你好狠的心。"

两人为一个饮料瓶的去留争执了许久，最后容诗翊坐在床上，十分疲惫，他实在是想不通自己为什么要跟一个幼稚鬼纠结这种无聊的事情。

他垮着脸，十分不满地盯着宋词，给小粉找了一个新家——他的窗台。

宋词左看右看，确认他是将小粉端端正正地摆在窗台中央，才满意地将那两枝蔫了的花放进去："先这样放着吧，周一我再给你，不，给它带两枝新的。"

容诗翊不耐烦，翻了一个白眼。他关掉灯，缩进被子里，只觉得身心俱疲："闭上眼睛睡觉吧，我求求你了。"

宋词倒是意外乖巧，他没再说话，容诗翊只能听到布料摩擦时窸窸窣窣的响动。

下一秒，被子被人掀开，身后的人夺走了他的大半床被子。

"你干什么？"

"我冷。"

确实，他总不能让宋词在外面着凉，于是大方地和宋词分享了自己的被子。

容诗翊原本以为这就结束了，所以他安心地闭上了眼睛。谁知，就在他迷迷糊糊要睡着的时候，宋词突然拍了拍他。

容诗翊忍了。

宋词又拍了拍他。

"你干什么？"

好不容易酝酿的睡意被赶走，容诗翊愤怒了。

"我饿了。"宋词无辜道。

"你真是我的爷。"容诗翊逼着自己冷静下来，想了想，今天宋词确实没吃多少东西，他估计嫌烧烤摊不卫生，桌上的肉串是一点儿没吃。

于是，容诗翊耐着性子问："吃什么？不是你想吃什么就有什么啊，得看我家有没有。"

"草莓奶油糖。"宋词想了半天，蹦出来这么一句话。

"你是真的有病吧？"容诗翊骂了一句，他不信宋词吃颗糖就能饱，这人明摆着是故意在这儿整他呢。

话虽如此，容诗翊还是从床上爬起来，翻出糖盒扔在宋词身边。

"你吃完了就闭嘴！"

"好。"宋词笑着应了。

容诗翊重新躺下，愤怒地闭上眼睛。他听见身边那家伙开了糖盒又关上，最后果真安分了，再没发出一点儿噪声。

容诗翊实在困极了，不知道自己是什么时候睡着的，但这一觉他睡得十分踏实，到第二天快中午了才醒。

今天天气很好，太阳晒得人暖洋洋的，容诗翊揉了揉眼睛，往身边踹了一脚："起床。"但他这一脚踹了个空，人瞬间清醒了，他睁开眼一看，房间里只有他一个人。

容诗翊坐起来，伸了个懒腰，又听见有人敲门，便喊了句"请进"。

他以为敲门的是宋词，但推开门走进来的是容芷青。

"小翊，我那本诗集在你这儿吗？"

"嗯，在窗台上，你看看。"

容芷青按他说的走到窗台边，一边翻找一边问："昨天你带同学回家了啊？"

"嗯。"容诗翊也没想瞒着她，"昨晚我跟萧凛他们吃烧烤去了，有个同学家离得太远，我就带回来住了一晚。"

"好。"容芷青点点头。

"他人呢？"容诗翊看了眼房间门口的方向，顺口问。

"一大早就走了。对了，他带了早餐，我看你睡得香，就没叫醒你。"容芷青找到了她的诗集，拍拍书面上的灰，说，"你这同学人挺好的，还很有礼貌。"

"那是您没看见他的本性，他可坏了！天天整我！"

容诗翊听见宋词被容芷青夸，立马炸毛。

"好啦，你们这些男孩呀，不都是打打闹闹玩过来的吗？"

容芷青把诗集抱在怀里，准备离开时，她看见了窗台上那个插着两枝花的饮料瓶。容诗翊没有养花草的爱好，也不喜欢喝饮料，她便又问了一句："这是什么？"

容诗翊看见那玩意儿就头疼，说："你帮我丢掉吧。"

容芷青点点头，打算把瓶子带走，但容诗翊望着空掉的窗台，心里突然有点儿不对味。

粉色的饮料瓶被人擦洗得干干净净，里面的花已经蔫了，看着怪可怜的。

这东西是宋词留在那儿的，他随随便便给扔了，是不是不大好？

"算了，妈，还是给我吧。"容诗翊说着，一骨碌爬了起来。

容芷青点点头，把饮料瓶还给了他。

容诗翊坐在床上，把饮料瓶捧在手里看了好久，他左看右看还是觉得这就是一个塑料瓶子，没想通这玩意儿有什么过人之处。

宋词没被人送过饮料？不至于啊。

反正他永远也看不懂宋词的行为，想了半天想不明白，也就不纠结了，他把瓶子放回了原来的位置。

啧，真丑。

宋词回到家的时候，唐诗正敷着面膜靠在沙发上看电视。她眯着眼打量一番，问："你的黑眼圈怎么这么重，昨晚没睡啊？"

"嗯。"宋词漫不经心地应了一声。

他昨晚睡了，但没完全睡。

昨晚容诗翊迅速入睡后，就卷着被子不松手，宋词根本抢不过来。而且容诗翊睡熟了也不安分，对着宋词一阵"拳打脚踢"，胳膊刚推下去腿又踹了上来，宋词完全招架不住，想睡又睡不着。

唐诗没再深究这事，换了一个话题："你爸昨天晚上回来后就通知助理断了和周家的所有合作。"

"嗯？"商人自古重利，这倒是让宋词有点儿意外，他微微挑眉，又想起一件事，"对了，周家和容诗翊到底是什么情况？"

"这个啊……"唐诗想了想，简单概括，"十几年前，江城鼎盛的家族有两个，南容北宋。后来周家那边为了攀上容家，就让周远山娶了容家的女儿。但周远山不喜欢她，结婚后还在外面养了一个小情人。后来，容家出了点儿事，周家不仅没帮忙还反咬一口，吞了容家大部分资产，把容家的女儿和她儿子赶出去了。"

"你爸这人虽然古板严谨，但他更喜欢有风骨的人，比如你的朋友小容。"唐诗笑了一下，看着宋词，"你爸短时间内应该没空再让你做不喜欢的事了，你也收敛一点儿，别惹他生气。"

"早点儿成长起来，变得强大，才能保护身边的人、替朋友出气，你说是不是，小词？"

周一早上，容诗翊嘴里叼了一片面包，手里拿着数学笔记本，边看边慢悠悠地往教学楼的方向走。

天气已经有点儿冷了，学校林荫道两边的树叶落了下来，一脚踩上去，全是"咯吱咯吱"的响声。

容诗翊看着笔记本上的一道错题，正苦思冥想怎么解题，突然有个人跑过来，从身后拉了一下他卫衣上的帽子。

宋词伸手搭上容诗翊的肩膀，看了一眼他嘴里叼着的面包，说："好吃吗？"

听了这话，容诗翊把面包的下半部分撕给他："我妈做的，你尝尝？"

宋词接过面包咬了一口，味道不错，奶香味十足又很甜。

容诗翊看见他吃了自己的面包，仗着他吃人嘴短，不客气地问起了问题:"你快给我讲讲,这道题怎么做?"

"这么用功?"

"废话,等会儿就要考试了,不得临时抱一下佛脚?"

宋词沉默了一下,然后斟酌了一下用词,痛心道:"如果我的记忆没有被外星人篡改,那么数学考试应该在明天,你抱错佛脚了。"

容诗翊顿时傻眼了,愣了几秒,"啪"的一声把笔记本合上。

"那道题是有点儿难,但你的解题思路是对的,就是最后算错了,回去再检查一下。"宋词忍着笑回道。

两人走了一会儿,宋词突然像是想起什么,拉开书包的拉链,从里面取出两枝新鲜的花来,递到容诗翊眼前晃了晃。

容诗翊一脸震惊:"你早上还有时间去买花?"

"没有,昨天我回了趟家,在花园里剪的。"

容诗翊知道是贫穷限制了自己的想象力。

"拿着,回去送给我的小粉,它漂亮的瓶身就该配最新鲜的花。"

容诗翊要被他这诗朗诵似的语气酸吐了,他不耐烦道:"宋词,一天天小粉小粉念个不停,你不会有恋物癖吧?我送不了!"

宋词挑了下眉。他抬手捏住容诗翊的脸颊,给他弄成金鱼嘴的表情,略带威胁地问:"你对我的小粉做了什么?"

容诗翊气不打一处来,他挣脱宋词的手,揉了揉被掐疼的脸,故意道:"我早就扔了,你去垃圾站找吧!"

然而让容诗翊没想到的是,就在他说出这句话后,整个世界仿佛都安静了。

宋词站在容诗翊对面,一句话也没说,莫名其妙地让容诗翊有点儿心慌。

容诗翊从来没见过宋词这个样子,他干吗摆出这副表情?好像自己做了什么对不起他的事一样。

想到这里,容诗翊心里咯噔一响——

不会吧,宋词这个幼稚鬼,不会真的喜欢上那个塑料瓶了吧?

容诗翊听说过恋物癖,临床表现为爱上或极端迷恋某种非生命体。

那也就是说……

电光石火间，容诗翊紧急解释道："宋词，我……"

"你别说话，我在生气。"话虽这样说，但宋词还是一把扣住容诗翊的肩膀，不让他逃跑。

容诗翊的心里打着鼓，如果宋词真的喜欢上那个瓶子，那他刚刚说的话岂不是伤了宋词脆弱的心？

每个人的爱好和选择即便不被理解，也应该被尊重，容诗翊一直是这么觉得的。

"宋词，不管怎样，你都是我的朋友，我尊重你的爱好。你放心，你的小粉——"

容诗翊沉默半天，还是决定表明自己的态度，他想好好跟宋词认错并解释一下，但话还没说完，就被宋词打断了。

"容诗翊。"宋词这辈子都没这么无语过，"我怀疑你根本没有脑子。"

容诗翊猜宋词可能真的生气了，因为这之后，他再没跟自己说过话。

等两个人回到教室，十班的人已经来了大半。苏锦柚坐在自己的位置上背课文，她看见容诗翊过来，忙向他挥手："容容，过来一下！"

容诗翊放下书包，走到她身边，问："怎么了？"

苏锦柚双手合十，一脸抱歉道："容容，对不起，萧凛昨天跟我说了，是我粗心大意。我不该挑有爱果汁让你去道歉，我不是故意整你的！"

"就这？多大点儿事，没关系的。"

容诗翊还以为出了什么事呢，结果说来说去还是跟宋词的小粉有关。苏锦柚听了容诗翊的话才松了一口气。她点点头，又偷偷看向宋词。

咦，主席好像也没什么反应呢，看来之前的误会都解除了！

苏锦柚不再郁闷，乐了一天。考完试后，她兴冲冲地跟在容诗翊身边，想着能不能跟他一起回家，还没出教学楼，宋词和萧凛就跟了上来。

"宋词，语文最后一道选择题选什么？"

"选 C。"

苏锦柚眼睁睁地看着容诗翊远离了自己，她身边的人换成了萧凛，他们看着前面追逐打闹的两个幼稚鬼，不约而同地叹了一口气。

宋词把容诗翊的脑袋箍在了臂弯里。容诗翊挣脱出来，把宋词的卫衣帽子给他戴上，狠狠拉紧帽子上的松紧绳，还给他系了一个死结。然后宋词把容诗翊的书包拽下来，扔到了灌木丛里。

"他们真的是高中生吗？"苏锦柚不禁发出了灵魂拷问。

"应该是吧。"萧凛不紧不慢地喝了一口牛奶，显然他对这种情况已经习以为常了。

那两个人一路闹到学校门口，途中吸引了不少人的目光，但这种情况到学校门口就好转了，因为外面有更引人注目的东西。

那是一辆通体粉红色的小货车，车身的涂鸦正是最近大火的有爱果汁。

这辆车停在这儿有一会儿了，周边围了不少看热闹的，都在猜测是谁这么有钱。而容诗翊远远看见这晦气玩意儿，心里突然有种不妙的预感。

他小心翼翼地瞥了宋词一眼，发现这人神色自若，丝毫没有看热闹的表情。

容诗翊心中警铃大作，因为，不看热闹代表着一种可怕的情况——说不定宋词就是热闹本身！

为了增加自己的安全感，也为了躲避即将到来的灾祸，容诗翊默默地戴上了卫衣帽子，想从旁边溜走。但他的逃跑计划还没开始实施就失败了，他刚迈出一步，宋词就拽着他的校服后领把他拖了回来。

"你干什么去？"宋词一脸不怀好意。

"逃命。"

"你别想逃。"宋词拉着容诗翊，高调地站到那辆小货车面前。

他跟货车边等着的工人点了点头，然后走过来两个人，他们当着周围人的面，拉开了货车车厢的门。

车门打开，露出里面的东西——满满一车的粉色饮料箱。

周围传来众人倒吸冷气的声音，还有一声声惊呼。

什么？学生会主席给容诗翊送了整整一车的果汁？

宋词笑得露出他那颗小虎牙来。容诗翊非常局促，默默地拉住自己卫衣帽子两边的松紧绳，把整张脸都藏进了帽子里，顺便给松紧绳打了个蝴蝶结。

眼不见心不烦,只要他不露脸,丢脸的就不是他!

宋词拍了拍容诗翊的肩膀,语气和他的笑容一样欠揍:"容容,你既然喜欢扔我的瓶子,那些都给你,你回家慢慢扔啊。"

容诗翊真的想不通,世界上怎么会有宋词这样的人?

周围聚集的人越来越多,甚至还有人掏出手机拍照、录视频。容诗翊把自己捂得像个神秘刺客,他眼见着周边投来的目光越来越多,轻轻地踢了一下宋词的脚踝,催促道:"你别丢人现眼了,快叫他们把车开走!"

宋词觉得很好笑,拽着容诗翊帽子上的松紧绳,说:"怎么,你不喜欢?"

"喜欢喜欢,喜欢死了。"

容诗翊毫无诚意地撂下这一句话,然后像做贼似的往四周看了一眼,见又有一批人从学校门口出来,决定迅速撤离战场。

他一把拽住宋词,拔腿就跑:"我真的不想上新闻,求你快点儿走吧!"

周围人的哄笑声逐渐将容诗翊淹没,容诗翊带着宋词一直跑到隔壁街区才停下。他感觉自己快要闷死在帽子里了,连忙把卫衣帽子摘下来。

他大口大口地呼吸着,坐到了旁边的台阶上。

宋词站在容诗翊旁边,低头看手机。容诗翊瞥了他一眼,问:"哎,你跑了,你那车东西怎么办啊?"

宋词笑了一下,提出一个馊主意:"送你家去?"

"求求你别了,我家暂时没有开饮料专卖店的想法。"

容诗翊都快对那玩意儿有应激反应了,他叹了一口气,解释道:"喂,你的小粉我没扔,还在窗台上放着呢,我早上说的话是逗你玩的。"

"谢谢你,请你帮我好好照顾它。"宋词有点儿意外,他见容诗翊头发乱蓬蓬的,继续说,"那一车东西,我送给你就都是你的了,我把负责人的联系方式发给你,你想怎么处理随便你。"

"我又不喝这玩意儿,怎么处理啊,替你做个公益,捐了?"

容诗翊从书包里拿出保温杯,喝了一口水,突然眼睛一亮,说:"我有个绝妙的主意!"

那一车有爱果汁的归宿最后指向了容诗翊打工的便利店。

这家便利店老板是大懒虫,很少抢到热门商品,现在来了这么多有爱果汁,自然是乐呵呵地接收了,他甚至又买了两个粉色的货架摆在门口。只是便利店老板实在要不了那么多饮料,只留了一半,剩下的一半,容诗翊不知道怎么处理,最后还是打算以宋词的名义捐掉。

安置好一切后,容诗翊穿好他的工作服。上班前,他还把老板买有爱果汁的钱转给了宋词。

"下次你别干这种无聊事了,我知道你有钱,但有钱也不是这么花的。"

宋词靠在一边看着他,最后弯唇笑笑:"哇哦,你好会过日子。"

容诗翊冲宋词翻了一个白眼,但此刻他已经无心反驳,只重重地叹了一口气,冲宋词摆摆手:"行了,我上班了,你早点儿回家吧。"

说完,容诗翊看了眼手机,却发现自己刚才给宋词的转账被退回来了。

"转账你怎么不收,退回来干吗?"

宋词勾勾嘴角,说:"我不差那点儿钱,说了给你就都是你的,留着吧。"

容诗翊真不知道他心里怎么想的,可能真是单纯的人傻钱多吧。

"宋词。"

"嗯?"

"你真败家。"

为期两天的月考很快结束,和月考成绩一同到来的还有一件不好的事情——宋词送饮料的事情被学校的王主任关注到了。

"啪!"

王主任一掌拍在桌上,随后推了推鼻梁上的眼镜。

"来,你俩给我解释一下,那一车饮料是怎么回事?"王主任严厉地道。

"主任,都是误会……"

容诗翊一边说一边犯嘀咕,但他的声音越来越小。

"什么误会？就算是误会，那你给我解释一下，宋词买那么多饮料送你干吗？你家是开小卖部的啊？"

容诗翊沉默了。

是啊，宋词送他那么多饮料干吗，他也不知道啊！

"敢做就要敢当！你们都快高三了，还搞这些，花这么多钱，特别容易给其他同学带来不良风气！你俩今天都给我站在这儿，什么时候认识到错误，什么时候再走！"

王主任的脸色阴沉得像锅底，他叫这两人到一边站着去，自己开始看当天早上的报纸。

时间慢慢地过去，王主任从看报纸换到看《故事会》，还是没有要两人离开的意思。

容诗翊站累了，懒洋洋地打了一个哈欠。

几人无言间，站在容诗翊右手边的宋词悄悄地将手臂从后面绕过去，拍拍容诗翊左边的肩膀。容诗翊下意识地往左边扭头看了一眼，没见着人，他看向宋词，知道自己是被耍了，于是毫不留情地往宋词的手臂打了一拳。

王主任的余光瞥见这两人站着也不安生，头都大了。

"你俩就不能安分点儿吗，非得在我眼前闹吗？"他端起茶杯喝了口茶，润润嘴巴又说，"你们年轻人喜欢弄一些花里胡哨的玩意儿，我也不懂，这次就算了，我不罚你们，但你们也要给我争气一点儿，关系好那就努力学习，共同进步。宋词就不用说了，保持住就行，至于你这个臭小子……你这次月考考了多少分？"

"我不知道啊，这不刚出成绩就被您抓过来了吗？没来得及看呢。"

容诗翊的话音刚落，办公室的门就被人敲响了，云晴晴拿了一沓纸进来。

"十班的成绩单，您看看。"云晴晴把手里的东西递给王主任。

王主任接过成绩单，扶着眼镜扫了一眼，原本他还抱着看一眼就血压飙升的准备，结果却瞧见十班里有一大半的人成绩都进步了。

这真的是十班的成绩表？没拿错？

王主任反反复复确认了好几遍，惊讶之余又夸赞道："这次可以啊！"说完，他又习惯性地去最后一名找容诗翊的名字，结果这次倒数第一的位置竟然也易主了。

王主任激动地一个一个往上翻，最后在中等偏下的位置找到了容诗翊的名字。

他快要感动得晕过去了。容诗翊以前月考只有语文成绩还可以，现在看看，这家伙的英语和理综都提高了二三十分，数学更是达到了"惊人"的六十五分！

虽说这次的试卷相对简单，但这进步也够大了，这是容诗翊的一小步，却是三中十班的一大步！

王主任对此很满意。

容诗翊看着王主任的反应，也很激动，他也不管自己是不是在罚站，连忙凑到王主任身边去看成绩："多少分啊？王主任，给我看看！"

容诗翊在看见自己名字后面跟着的那一串数字时，心里乐开了花。但他没急着高兴，而是看向成绩排名第一的宋词。

之前他还担心宋词这段时间给他补习会耽误自己学习，在确认宋词发挥正常后，他才彻底安下心来。

他连蹦带跳地跑过去，晃晃宋词的肩膀："宋词！我的数学考了六十五分！"

虽然容诗翊的分数还没宋词一半多，但这半个月他就取得如此惊人的进步，已经足够他翘尾巴了。

宋词看着他激动的样子，说："那你请我吃饭？"

"那必须的！"

"等会儿！你俩先别商量吃饭的事。"

正当容诗翊激动的时候，办公室里又进来一个人。那是高二数学组的一个老师，叫袁目，他进来后从怀里拿出两张答题卡放在桌上，指着试卷上的题目说："这几道题，你俩的解题思路一模一样，甚至有几个步骤一字不差，有没有想解释的？"

容诗翊像忽然被人浇了一盆凉水，有点儿蒙，问道："什么意思？"

"意思就是……小容，你的进步有点儿大，而且解题过程和宋词的重合度太高，所以数学组的老师研究半天，提出来一点儿疑问。"云晴晴解释道。

其实云晴晴挺不忍心说这种话的,她这几天把容诗翊抱着笔记本记错题的样子都看在眼里,知道是这孩子自己争气。但数学组那几个老师偏不信,即使有十班的数学老师帮忙解释,他们还是怀疑这里面有猫腻。

"我的数学都是宋词手把手教的,解题思路肯定一样啊,他说漏步骤扣分,省一项都要敲我脑袋。"容诗翊不满道。

"我们都知道十班最近非常努力,但你这分数提高得实在有点儿夸张。大家都知道你和宋词的关系好,而且考试的时候你俩坐得也近,考试那天你们班的监控还恰好坏了,现在这题又解得几乎一样,很难不让人起疑,对吧?"袁目瞥了眼容诗翊说。

宋词做题向来严谨,解题步骤很有个人特点,而作为他的"亲传弟子",容诗翊完美继承了这一点,这也是数学组抓住不放的点。

听见老师们这样说,宋词皱着眉走过去,拿起两张卷子看了一眼。

宋词说:"我不希望我的朋友被曲解误会。所以,公正起见,既然袁老师质疑容诗翊的成绩,那就麻烦您再出一套试卷,相同的难度和相同的知识点,由您监考,让容诗翊在您的眼皮子底下再做一遍,可以吗?"

袁目答应了宋词的提议。

出题需要时间,因此容诗翊的加试被挪到了上午放学前。

容诗翊在办公室里还非常冷静,等从里面出来,他连忙拉着宋词的衣袖,问道:"哎,你说,虽然知识点都是一样的,可万一换一道题我就做不出来怎么办?"

"那我就将你逐出师门,此生不复相见。"宋词学着电视剧里的角色,感叹了一句。

容诗翊配合他回应道:"不复相见?还有这等好事,我求之不得!"

看着他的表情,宋词笑了两声,说:"相同的难度,相同的知识点,题目再怎么变也是换汤不换药,你可以的。"

"那就借你吉言。"容诗翊叹了一口气。

回到教室后,容诗翊拿着数学题笔记本开始复习,可他一想到刚刚发生的事情，就又蔫蔫地趴在桌子上。萧凛刚从外面玩完回来，坐到自己的位置上，喝了一大口水，问容诗翊："容容，你怎么了？"

容诗翊正愁没人诉苦，重重地叹了一口气，说："我和宋词的解题过程一样，被数学组的老师怀疑了，要再出一套题让我做一遍。"

萧凛点点头，说："哦，那你没反驳？"

容诗翊摆摆手，说："算了吧，我本来成绩就不好，被人怀疑抄试卷也能理解。"

"啧。"萧凛冲他竖起了大拇指，"你活得通透。"

"喊。"容诗翊懒得理他，低头做数学题了。

下节课是云晴晴的语文课，上课铃打响，她一进来，就见自己班的学生一个个坐得笔直，一双双眼睛好似在发光——除了她的语文课代表容诗翊有点儿蔫。

云晴晴把成绩单放在讲台上，笑着看向底下的同学们，问："大家都知道自己的成绩了吗？"

"知道了知道了！"

有人按捺不住回答了，引来一片笑声。

自上次的篮球事件和容诗翊那一番激励后，十班的同学一个个都打起精神认真学习了，老师们带着他们从基础学起，加上自习课上宋词也讲课、讲题，查漏补缺，大半个月下来，除去基础特别差的，其余同学都有进步。

"晴晴老师，我们这么棒，你不夸奖我们两句吗？"欢声笑语间，有个平时就爱插科打诨的男生提议道。

这段时间，云晴晴和十班同学的关系亲近不少，大家都爱亲昵地叫她"晴晴老师"。云晴晴看她的学生们高兴，自己更开心，她点点头，顺着他们的意思夸奖道："你们都是最棒的！你们都是老师的骄傲，咱们班所有任课老师都很高兴呢。但咱们也不能因为一次的进步就得意忘形了，学习就像逆水行舟，不进则退，稳住心态才是最重要的，下次月考你们还要进步给我们看哦。"

"好——"

云晴晴等他们兴奋完，又神秘兮兮地说："今天除了夸奖，我还有一份礼物要送给你们。"

一提到礼物，大家都安静了，眼巴巴地等着云晴晴继续说。

云晴晴也不多卖关子，清了清嗓子，道："看在大家努力进步的分儿上，王主任特意出马替咱们班说了好话，所以，咱们文化节的节目名额已经被补上了！"

"耶！"

教室里爆发出一片欢呼和掌声，甚至还有个男生从椅子上跳了起来，全班都沉浸在欢乐的氛围中。

"大家先安静一下。"

云晴晴看他们疯了一会儿，在气氛稍微缓和后，做了一个停止的手势，开始讲起正事："大家也知道，下周学校就举办文化节了，所以咱们班排练节目的时间不多，而且今天就需要定好节目内容并且上报，咱们这节课结束前就商量好，可以吗？"

"可以！"有个男生举起了手，"老师！我自荐！我可以上去边唱《青藏高原》边表演胸口碎大石！"

"得了吧，那我们也太没参与感了。"

"要不然演舞台剧吧？"

"舞台剧好，演《睡美人》！"

"别了吧，我打听过了，五班的节目是《灰姑娘》，校花演辛德瑞拉，一样的题材不尴尬吗？"

这话说得有道理，而且他们排练的时间还比五班少，就那么草草上去岂不是要闹笑话？

沉默间，有个女生灵光一闪，立马举手提议："要不然咱们搞点儿新鲜的？美女公主比不过，咱们来个霸气俊美的'男公主'？"

"反串？好主意，但谁来反串？"

十班的男生确实比别的班要多一点儿，但长得好看的就那么几个。大家小声讨论了一阵，不约而同地将目光投向教室的角落。

宋词正低头做题，他对文化节没什么兴趣，但也有在听大家的讨论。此时，他感受到那些人的视线，停下笔，回绝道："抱歉，我没兴趣。"

萧凛更是吓得用校服捂住自己："别看我！让我演公主我就从这儿

跳下去!"

那就只剩……

此刻,容诗翊坐在座位上,上午的成绩风波让他对文化节活动有些走神,没发表意见。

好心的宋词同学替大家唤醒了他:"小翊,你觉得怎么样?"

"嗯?"容诗翊微微抬起头,似乎没听清其他人在说什么。他茫然地环视一圈,发现大家都在看自己,觉得莫名其妙。

"可以吗?"宋词又问一遍。

在宋词这样问话的情况下,容诗翊以为他是需要自己附和什么主意,也没管问题是什么,便胡乱地点了点头。

"好的。"

宋词得到了答案,十分满意:"他答应了。"

其他人都蒙了。他们没想到这事决定得如此轻松,但这种迷迷糊糊地点头算答应吗?他们也没敢问,而是默契地跳过这个环节,开始商量王子的人选。

苏锦柚第一个举起手:"我!霸气公主就该配甜妹王子!"

可惜,苏锦柚的王子之路似乎没有她预想得那么顺利,因为她有个强有力的竞争对手——宋词。其他人都觉得既然选了帅气的公主,那王子当然也要很帅,于是纷纷请求宋词出演《睡美人》的王子一角,宋词虽然之前冷漠地拒绝过一次,但也拗不过这么多人的请求,只得同意了。

最后,苏锦柚落败,黯然离场。

第五章

《睡美人》之夜

舞台剧的主演就这么定了下来,剩下的时间,大家分配好了其他角色,整理好名单就交给了云晴晴。

容诗翊对这一切全然不知情,心里一直在想着数学考试的事。

考试的地点在王主任的办公室,由王主任、云晴晴和袁目三位老师一起监考。为此,王主任特意从仓库里搬了一套小桌椅过来,还搞了一盏立式台灯,认认真真地擦干净,摆在办公室的中央。

容诗翊坐在灯下,感觉自己就像一个即将被审讯的犯罪嫌疑人。

容诗翊接过袁目手里的试卷,开始看题。要说不紧张是假的,月考的数学卷子他做着轻松没压力,是因为宋词之前讲过类似的题型,他那六十五分多少也有运气的成分,现在再做一套题,他还真不一定能做得那么好。

时间一分一秒地过去,在一旁监考的云晴晴比容诗翊本人还紧张。她握着拳头,压低声音,问表面上跟着她来做监考小助手,实际在旁边看热闹的宋词:"小容真的可以吗?"

宋词也在低头做题,听见这个问题安慰她道:"您放心,他可以的。"

办公室里安静得出奇,王主任连喝茶都非常小声,生怕打断了容诗翊的思路,因此,偌大的房间里,一时只剩笔尖在纸上摩擦的声音。

最后,容诗翊盖上笔盖,松了一口气,道:"我做完了!"

王主任有点儿诧异，看了一眼手表，说："还没到时间呢，你再检查一下？"

"不用了，我已经写好了。"

容诗翎拿起答题卡，从容地交给袁目。袁目瞥了他一眼，从上衣口袋里抽出一支红钢笔，拿着答题卡到一边批改去了。

云晴晴趁机凑过来，说："小容，题目难不难？"

"简单，我都会做！"容诗翎一脸轻松地竖起了大拇指。

袁目批卷很快，不一会儿成绩就出来了。

容诗翎除了其中一道题少写一个小数点扣了两分，甚至因为比上次还多对了两道选择题，最后成绩比月考还要高一些，有七十三分。

袁目抿着嘴唇，批完试卷后还仔细检查了一遍，最终他没再说多余的话。

他拍了拍容诗翎的肩膀，别扭地道了歉："抱歉，是老师错怪你了。"

容诗翎大方地接受了袁目的道歉。

这七十三分可是容诗翎上高中以来考过的最高分数，他都想把这张卷子带回家找个框裱起来。

容诗翎现在可算是扬眉吐气了，一直到出了办公室，他还在兴奋地说："宋词，你看见了吗？我考了七十三分！"

"看见了看见了，你真棒。"

宋词敷衍地夸奖了一句，不等容诗翎高兴一会儿，他又残忍地道："小数点都能忘记写，真有你的。既然这两分白白地丢了，那我今晚再找二十道同类型的题目让你做，晚上睡觉之前你发给我检查，好让你永远记住小数点的故事。"

听见这话，容诗翎的脸立马就垮了："题海战术是不科学的。"

宋词不以为然道："但有用。"

"你！"

正当两人你一句我一句地在楼道里拌嘴的时候，十班班长在后面唤了容诗翎的名字。

"容诗翎！"

她显然在楼梯口等很久了，一见着这两人，就拿着手机小跑过来。

158

"嗯？"容诗翊不知道她找自己有什么事，疑惑地看着她。

十班班长推了推眼镜，问容诗翊："咱们明天中午抽空排练一下，可以吗？"

"啊？"

排练？排什么练？容诗翊一头雾水，但还没等他将疑惑问出口，班长便举起手机凑到他眼前，把他的话堵了回去。

班长在屏幕上点了两下，手机里展示了三四张欧式古典公主裙的图片。

她先是看了容诗翊一眼，而后才试探着小声问道："你喜欢哪套裙子？"

"啊？"

容诗翊盯着屏幕里那些公主裙，又在脑海中回味了一遍班长的话，问道："你是不是问错人了？"

"啊？"班长愣了一下，摇摇头，求助似的看向宋词，"没……没有啊？"

宋词这才想起来有这回事，说："哦，抱歉，我忘记跟他说了。"

"什么？说什么？"容诗翊大惊失色。

容诗翊虽然不知道是什么事，但他知道只要事情牵扯到宋词，那就一定不简单，而且对自己来说绝对不会是好事。

果然，宋词收起笑容，严肃得仿佛在宣布什么重大奖项："恭喜你，容容，你拿到了十班文化节舞台剧的一个重要角色。"

"什么角色？"

结合刚才的公主裙，容诗翊差不多猜到答案了，但他还是抱着那么一丝希望，想听到一个确切的答案。

"爱洛公主。"

宋词用四个字掐灭了容诗翊眼里的光，还拍了拍他的肩膀："这个名字对你来说可能有点儿陌生，但我说她的另一个名字，你就知道了。"

"什么？"

"睡美人。"

"啊？"容诗翊感觉自己快要爆炸了，他在原地来回地踏步，简直

159

要被气笑了,"我上课走了个神就让我演睡美人,那我下次下楼梯把你的鞋子脱下来丢出去,你就演灰姑娘吗?拜托,我一个一米八二的大猛男,你让我穿这玩意儿?"

容诗翊拿过班长的手机,把图片上的粉色公主裙放大给宋词看,屏幕几乎要贴到宋词的鼻子上。

宋词不动如山,把手机移开,表情有点儿委屈:"是你自己答应的。"

"嗯?"

电光石火间,容诗翊的脑海里跳出几块记忆碎片。

今天宋词好像是问过他什么,他好像随随便便地点头答应了。

他答应了?他怎么就答应了?

容诗翊做人的原则是做不到的不会轻易答应,答应了的就一定要做到。

他陷入了沉默。

他确实没什么好争辩的,但他更不愿面对"惨淡"的现实,只好转了个身,面壁思考人生去了。

宋词没管他,从他手上拿起手机,点了两下屏幕,问:"粉色、蓝色、黄色、白色,你喜欢哪个?"

"我恨粉色。"

"那就粉色这条。"

"你……"容诗翊刚想骂他,但想了想,自己都要穿裙子了,纠结裙子颜色这种事情还有意义吗?

班长得到答复后,就拿着手机回教室去了,楼道里只剩下宋词和容诗翊两个人,他们站在原地,谁都没有要动的意思。

容诗翊面壁思过了好久。

"宋词,我不仅恨粉色,我还恨你。"

"别这样,一套裙子而已,只是一种衣服样式,其实也没那么难接受。"

"你这个站着说话不腰疼的人说不难,那你替我演?"

"唉。"宋词叹了一口气,看起来有点儿苦恼,"我真的很想帮助你,可我已经有角色了。"

160

"什么角色?"容诗翎来了兴致,"如果你告诉我,你是演女巫,那我可能会好受一点儿,因为这个角色是整个故事中最适合你的,没有之一。"

"让你失望了,我演王子。"宋词顿了顿,补充道,"把你救醒的那个。"

一时间,容诗翎只觉得呼吸困难,感觉自己的灵魂都要被抽走了。

"你别难过了,为了治疗你受伤的心,我可以答应帮你做一件事,你可以随便提。"作为安慰,宋词如是道。

"真的?"

听见这话,容诗翎的眼里重新有了光芒,他郑重地说:"你给我把刚才罚的那二十道题免了!"

"不行,你错得太离谱了,十五道。"

"十道!"容诗翎坚持为自己争取。

"成交。"

虽然容诗翎得到了十道数学题的减免,但他还是闷闷不乐了一下午,一想到自己的所作所为,他就想捶胸顿足,仰天痛呼。

可恶啊!

放学后,容诗翎照例和宋词一起去打工的便利店,但走到一半的时候,宋词突然拍了拍他的肩膀,说要带他去一个地方。

容诗翎不明所以,他知道宋词一开口就准没好事,并不想去,可宋词只是在象征性地询问他,即便被拒绝,宋词也会硬生生地把他拖过去。

一路上,容诗翎想了无数种脱身的办法,唯独没想到宋词会把他带到宠物医院的门口。

宋词把手臂搭在容诗翎的肩膀上,冲门口扬扬下巴:"进去看看?"

容诗翎猜到了他的意思,眼睛都亮了:"绒绒的病养好了?"

自从绒绒那天被他们送进宠物医院后,就一直是宋词在管它的事。容诗翎好久没见那个小家伙了,还挺想念它的,此时更是迫不及待拉着宋词走了进去。

这家医院的规模很大，后院还有一大片草地，那是专门为宠物划分出的游戏区。容诗翊和宋词到那儿的时候，那黑煤球似的小家伙正摇着尾巴在和另一条小白狗玩耍。

"这家伙。"容诗翊笑着冲绒绒的方向吹了声口哨，它的耳朵一动，转头看见容诗翊后，尾巴摇得像朵花，撒腿过来就往他身上扑。

"你还记得我啊，不错不错，算你有良心。"容诗翊摸摸绒绒的狗头。

宋词也蹲下身子，冲绒绒勾了勾手指，然后它就抛弃了容诗翊，一个劲儿摇着尾巴往宋词身上蹭，还躺在地上向他露出肚皮。

容诗翊不服气，想挽回绒绒的心，可小家伙有了宋词，完全不理他了。

"我刚还夸你有良心，结果你这么轻易就被敌人收买了。"容诗翊心里很不满，他看了看绒绒，又用胳膊肘戳了戳宋词，"哎，你经常来陪它吗？"

宋词挠了挠绒绒的下巴，回答道："嗯，一周一两次吧。"

怪不得他们这么亲密。容诗翊心想，宋词这人看起来不靠谱，但有时候又挺细心的。

想到这儿，容诗翊有些不好意思："麻烦你了啊，明明是我捡的狗，却麻烦你照顾它。"

"你怎么跟我客气起来了？你炸毛的时候可不是这副模样。"宋词笑道。

果然，宋词这家伙根本不适合煽情。

"哎，这小家伙挺凶的吧？你怎么跟它打好关系的啊？"容诗翊换了一个话题。

他记得自己刚遇见绒绒的时候，它可凶了，一直龇着牙，不让人碰一下，他都是靠食物才一点儿一点儿接近它的，宋词是怎么做的？

宋词听了这话，意味不明地笑了一下，接着他颇有深意地说："你放心，小宋驯犬，有一套的。"

容诗翊总觉得宋词话里有话，但他又没听出是什么意思，只能撇撇嘴，道："把你能的。"

两个人陪绒绒玩了一会儿，离开时，宋词问道："你想把它接回家吗？它的伤好得差不多了，可以出院了。"

听见这话，容诗翊有点儿迟疑："不太行，我妈对狗毛过敏，不然我早就把它带回家了。"

他想了想，又提议道："要不然咱们给它找个领养人？"

"领养人不好找，人品也不一定能保证，考察和回访都需要时间，可能有点儿麻烦。"

"啊？"容诗翊向来心大，从来没想过这些问题，听宋词这样一说，他感觉是有点儿难办。

他有些苦恼，一边的宋词又开口道："你相信我吗？如果你相信我，我可以替你照顾它。"

最后，容诗翊跟便利店老板请了假，陪宋词去买了绒绒需要的生活用品。

等两个人买齐东西后，已经很晚了。宋词提着买来的一大堆东西，容诗翊牵着狗走在他旁边。绒绒套着牵引绳在前面玩耍，江上偶尔刮过夜风，吹在身上还有点儿冷。

他俩沿着江边往宋词家的方向走，容诗翊见宋词手里拎了那么多东西，有点儿不好意思："你手里的东西分我点儿呗，拿那么多不累吗？"

"没事，容容牵好绒绒就行。"宋词漫不经心地应道。

"这话怎么听着那么奇怪呢？话说回来，谁允许你用我的名字叫它了？"

"不一样，你是容容，它是绒绒，绒毛的绒。"

"读起来就是一样的！"

"读音相同，但字不一样呀，怎么能算是一样的呢？"

"我不管，今天我就要给它改名换姓。"

"你说来听听。"

"叫……"容诗翊吃了没文化的亏，看着那只小狗，半天只憋出一句话，"小黑。"

他话音刚落，走在前面的绒绒突然低下头，打了个喷嚏，哼了两声。宋词见状，耸了耸肩膀，道："它说它不愿意。"

"你又知道了？"

"这你就不懂了，我是小语种大师。"

"小语种里面也没有狗语啊！"

宋词微微挑眉，看着他说："那你试试，试试我能不能听懂？"

"那你听好了。"容诗翊燃起了胜负欲，他在心里想着"宋词真是坏"，随后字正腔圆地用容式狗语翻译道，"汪汪汪汪汪！"

宋词真的没想到事情会往这个方向发展。

"说吧，什么意思？"容诗翊完全没发现问题所在，还颇为得意地冲宋词扬了扬下巴。

看他这副得意的模样，宋词忍不住笑道："哈哈哈……"他笑得眼泪都出来了，说："你是不是真的不聪明？"

看着宋词无情地嘲笑自己，容诗翊才反应过来自己刚才干了一件多么愚蠢的事。

他的脸色从白到红，气急败坏地喊道："宋词！你不许笑！"

容诗翊恼羞成怒，想捂住宋词的嘴巴，奈何宋词快他一步，拎着两大袋东西跑得飞快。绒绒见宋词跑了，也激动地迈开小短腿跟了上去。

于是，刚才的和谐画面瞬间变成了两个男高中生牵着狗你追我赶的场景。

容诗翊一直保持着永不言弃的美好品质，所以，宋词不停步，他就追着宋词跑过了足足两个街区。

然而，也不知是容诗翊追得太忘我还是什么原因，他跑的时候没注意脚下有台阶，一脚踩空，摔在了地上。

容诗翊从不将这点儿小伤放在眼里，他爬起来要继续追，刚迈出一步，他的左脚脚踝处突然传来一阵剧痛。

糟糕，扭到脚了。

权衡利弊后，容诗翊停止了和宋词的无聊游戏。

他弯下腰，拍了拍裤腿上的灰，紧紧地牵着一个劲儿埋头往前冲的绒绒，然后一步一步慢慢往前走，步伐显得从容又优雅。

前面的宋词发现后面的容诗翊不追了，拎着东西又跑了回来。

他看容诗翊走路的样子有点儿不对劲，衣服上也沾了点儿灰，于是皱着眉问道:"你摔着了?"

容诗翎自然不会把自己的丢人事迹告诉宋词,他装作无事发生,道:"我是懒得跟你这个幼稚鬼玩,自己一边玩去吧。"

宋词默默地看了容诗翎一会儿,他把两只手上的袋子用一只手拿着,另一只手空出来,在容诗翎的额头上弹了一下。

"你有病啊,手怎么那么闲?"容诗翎没好气地拍开他的手,怒道。

宋词打量了他一番,心里有了答案。很好,容诗翎应该不是摔着腿了就是崴着脚了。

看着这人倔强的样子,宋词多少有点儿无奈。他拽着容诗翎走向路边的长椅,说:"我累了,咱们歇会儿。"

这话正中容诗翎的下怀,他的脚踝疼得不行,还要装出没事的样子,实在有点儿困难。

令他没想到的是,宋词把手里的东西放下,在他面前蹲下来,然后直接握住他的右脚踝,按了按:"疼吗?"

"不疼,我说了我没……嗷!你轻点儿!"

宋词换了一只脚按,这次,容诗翎一句逞强的话还没说完就发出了尖锐的叫声。

"不疼?"宋词似笑非笑地看着他。

容诗翎没话说了。

"要不你带绒绒先回去,我在这儿歇会儿,等下直接回家就行。"容诗翎把狗绳递给他。

宋词没有接狗绳,懒洋洋地道:"小孩子才做选择,你俩,我都得带回去。"

说着,他背对容诗翎蹲下,拍拍自己的肩膀:"这是宋词的肩膀,上来吧。"

"我不要。"

容诗翎自认为是一代猛男,他从小学三年级开始就没被人背过,腿断了都是自己撑着走去医院,现在区区脚踝的小伤,怎么可以干这种软弱的事?

"别客气啊。"

宋词微微别过脸，没等容诗翊再出声，就抓着他往自己身上带。

容诗翊起初有点儿抗拒，但他看宋词实在坚持，也就没拒绝，便在宋词起身前预告道："我很重的啊。"

"你像一头红色的大象，压弯了我单薄的脊梁。"宋词顺着他的话说。

"你……"容诗翊不轻不重地捶了他一下。

宋词笑了两声，他拿起容诗翊手里的狗绳套在自己的手腕上，说："你扶好了，SC001号航班即将起飞。"

话音未落，宋词就从地上站了起来。容诗翊重心不稳，险些摔下去，连忙抓紧宋词的肩膀。

宋词一只手拎着两个塑料袋，一只手牵着狗，身上还背了一个人，理论上应该稍显狼狈，但宋词看起来很轻松。

两人从一个街区走到另一个街区，从一片繁华走到另一片繁华。

宋词想起一件事，问："我那天给你的花是不是快要干了？"

容诗翊打了一个哈欠，答道："已经枯了，我丢掉了。"

"那我后天再带两枝。"

"别了，你把你家花园剪秃了，你爸不得生气？"容诗翊补充道，"我买了满天星放在瓶子里，这种花活得久，也挺好看的。放心，我一定把你的小粉照顾好。"

"满天星？什么颜色？"

"白色。"

"下次换成蓝色？"

"你的事儿怎么那么多啊，它摆在我家，你又看不到，少教我做事。而且蓝色满天星配粉色瓶子又不好看，为什么要换？"容诗翊嫌弃道。

"你猜。"

"你这人真奇怪。"

容诗翊拍了拍宋词的脑袋，忽然觉得有什么冰凉的东西落在自己手上。他看了一眼，短短几秒，又有几滴水落在他身上。

"宋词，下雨了！"容诗翊大惊道。

"你带伞了吗？"

"没带，我的天，雨下大了，下大了！"

这雨来得急，原本的绵绵细雨在短时间内迅速变大，两人没带伞，容诗翊只能把外套脱下来遮在自己和宋词的头上。

他俩现在已经离宋词家不远了，为防止淋雨生病，宋词的步伐变快许多，最后还跑了起来。

雨中的世界仿佛蒙上了一层灰雾，周围都是行色匆匆的行人，少年间的打闹格外显眼。

"驾！宋词！"

容诗翊举手握拳，像一个准备冲锋的小战士。宋词笑了笑，倒也不负他的期待，加速冲向家的方向。

少年的发丝被风带起，倾盆大雨间，那似乎是世间最明亮的颜色。

三中的文化节在一周后举行，十班比其他班少了将近一个月的排练时间，大家紧赶慢赶，才在一周内做完所有道具。而几位演员更累，他们每天要用所有的休息时间来排练。

周五上完下午的第二节课，所有演员都出发去十班节目组的休息室。

彼时，容诗翊正跟朋友们打篮球，他下场喝水的时候，接到苏锦柚的电话，催他赶紧去休息室准备。

他这才想起还有这么一回事。

是哦，他该穿裙子了。

班长替容诗翊准备的裙子很早就到了，只是容诗翊一直拒绝试穿。但老话说得好，躲得过初一，躲不过十五。

容诗翊重重地叹了一口气，转身冲球场上喊了一声："宋词！走，去准备节目了！"

宋词刚从萧凛手里抢到球，闻言便把球抛给杨照，应道："来了。"

杨照接过球后，直接投了一个三分球，而后好奇地跟了上去，问："容哥，我听说你们班的节目是舞台剧《睡美人》？你也要参演吗？演王子？"

这事不能提，一提容诗翊就如同被拽了尾巴的猫，炸毛了："你怎么这么闲？打你的球去！"

为了保持神秘和惊喜，十班所有人皆对外守口如瓶，没有透露一丝有关他们班是由容诗翊扮演公主的消息,以至于外班人一个个都对他们班的演员阵容好奇得不行。

杨照没感受到容诗翊话里的情绪,他还笑嘻嘻地追问道:"哎呀,容哥,透露一下嘛,是不是苏锦柚演睡美人?给兄弟一个献殷勤的机会呗,我现在去订束花,十班的节目开始前,刚好能送到。"

"我劝你省省吧!"容诗翊没好气道。

萧凛在一旁听着,乐得不行,但他还不能剧透,只能提醒杨照:"柚子演女巫,看她那扮相,她站你跟前你都认不出来,还是算了吧。"

"啥?"杨照一脸震惊,"柚子都演不了公主?你们班还有比她漂亮的女孩?我倒要看看是哪个小仙女能艳压苏锦柚。"

杨照这话说的,可谓字字戳心。容诗翊刚准备回击,却被宋词拉了过去:"走了。"

一路上,容诗翊越想越焦虑:"完了,我今天要真上了那个舞台,不得丢死人?"

"你丢人的次数还少?"宋词这话虽然难听,但某种程度上也算是安慰。

"是啊,上次我丢人还是被某人拉去在全校学生的面前跳广播体操。"

容诗翊"哼"了一声,随后又闷闷地说:"这次就不一样了,这次我不仅会上校报,还会被钉在三中的耻辱柱上。"

宋词被他逗乐了,看他真的挺郁闷的,便说:"没事,你要对自己的姿色有信心,你今晚一定能艳压全场所有公主,成为公主界最靓的仔。"

"你得了吧。"容诗翊推了他一把。

十班的休息室在学校活动楼的地下教室——他们借了舞蹈社团的地方。舞蹈室里满地都是道具和服装,还有几个女生在帮演员化妆。

云晴晴见两位主演到了,忙把他们拉到化妆师面前,问:"你们谁先化妆?"

"宋词先来吧。"容诗翊赶紧把宋词推到前面去,他还需要时间,他要多做会儿心理建设。

"那行,宋词先化妆,小容你先去换衣服。"

云晴晴递给容诗翊一个大袋子,袋口处还露出一片粉色的裙纱。

容诗翊看着那抹粉色愣了两秒，他没有一丝犹豫，立马把袋子推回去，乖乖地坐在椅子上，说："还是我先化妆吧。"

化妆师是一个很酷的小姐姐，她从来没给男生化过女妆，下定决心要把这个帅哥打扮得漂漂亮亮的。

就在容诗翊他们化妆的时候，宋词去更衣室换了衣服，他走出来时，引得旁边帮忙搬东西的男生都发出了惊呼，而后周围也传来了各种惊叹和夸赞。

容诗翊成功被吸引了注意力。

"那王子还挺帅。"化妆师姐姐顺带看了一眼，夸道。

容诗翊点点头，说："确实。"但他很快就反应过来，"比我还差一点儿吧，如果我演王子，肯定比他帅！"

"好好好。"小姐姐笑着点点头，把他的脸摆正，"来，闭眼。"

容诗翊乖乖地任她摆弄，等到他再睁眼的时候，他发现宋词这闲人不知什么时候搬了一把椅子坐在他面前，正饶有兴趣地盯着他看。

"你看什么看？"容诗翊没好气道。

"我没看你，我在排队等化妆。"宋词十分无辜。

容诗翊被他一句话堵回去，瞬间没话反驳了。

除了上幼儿园时的汇报演出，这还是容诗翊长大后第一次化妆。他感觉化妆的小姐姐在他脸上抹了不少奇奇怪怪的东西，有点儿难受，他只好拼命忍住揉眼睛的冲动。

"你别乱碰啊，这睫毛被你碰掉一根我都得跟你急。"小姐姐放下化妆刷，捧着容诗翊的脸左看右看，很满意自己的"作品"。

"行了，完美！下一个，王子。"

容诗翊苦闷地从椅子上站起来。

"小容，你好漂亮啊。"

云晴晴一直在旁边看着容诗翊，她再次把那个装着粉裙子的袋子递给了他。

容诗翊这回实在没理由不穿裙子了，他默默地接过袋子，去了更衣室，迈出的步伐颇有视死如归、壮士断腕的气势。

舞蹈教室的更衣室不大，也就一两平方米，里面摆了一把椅子。

169

容诗翊坐在椅子上，慢吞吞地拆开那个大袋子，把里面的东西一件一件地取出来，他发现这条裙子不是单层的一件，而是分了好多层。

这触及了容诗翊的知识盲区，他哪里知道公主裙该怎么穿？

容诗翊默默地看着桌上那一堆布料，最后他探出头去，问离得最近的苏锦柚："柚子，这裙子怎么穿？"

苏锦柚已经换上了女巫的衣服，她看着从更衣室探出的脑袋，告诉他："先穿裙撑，再加里衬，然后是裙子，最后系上束腰。"

容诗翊听得一头雾水，似懂非懂地点点头。

他关上更衣室的门，重新坐回椅子上，艰难地从那堆布料里找出长得像裙撑的东西，套在自己身上。

他稀里糊涂地穿了三层之后，便累了。他打开自己的保温杯，先喝口水缓一缓。

当女生好难。

那边，化妆师小姐姐很快完成了宋词的妆造，最后还感叹一句："长得真省化妆品。"

宋词冲她笑笑。

云晴晴等宋词化完妆，便往更衣室的方向看了一眼，见房门紧闭，容诗翊还没出来，便同宋词说："小容怎么还没出来？宋词，你去看一眼？"

宋词自然十分乐意。

与此同时，容诗翊正在更衣室里艰难地穿裙子。他把袋子里的假发取出来戴好，可很快，布满荆棘的公主之路又出现了新的问题——他没办法自己系束腰。

容诗翊努力地尝试半天，最终还是放弃了。

他不自觉地舔了舔嘴唇，尝到了一嘴口红的味道，嫌弃得皱起了眉。

唉，自己这是造了什么孽啊。容诗翊今天第一万次叹气。

他坐着纠结了半天，还是决定找个好心人进来帮他一下。可他还没从椅子上起来，有个人已经推开门走了进来。

宋词抬手掀开里面的帘子，等看清里面的人，他却愣了一下。

容诗翊的长相本就有点儿偏女相，又化了个精致的妆容，再加上头

170

上那顶黑色的假长鬈发，看起来还真挺像个养尊处优的公主。

容诗翊看见宋词就像看见了救星，赶紧冲他招招手："太好了，宋词，快来快来，你帮我系一下这该死的裙子！"

说着，容诗翊站起来，又反着坐到椅子上，背对着宋词。

宋词轻笑一声，说："哟，你有求于我？"

"你少废话！"

"遵命，公主。"

容诗翊："……"

宋词拨开容诗翊的长发，露出裙子上被他系得一团糟的束腰，相当震惊："好诡谲的排列方式。你是怎么把它弄成这样的，难道你是隐藏多年的阵法大师？"

"一边去，这玩意儿是真难系，我背后又没长眼睛，哪里知道怎么系，我绕着绕着就成这样了。"容诗翊抱怨道。

宋词一边听着他讲自己是如何按照教程穿裙子的，一边帮他把弄成死结的绑带解开，然后细致地替他整理好绑带，就是最后打结时有点儿用力，勒得他嗷嗷叫："你轻点儿！我吃的糖醋排骨都要被你勒出来了！"

"嗯，好了。"宋词用绑带系了一个漂亮的结。

"谢谢啊。"

"不客气。"

宋词的语气一本正经，惹得容诗翊瞥了他一眼："哟，今天你怎么学会说人话了？"

宋词装模作样地行了个礼，说："这是王子该有的礼节。"

"你入戏太深。"容诗翊评价道。

说着，他从椅子上站起来，带着身上这一堆累赘做了个转体动作，又对着墙上那面全身镜左看右看，最后叹了一口气："啧，你说欧洲以前那些公主、贵妇累不累啊？天天穿着这么重的玩意儿到处跑，穿上要一小时，脱掉要一小时，麻烦死了。"

听见这话，宋词犹豫了一下，告诉他："人家有仆人帮忙穿，出行也有马车，我想可能她们不会比你累。"

171

"哦，也是。"容诗翊被一语点醒，点点头，"原来是我不配，那么，我正式雇用你为我的男佣吧。"

"我的荣幸。""宋词男佣"十分配合。

容诗翊过了把戏瘾，得意地笑了两声，没多久又皱起眉："啧，我好想揉眼睛啊。这妆真烦人，哎，你帮我看看，我的眼睛里有没有进东西。"

宋词扫了他一眼，没看见他眼睛里有什么东西，倒发现这人的口红没了。

"你的口红呢？"

"啊，可能刚才吃掉了吧，那味道难吃死了。"容诗翊不以为意。

"你等着。"

宋词看了他一眼，转身出去找化妆师借了口红回来，递给容诗翊。

容诗翊拿着那小东西研究半天，又陷入了另一大难题。他左看右看，最后拔开盖子，将口红整个膏体都拧了出来，直接往嘴上涂。

看他这架势，这口红估计命不久矣了，还好宋词及时出言制止："我敢保证，如果你今天这样涂下去，口红的主人会跟你拼命。"

"为什么？"容诗翊一脸蒙。

"我来。"

宋词接过那根可怜的口红，把膏体拧了回去，他抬眸看着容诗翊，嘱咐道："站好。"

"嗯？"

容诗翊的心中有种不妙的预感，他看宋词举着那根口红慢慢靠近，心里对宋词和口红的双重恐惧令他不由自主地惨叫出声："啊！"

"宋词，小容，怎么了？"外面的云晴晴听见了容诗翊的惨叫，担忧地问了一句。

"啊，好了！"

容诗翊一把推开宋词，扬声应了一句，然后他提着裙摆，从更衣室里走了出来。

"哇，容容，你也太漂亮了吧！"萧凛是最先看见容诗翊从更衣室里出来的人，他惊讶得手里的道具都掉在了地上。

被他这一夸赞，容诗翊成功收获了众人的目光。

苏锦柚第一个冲上来,她抬手帮容诗翊理了理假发,又围着他转了两圈,激动得话都说不清楚了:"天哪,你太好看了吧,你是公主本人吧!"

休息室里的其他人也都凑了过来,把容诗翊弄得非常不好意思。他觉得自己现在像一只被人围观的猴子,赶紧抓着自己的头发想挡住脸。

下一秒,他眼前一黑——宋词把外套脱了下来,盖在了他的头上。

"主席,你太过分了,你怎么能剥夺大家看公主的权利呢?"苏锦柚举起小拳头抗议道。

宋词冲她笑了笑,说:"因为公主殿下不能随意抛头露面。"

"咦——"周围响起一片起哄声。

这时,休息室的门被人敲了两下。

文化节的工作人员推门进来,问道:"十班好了吗?准备进场了。"

"好了好了。"云晴晴点点头,指挥着大家入场,有个女生却拿着电话着急地跑到她身边,说:"老师,小齐说他们没借到纺锤,可以用什么东西来代替?"

为了应对这个突发事件,云晴晴只好留下来跟道具组的同学想办法,让演员跟着工作人员先进场。

文化节的举办场地在学校的礼堂,而十班的休息室可以直达礼堂舞台的后方。

容诗翊他们是最晚一批入场的,他们到的时候,礼堂内的灯已经关了,场内黑漆漆一片,只能看见花里胡哨的彩灯和观众手里拿着的荧光棒。这种情况下,容诗翊那身带着细闪的粉色大裙子就格外惹眼。

有观众注意到他们,激动地碰碰旁边的人,说:"哎,那是十班的人吧,走在最前面的是宋词?我的天,他好帅啊。"

"是宋词,他的绅士手真酷,不过我更想知道被他扶着的公主是谁,都这时候了还蒙着脸,真够神秘的。"

"不知道,我之前跟十班的人打探过,他们班的人口风真紧,我问了半小时都没问出来。"

"哈哈哈,我估计这事不简单,而且你有没有发现,他们的公主个子好像过于高挑了？"

那人赶紧扶着眼镜仔细观察："真的，看起来只比宋词矮了一点儿，他们班有这么高的女生？"

"不清楚，不过稍微高点儿的女孩穿高跟鞋也差不多吧？"

"确实。"

诸如此类的讨论还有很多，但没一个人能确定舞台上的公主到底是谁。与此同时，容诗翊已经安全到达观众席。他坐下后，把外套掀开透了透气："太可怕了，隔着外套我都感觉自己要被那些人的目光盯成筛子了。"

"习惯就好，不过现在你藏不藏也不重要了，等会儿都要上台了。"宋词安慰道。

"那可不行。"容诗翊摆了摆手，一脸坏笑道，"就是因为快要上台了才更要注意！瞒这么久了，我索性就把秘密保守到最后一刻，给他们来个大惊喜。"

宋词笑了笑，给他竖起大拇指。

这次的文化节按班级序号决定出场顺序，前面几个班大多是唱歌、舞蹈、相声、小品之类的节目，看多了也有点儿枯燥，所以等五班的舞台剧开场时，全场都沸腾了。

五班演辛德瑞拉的演员是学校里很有名的女孩子，她长得像洋娃娃，身材也娇小，扮演公主时，举手投足间尽显优雅可爱，加上他们的剧本内容也很贴合原著，一开演便引得全场尖叫。

容诗翊认真地看着演辛德瑞拉的女生在台上行礼和抬手的动作，自己也跟着学了一下，但这动作人家做得流畅端正，到他这儿就是僵硬又笨拙。

这一刻，容诗翊算是将一个成语理解得清晰透彻——东施效颦。

宋词注意到容诗翊的小动作，有点儿好笑地把他的手按了下去。

"你不用学，做自己就好。"

容诗翊"哼"了一声，说："不做谁的公主，做霸气的女王？"

"你有点儿土。"宋词委婉道。

伴随着一阵欢快的背景音乐响起，公主和王子跳了一支圆舞曲，五班的舞台剧也到了尾声，表演结束后，所有表演人员一起上台谢幕。

"他俩好默契啊。"容诗翊看着台上的两位主演，感慨了一句。

一旁的苏锦柚听见了，点点头："据我所知，演辛德瑞拉的女生和那个演王子的男生私下里关系本来就很好，所以在台上很有默契。放心啦，容容，你跟主席肯定也能这么默契。"

"我跟他哪来的默契？"容诗翊觉得头疼。

等文化节的主持人上台为八班的节目报幕时，有工作人员从侧边走过来，叫十班的人过去候场。

宋词帮容诗翊提着裙摆来到后台，后台的灯光有点儿暗，容诗翊看不清里面都有谁，便随便找了一张椅子坐下，用手给自己扇着风。

过了一会儿，他突然感觉自己身边走来一个人。

容诗翊抬头一看，只见是一个手捧红色玫瑰花的男生。巧了，这不是杨照吗？

虽然萧凛劝过杨照别来找睡美人，但他死性不改，还是倔强地订了一束花，提前来后台等着。

后台灯光暗，人也看不太清，但看着这身影，杨照就知道这肯定是一个美女。

想到这儿，杨照上前一步，为公主献上了玫瑰花："祝美女演出成功，我们可以加个联系方式吗？"

容诗翊没有回答，而是毫不客气地冲他翻了一个白眼。

杨照愣了一下，他心里还在想这翻白眼的动作怎么有种似曾相识的感觉，然后眼前的"美女"用他再熟悉不过的声音说道："你给我看清楚，我是谁？"

"我的天哪！"杨照被吓了一跳，后退半步，以迅雷不及掩耳之势把花抱回了自己怀里，大惊失色道，"容哥？"

容诗翊一脸嫌弃地看着他，拍拍一旁的宋词："你想聊天问他。"

宋词听了这话，很配合地说道："抱歉，公主今日的行程满了，不方便跟你多聊。"

杨照闹了个大乌龙，还没从震惊中缓过神，一时间不知道说什么好，只能尴尬地站在一旁。

那边，九班的音乐节目已经开始了，容诗翊坐在小板凳上候场，他听着舞台上传来的悠扬的钢琴曲，一时竟听得有点儿困了，懒洋洋地打了一个哈欠。

"睡美人进入状态了？"宋词看他一眼，打趣道。

"去你的。"

正当二人你一句我一句拌嘴的时候，九班的演员谢幕下场。上台报幕的主持人说了一大堆话，最后点到正题："接下来，有请十班的同学为我们带来舞台剧——《睡美人》！"

台下一片掌声，十班几个男生从座位上站起来，为自己班上的人加油。

主持人退场，舞台上的灯光也随之暗了下来。旁白交代着故事背景，饰演国王和王后的演员走上台，聚光灯投在他们身上，灯下的王后怀里抱了一床小被子，她一脸慈祥道："哦，天哪，这就是我们的女儿！她是这么乖巧、这么可爱，我们要请仙女来参加她的洗礼。"

"可是，王国内的仙女共有十三位，咱们可只有十二套餐具来招待，这要怎么办才好？"

"哦，那就不请苏仙女好了，反正大家都说她是坏仙女呢。"

很快，舞台再次陷入黑暗，等到灯光再亮起的时候，已经到了公主的洗礼日。

十一位仙女轮番上前给公主送祝福，可等到第十二位的时候，雷鸣音效响起，聚光灯打到舞台左边，苏锦柚披着她那一身炫酷的黑斗篷大步走了上来。

"天哪，让我看看发生了什么，公主的洗礼？怎么没人邀请我参加？"

国王一脸害怕，退了两步，差点儿把他"女儿"摔到地上："我们不是故意不邀请您的！只是餐具不够了，所以……"

"餐具不够了？天哪，没关系，本仙女大度，人不到可以，但礼一定要到。那这样好了，我就祝你们的女儿十五岁时被纺锤扎死！哈哈哈……喀……"

苏锦柚还没笑完，突然被自己呛到了，她咳了两声，赶紧灰溜溜地下了台。

等她下去后，真正被邀请的第十二位仙女迈着小碎步溜过来，抱起国王手里的小被子，说："苏仙女的法力实在强大，我不能破解她的诅咒，只能消减。那就这样吧，公主十五岁时被纺锤扎到并不会死，而是陷入长久的沉睡，直到一位王子来给她一个吻，她才会苏醒。"

听见"吻"这个字，台下十几岁的少年不免一阵起哄。

在一片起哄声中，灯光再次熄灭，道具组忙着换道具，旁白响起："那天后，国王为了保护公主，下令烧毁了国家所有的纺车，公主就在这样的保护下一天天长大。她善良又美丽，用一切美好的词汇来形容她都不为过……"

旁白念到这里，就该容诗翊闪亮登场了。

台下那些人都抓心挠肝地想知道十班这位神秘的公主究竟是谁，等到真正要揭晓的时候，不免更加紧张。

舞台的音响里传出温柔舒缓的音乐，灯光暗下来，聚光灯缓缓地移动，带着全场焦点走到台前。

舞台上，已经长到十五岁的公主提着裙摆大步走上来。聚光灯打在公主的身上，将"她"的裙子映得发光，同时，跟随"她"的摄像机将"她"的半身像也投在两侧的屏幕里。

全场一片哗然。

屏幕上的人五官精致，但从身形上看，怎样看都不像是女孩。

"我的天，美女，不对，'男'美女？"

"这是男生？"

"五分钟，我要他的全部资料！"

"怪不得十班那群人口风这么紧，搞了半天是在闷声干大事呢，我喜欢，请多来点儿！"

"我单方面宣布这次文化节十班胜出！"

"等等！"

吵闹间，一个女生发现事情有些不对劲："你们有没有发现，这人有点儿眼熟？这个公主是十班的男生，还是个帅哥！"

宋词演王子，萧凛在观众席，那就只剩……

"容诗翊？"

就在众人怀疑的时候,萧凛站起来,吹了个响亮的口哨,喊出一句:"容容,我爱你!"

"还真是容诗翊啊!"

虽然谜底揭晓了,但大家还是觉得很不可思议。拜托,那个张扬不羁、爱自由的容诗翊,居然会答应来演睡美人?

"容诗翊,如果你被绑架了就眨眨眼!"

容诗翊突然听见这句话,吓得差点儿脚下一滑。

即使他做了很久的心理建设,可真等到上台了,还是觉得非常尴尬。他脸上的表情都快维持不住了,只能靠听旁白来分散注意力。

"随着公主的成长,她出落得越发美丽动人,小鸟路过都要为她的美貌歌唱……"

十班某位同学挥舞着翅膀,绕着容诗翊转了一个圈。但可能是道具组的问题,"小鸟同学"的鸟嘴道具松动,掉下来挂在了他的下巴上。

他捂着嘴跑了。

"蝴蝶都要围绕在她身边为她跳舞。"

台上又上来一个扇着蝴蝶翅膀的同学,不幸的是,那双硬纸板做的翅膀因为扇的动作太大断掉了。

容诗翊和"蝴蝶同学"沉默地对视了一下,容诗翊弯下腰,把地上的翅膀捡起来递给她。

旁白还在继续:"很快,就到了公主十五岁生日这天。这天早上,她一直觉得心里有什么声音在呼唤她,她跟着那个声音去了地下室,天哪,她发现了什么?一台美丽的纺车!"

"啪"的一声,聚光灯打在舞台的右侧,那里本该停着一台纺车,可容诗翊看见的是马虎同学顶了一个圆锥形的生日帽,双手叉腰,昂首挺胸地站在那里。

"小红,我们没找到纺锤,就先让马虎同学凑合一下吧!没有纺锤尖,你就戳他的生日帽好了。"耳机里传来云晴晴的解释。

意外状况这么多,容诗翊现在就想昏倒在台上。他僵硬地提着裙子走到"纺车"面前,伸出手指想碰一下。

可惜,马虎同学打了个喷嚏,弯腰一避,完美躲开了。

容诗翊的动作僵硬了一下,他已经没了耐心,索性破罐子破摔,一只手握住马虎的帽子,用力地把手戳了上去。

"天哪,公主不小心碰到了纺锤,诅咒生效了!"念旁白的人压着笑意,夸张地讲解道。

配合着这句话,容诗翊跌跌撞撞地跑到提前准备好的手术推车前,艰难地带着他的裙子爬了上去。

他躺好,闭眼,动作一气呵成。

王国和公主一起陷入沉睡,然后轮到宋词上场——远方的王子听闻了这个传说,跨过重重险阻来到了这个布满荆棘的国家。

王子砍断了王城外缠绕的荆棘,取下荆棘上的一朵红色玫瑰花,顺着指引来到公主沉睡的地方。

道具组把舞台后方安眠许久的容诗翊推了出来。

此时,舞台上只剩下宋词和容诗翊,聚光灯打在他们身上,配上温柔的背景音乐,显得王子看公主的眼神专注又深情。

台下的同学们看着这一幕,不约而同地安静了下来。

台上,宋词看着容诗翊,微微笑了一下:"我的公主,您是如此美丽。为了您,我愿意摘尽世间最美的玫瑰献给您,只要您能睁开眼。"说完,他拿出那朵红玫瑰,轻轻地放在容诗翊的唇上。

学校的演出,主角又是两个男生,亲吻当然是不可能的,所以他们就把亲吻公主的行为换成了放玫瑰花。

演出进行到这里,后台总控室的同学已经准备切换音乐了,结果他们等了好几秒,公主都没醒。

台上和台下的人都愣了,台下还有个男生打趣道:"这王子不是真爱,下一个!"引起了台下一片哄笑。

宋词没去理会那些哄笑,他看着容诗翊。这人表情自然,呼吸均匀。好样的,他真睡着了。

虽然离谱,但这是事实。

后台的云晴晴非常着急,说:"怎么办,小容不会真睡着了吧?这算是演出事故了!"

她急得在原地打转,旁边的苏锦柚拍了拍她,说:"没事的,宋词应该有办法。"

宋词将玫瑰别在身侧的剑柄上,他微微弯起唇角,随后俯身,在观众看不到的角度掐了一下容诗翊的耳朵。

他手上的力道不算轻,语气却和动作完全相反:"殿下,该醒了。"

宋词的声音不大不小,刚好够顺着他的耳麦传到所有人的耳朵里。台下的观众席掀起浪潮般的感叹:"王子来找我吧,我是醒着的!"

在全场的吵闹声里,容诗翊感受到了耳朵的痛感,迷迷糊糊地睁开了眼。

他睡眼惺忪地看向宋词,然后他的目光落在舞台刺眼的灯光上,大脑有一瞬间宕机。

他是谁?他在哪儿?他在干什么?

几秒后,容诗翊才反应过来自己在演舞台剧,他却在舞台上睡着了。

你可真行啊,容诗翊!

他在心里把自己骂了一遍,然后强装镇定地扶着宋词的手坐起来。

在幕后念旁白的同学见演出可以继续进行,忙接着说:"王子用真爱之吻唤醒了公主!那一瞬间,阳光破开云层,荆棘藏入地底,王国的一切都跟着苏醒了。"

欢快的音乐响起,舞台剧最后一幕是所有演员手拉着手转圈圈。在一片欢声笑语里,容诗翊碰了碰宋词,小声问:"你刚掐我的耳朵干什么,把我摇醒不就行了?"

虽然当时容诗翊还在睡梦中,但他能感觉到有人掐了下他的耳朵。

"摇醒多难看,"宋词慢悠悠地补充道,"我要维护你高大伟岸的形象啊,把你摇醒,大家不都知道你睡着了?以后容大人的脸面往哪儿放?"

"啧,算你有良心。"

十班的舞台剧是文化节最后一个学生演出节目,之后便是高二老师们的大合唱,而这次节目的评选结果和奖励将会在下周公布。

最后,观众有序离场,容诗翊原本也想快点儿溜走,但老师叫所有的演出人员上台合影。容诗翊真的不想把自己这副模样留在照片里,但架不住身边人各种劝说,最终他还是过去了。

男生个子高,大多都站在后排。容诗翊原本想站到最边缘的位置,结果还没过去就被两个男生发现,然后把他推到了最中间的位置。

台上的演员们站好后,台下举着相机的老师冲大家做了个手势:"来,帅哥美女们,三、二、一,茄子!"

"砰!"

就在老师数到一的时候,不知道是谁在总控室按下了礼花,无数彩带从空中纷纷扬扬地飘落,落在众人的身上。

容诗翊被这声响吓得一激灵,他哆嗦一下,仰头看着这彩带雨。

"茄子!"周围的人跟着拍照的老师喊起来,容诗翊也急急地补了一句。

"咔嚓"。

"好啦,大家周末快乐啊!"

"谢谢老师!"

拍完照后,台上的人三三两两地聚在一起,有些人在闲聊,有些人在拉着其他人合影,宋词和容诗翊在合影大队里的人气尤其高。

虽然容诗翊也不喜欢拍照,但他不想扫人家的兴,只好在镜头前被迫"营业"。

演出结束,等十班的同学们完成后续工作后,云晴晴提议大家一起去聚餐。除去一小部分不想去和有其他安排的同学,最后有三十多个人加入了聚餐的队伍。他们不知道吃什么,所以由萧凛做主,带大家去了他和容诗翊常去的烧烤摊。

一群人到烧烤摊的时候已经挺晚了,老板正在打扫店铺准备打烊。他原本想早点儿收摊回家,但看到容诗翊和萧凛这两个小子带着人来,索性把钥匙丢给他们,说:"吃什么自己穿自己烤吧,走的时候把门给我锁好了,自己把钱算好,明天给我就行。"

"好嘞!"萧凛接过钥匙,拉着几个男生准备穿肉串去了,容诗翊原本也想帮忙,却被萧凛拦住了,"容容,你就先歇着吧,毕竟你等会儿还得去烤肉。"

萧凛替容诗翊安排了任务,然后拍了拍他的肩膀,一脸骄傲道:

"晴晴老师、柚子,你们可不知道,我们容容的烧烤技术,江城一绝!是这个!"萧凛竖起大拇指。

"你少给我戴高帽子,赶紧穿肉去吧,我饿了,等着吃呢。"容诗翊笑着推了萧凛一把,萧凛像条虫一样扭着跑了。

云晴晴看着他们打闹,觉得好笑,问道:"你们认识很久了吗?"

容诗翊原本在玩"消消乐",闻言想把手机关了,身旁的宋词却用手指戳了戳他的手臂。容诗翊知道他的意思,便把手机扔给他,自己冲云晴晴点了点头:"嗯,我俩从幼儿园就是同学了。"

"那认识很久了呢,关系肯定很好。"云晴晴笑道,她点点头,又看了眼宋词,问,"那你跟宋词也是一起长大的吗?"

"不是啊。"容诗翊给自己倒了一杯热水,"我俩这学期才熟起来的,以前宋词可烦人了,虽然现在也没好多少。"

"这样啊,"这话倒是让云晴晴有点儿意外,"我看你们总在一起,关系好又有默契,还以为从小就认识呢。"

"我就是被迫的。"说到这儿,容诗翊凑到宋词身边,看了一眼他玩的"消消乐","牛啊,我前面那几个只得了一星的关卡,你也帮我冲个三星呗?"

宋词瞥了他一眼,说:"行啊,你怎么报答我?"

"还想要报答。算了,我自己玩。"

"好吧,我帮你,一关一句宋哥,可以先欠着。"

"喂!"

一边的苏锦柚看着这两人的互动,没忍住笑了出来。就在这时,有个人拍了拍她的肩膀:"小姐姐,这店还营业吗?我怎么看老板不在啊?"

苏锦柚回头看了一眼,只见是一个穿着休闲装的少年和一个个子很高、梳着高马尾的女孩。

她愣了一下,摇摇头,说:"已经关门啦,我们是借了地方,自己在这儿烤着吃的。"

"哦。"男生有点儿失望,准备转身离开,却瞥见了一抹熟悉的颜色。他看过去,果然是那个头发颜色很特别的小子,他旁边坐的人自己也认识。

"宋词！"展博川眼睛一亮，他小跑过去，对着宋词兴奋地说，"你怎么在这儿，你们这儿还有位置吗？我俩想吃顿夜宵，想吃这家烧烤很久了。"

宋词低头继续玩"消消乐"："班级聚餐，你问他们。"

云晴晴早就注意到了这边，闻言便道："没关系，是宋词的朋友吗？一起来吧，人多也热闹。"

"嘿，谢谢小姐姐。"展博川连忙去搬了两把椅子，顺便介绍道，"我叫展博川，这位是韩瑞，我俩都是宋词从小玩到大的朋友。"

韩瑞个高腿长，她跟自来熟的展博川不同，此时正礼貌地笑道："你们好。"

那边，萧凛他们很快准备好了烧烤所需的食材，之后就是容诗翔来负责烧烤了。

在等待烤串的时间里，性格开朗还很会接话的展博川很快就跟十班的人打成了一片，把大家逗得直笑，气氛十分融洽。但他发现宋词一直没有参与他们的聊天话题，而是低头在玩手机，不免觉得无奈："大学霸，这种时候你还在做题……"

他凑过去看，却看见宋词在手机屏幕上点击挪动了一个小河马头像，一键消除了好几个相同图标，接着屏幕里弹出了一个夸张的特效，还伴有一句可爱的语音："Nice！"

展博川没忍住问道："你什么时候开始玩这种幼稚的游戏的？"

宋词没回答，他看了看在烧烤架旁忙活的容诗翔，叹了一口气："这话你可别在容诗翔面前说，这'幼稚的游戏'是他的挚爱。这次就算了，我替他原谅你了。"

展博川的表情都快绷不住了。

就在这时，容诗翔端来了第一份烧烤，他给每张桌子都分了一点儿，然后坐回自己的位置，拿了两串，分了一串给宋词："来，尝尝我的手艺？"

展博川看着宋词放手机的动作，又看看容诗翔，赶紧帮忙解释道："哥们儿，宋词他……"

他从来不吃这些东西。

183

展博川一句话还没说完，宋词便十分自然地接过容诗翎递过来的肉串，咬了一口。

啊？展博川的话说一半就没声了，容诗翎还想知道后半句，他看向展博川："咋了？"

"没什么，他就喜欢说废话。"宋词晃了晃手里的肉串，夸道，"手艺不错。"

"你总算说人话了，算你有眼光。"

容诗翎的"小尾巴"又翘起来了。他快速地吃完一串肉，看大家桌上的烧烤差不多吃完了，准备回去继续烤。他起身前，顺手拿起了桌上的杯子，想先喝口水。

宋词还在吃着烤串，他注意到容诗翎的动作，微微皱了下眉。

他来不及出声制止，下一秒，容诗翎的脸就皱成了苦瓜。这水有点儿苦，还涩，又辣，反正不可能是单纯的水。

"完了，我拿错了你的杯子。"容诗翎一脸生无可恋。

宋词皱了皱眉，说："你赶紧吐出来！"

容诗翎痛苦地闭眼，说："我已经咽下去……"他最后一个字甚至还没说出来，就感觉眼前天旋地转。

然后，在所有人的注视下，上一秒还精神百倍的容诗翎，下一秒直接一头栽倒在了桌上。

大家都被容诗翎这模样吓坏了，苏锦柚更是脸都吓白了："容容，你醒醒啊，这是怎么了？你不能离开我们！"

"容容，我的好容容！"萧凛从餐桌对面飞奔过来，到容诗翎身边的时候还差点儿滑倒。他伸手晃了晃容诗翎，像是察觉到了什么，问，"他喝酒啦？"

"没有，但……"宋词拿起那个杯子嗅了嗅，"我刚拿酒精棉给杯子消过毒，他用这杯子喝了水。"

"哦，多大点儿事，我还以为怎么了呢。"萧凛摆了摆手，一脸轻松地道，"容容是酒精过敏，一杯，不，一口就倒，沾酒精的东西他碰都不能碰，这点儿剂量他睡一会儿就会醒了，没事的。"

说完，他甩着胳膊要回自己的座位，结果才走出去两步，身体就僵住了。

他转过头,面色惊恐道:"不,还是出事了,出大事了!"

大家刚放下的心又被提了起来:"什么事?"

萧凛将手拢成喇叭状,大喊一声:"我们没人烤肉啦!兄弟姐妹们,你们谁会烧烤吗?"

众人虚惊一场。

展博川吃着烤串笑了出来:"怎么他看着张牙舞爪的,一副能单挑五个人的样子,结果沾一点儿酒精就倒了?这个弱点不得被宋词拿捏?"

宋词瞥了他一眼,说:"我是那样的人吗?"

展博川被他这话问蒙了:"难……难道不是吗?"

"被你这样说,我真的很伤心。"话虽如此,宋词脸上却没有一点儿伤心的样子。

宋词拍了拍容诗翊的肩膀,见他没反应,就起身把他扶起来,顺便对云晴晴道:"在这趴着会着凉,老师,我先送他回家吧。"

"好。"云晴晴连忙点头,"快回去吧,路上注意安全。"

宋词应了一声,就扶着容诗翊走出烧烤摊。他在路边打了一辆车,报地名的时候犹豫了一下,还是报了容诗翊家的地址。

此时已是深夜,随着车辆行进,路灯的暖光从车窗扫进来,在少年身上不停地掠过。

容诗翊的脸色有点儿白,他不自觉地用手去挠胳膊。宋词注意到他的动作,掀开他的衣袖,借着路边的灯光看了一眼,白皙的手臂上起了不少红点。

"别抓了。"

宋词耐心地劝着,他刚把容诗翊的手按下,还没安分两秒的容诗翊又想伸手去抓。没办法,宋词只能把他的两只手腕都压住。

下车后,宋词好不容易才把容诗翊弄到家门口,他敲了敲门,但没人应,便在容诗翊身上找到了家门的钥匙。

宋词推开门,容诗翊家里没亮灯,多半也没人。宋词原本打算把容诗翊交给容芷青就走,但现在容芷青不在,他总不能丢下容诗翊不管,

185

只能好人做到底，把人带回房间。

他打开灯，容诗翊的房间跟他上次来时似乎没什么不一样，只是桌子上堆着的书多了一点儿，还有窗台上那个粉色的饮料瓶里换上了一束蓝色的满天星。

宋词把容诗翊放到床上，看了他的胳膊一眼，问："家里有药膏吗？"

容诗翊完全没反应。

宋词叹了一口气。他想出去买点儿药，但又怕自己不在，容诗翊会把胳膊挠破。他想了想，从一边的挂钩上取了条腰带，把容诗翊的两只手捆在一起，这才安心出门去。

宋词跟着导航绕了好几百米才找到药店，等他拎着药膏回来，容诗翊已经醒了，正躺着看天花板发呆。

听到有人走进房间，容诗翊缓缓地将目光移向来人，晃了晃自己的手，不满道："你绑我干什么？"

"我不绑你，让你的爪子乱挠啊？"宋词应道，然后给他松了绑。

宋词坐在床边，拧开药膏，拎起容诗翊的胳膊给他上药。

容诗翊现在倒乖巧了，说："别动，我自己来。"

"您都醉得不成人形了，知道该往哪儿抹药吗？"

"我没醉，我清醒得很。"

"tan90°是多少？"

"我算算……"

容诗翊掰着手指头算了半天，但他的大脑像是生锈了一样转得奇慢，最终他妥协道："行吧，我醉了。"

"醉没醉都得别人提醒你，笨死了。"

容诗翊把胳膊伸向宋词，让对方给他抹药，问道："你为什么不高兴？"

"因为你太笨了，我不跟笨蛋交朋友。"

"一边去！"

"行。"

宋词轻笑一声，他涂完药，把药膏拧好，起身准备回家："我走了，你睡吧。"

186

容诗翊估计没听清宋词说了什么，只是应了两声，然后翻了个身，没再吭声。
　　月光顺着窗户洒进来，刚好落在窗台上饮料瓶里插的那束蓝色满天星上。
　　宋词凝视了一会儿，伸手将饮料瓶拿起，他心想，容诗翊说得没错，粉色瓶子配蓝色的花，确实很难看。

第六章
笨蛋才会和你做朋友

　　周一早晨是三中举行升旗仪式的时间,伴随着激昂的进行曲,学生们陆陆续续地从教学楼往外走,以班级为单位在广场上站好。
　　等到广场上的队伍都站整齐了,容诗翊才叼着面包姗姗来迟。他戴起卫衣帽子,偷偷摸摸地从人群后方溜到十班的队伍里。
　　萧凛站在十班的最后方,他看见容诗翊后,忙往旁边让了一步,给对方空出一个位置来。
　　"容容,你怎么这么晚才到?"萧凛小声问。
　　"嗯,那天我不是又酒精过敏了嘛,这两天实在难受得不行,别说迟到,我都差点儿想请假不来了。"
　　"怎么这么严重?不就是酒精棉消过毒的杯子吗?"
　　"我也不知道,我这体质你又不是不知道。那天我莫名其妙从晚上晕到第二天下午,我妈第二天早上回来吓了一跳,还以为我晕倒在家里了。"
　　容诗翊把卫衣帽子弄下来,抓了抓凌乱的头发,问:"我那天晕倒后,是你把我送回家的?"
　　萧凛摇了摇头,说:"不是我,是宋词送你回去的。"
　　"宋词?"提起这个名字,容诗翊有点儿心虚,因为昨天睡醒后,他发现放在窗台上的小粉不见了。那可是宋词爱惨了的东西。他在家里找了好久,床底、衣柜都看过了,就是没找到。

188

想到这儿，容诗翊看向队伍前方，问："宋词呢？"

以前他都是和宋词站一起的，现在这人忽然不在，他还有点儿不习惯。

容诗翊挑了挑眉，说："也是难得，他迟到啦？"

听见这话，萧凛原本想说些什么，但纪律委员正好从这里路过，他看了他们一眼，可能是觉得他俩不安分，索性站在这儿不走了。

两人默默地把嘴闭上。

三中的升旗仪式有很多环节，等王主任上台宣布下一周的计划时，站在十班队伍旁边的纪律委员才离开。

容诗翊拍了拍萧凛，说："你刚要说什么？"

萧凛慢吞吞地回忆道："你刚问宋词是吧？哦，他没迟到，晴晴老师今早说，宋词回一班去了。"

"啊？"

容诗翊愣了一下，说："回一班了？来十班不是他自己要求的吗？怎么莫名其妙又回去了？"

"是啊，他来十班原本就是来整顿咱们班的风气的，现在咱们班进步那么大，他完成了任务，自然该回去了。"

"哦。"容诗翊点点头。

台上的王主任还在用他的特色腔调演讲，但容诗翊一个字都没听进去。直到周围的人都开始鼓掌欢呼，容诗翊才回过神来。

他用胳膊肘推了推萧凛，问："这是怎么了？"

"啊，王主任刚刚夸咱们班呢，说有进步，要给我们一个什么奖来着，我没听清。"

"哦。"容诗翊点点头，也跟着周围人一起鼓掌。

很奇怪，虽然身边的气氛很欢乐，现在的结果也是他想看到并且一直在为之努力的，但他好像没有想象中的那么开心，就是……感觉少了点儿什么。

过了一会儿，他后退了一步，望向一班的方向。

三中升旗台下面的广场很大，而一班和十班离得很远，分别占据着高二的队伍一头一尾的位置。

容诗翊看见一班队伍里的宋词正配合周边氛围鼓掌,但太远了,看不清他的表情。

王主任很快结束了他的讲话。

散场的音乐响起,操场上的同学有序地进入教学楼,原本宽敞的楼梯有些拥挤起来。容诗翊在人堆里被推着往前走。上楼梯的时候,萧凛发现他的眼神老往别处瞟,有点儿奇怪道:"容容,你找什么呢?"

"还能找谁?"容诗翊不耐烦地回了一句。

"哦,宋词啊,你要找他还不如等会儿下课直接去一班的教室。"

"啧,谁说我找宋词?"容诗翊炸毛了,他推了萧凛一把,"快走吧。"

回了教室,容诗翊坐在椅子上,看着前面空着的座位有点儿出神。

他倒没有什么别的感觉,就是觉得宋词回一班了,以后找宋词玩都麻烦了许多。

想到这儿,容诗翊拿出手机,点开宋词的对话框:"中午我去你班找你,一起吃饭不?"

差不多过了一个小时,手机里才弹出宋词的消息提醒:"不了,我有事。"

"哦。"容诗翊想了想,又加了一句,"你不高兴?"

"没有。"

虽然宋词只发了七个字外加三个标点符号,但容诗翊总觉得这人有点儿不对劲。他回想了半天,发现这种情况好像从文化节那天就开始出现了。

容诗翊不是爱把话藏心里的人,他也无法忍受矛盾存在,有点儿问题就一定要追着对方问清楚。想来想去,容诗翊决定在自习课的时候去找宋词。

但容诗翊没想到的是,今天这节自习课进来的是云晴晴和另一个高大的男生。这个男生是云晴晴的男朋友,他将接替宋词的工作,在今后的自习课上为十班的同学补课。

萧凛跟着大家拍了拍手,算作欢迎,他看容诗翊好像不大高兴,问:"你又怎么了?"

"宋词怎么不来了?"

190

"不是我说你，容容，他在的时候你天天叫人家走，现在他走了你又总是问，你什么毛病？宋词不会真是你的偶像吧？"

"你再给我说一遍！"容诗翊威胁似的握紧了拳头。

萧凛条件反射般抱着头下蹲："我错了。"

容诗翊"哼"了一声，没再理会萧凛。

不过，他好像确实忽略了一件事——宋词回到一班，的确没有义务再像以前那样拖着十班往前走。

容诗翊叹了一口气，旁边的苏锦柚看他一直在抓耳挠腮，有些看不下去，道："容容。"

"嗯？"

"其实一班离得挺近的，课间休息的时间，走快点儿能来回跑十趟呢。"

容诗翊："……"

有了苏锦柚的指点，下课铃一响，容诗翊就跑到了一班。

容诗翊到达一班教室外面时，一班的数学老师还在讲题，他在门外站着，等下课后便拦住一位同学说："同学，麻烦找一下宋词。"

"哦。"那个男同学点了点头，朝靠窗的方向喊道，"宋词，有人找！"

容诗翊顺着他的视线看过去，只见宋词坐在靠窗那一列的最后的位置。他的位置被旁边灰色的窗帘挡住了，显得有点儿昏暗。

宋词似乎在低头做题，听见有人在叫他的名字，便抬头看了一眼，他发现容诗翊正站在教室门口冲他招手。

他把笔放到桌上，起身走到门口，问："你找我有事吗？"

容诗翊突然不知道该说什么了。他的笑容有点儿僵硬，只能随便找个话题，道："没事，我就是想问问，你那天是不是把小粉拿走了？"

宋词愣了一下，点了点头，说："嗯。"

"你拿走干什么？"容诗翊没话找话。

"扔了。"

"你认真的？"

"嗯。"

"什么？"容诗翊被气笑了，"宋词，是你说它重要，我才天天给它换水，现在你问都不问一声就替我扔了它？那我付出的精力算什么？"

"你不是嫌它丑，不想要吗？我那天一看，确实挺丑的。"

"我想不想要是一回事，你不经过我同意就拿走它又是另一回事。你这人怎么突然莫名其妙的，心情好的时候像个人，不知道什么时候哪根筋搭错了就开始发癫。之前你还一口一个小粉，宝贝得很，现在说扔就扔，你可比皇帝还难伺候。"

宋词被容诗翊这么嘲讽一通，没多大反应，只说："我的东西，想留就留，想扔就扔，还需要谁同意？"

"你……"

容诗翊心里没来由冒起怒火，但他并不真是为了一个破饮料瓶，而是因为宋词这种无所谓的态度。

确实，宋词生来就是这种冷漠至极的性子，无论对待物还是人都一样。之前他和容诗翊他们相处得好好的，却突然一声不吭地回到一班，这让容诗翊觉得自己也是一个被别人随意丢掉的饮料瓶。

他把宋词当朋友，宋词把他当什么？小丑吗？

容诗翊带着一身杀气从一班回到十班，把萧凛吓了一跳。

"你这是跟宋词打了一架？"

"打架？要真打架就好了，我真想敲掉他的虎牙！"

"怎么了？"

"就那个……"容诗翊措辞片刻，他实在懒得从头解释，最后，他只对萧凛说道，"就那点儿破事！"

"啊？"

这真是听君一席话，如听一席话。萧凛换了一个话题问："那你今天还跟宋词一起吃饭吗？"

"不。"

"那我想吃螺蛳粉，咱们要不……"

容诗翊是真不明白这人为什么会对螺蛳粉抱有那么大的爱意。

萧凛眼巴巴地看着他，期待得不行。

宋词因为讨厌螺蛳粉的味道，所以之前在十班时，他坚决拒绝和萧凛一起吃饭，还总是拉上容诗翎。这让萧凛连个能一起吃饭的伙伴都没有，再加上一个人也不想出去，他无聊了好一阵子。

现在宋词走了，他们又可以快乐地嗑粉了！这么一想，宋词走得好！

宋家。

宋词坐在椅子上，低头读着一本诗集，桌边的日光灯下摆了一个和房间风格大相径庭的饮料瓶。

客厅里，宋昱靠在沙发上看文件，坐在他对面的是略显局促的周远山。

"宋先生，这个项目风险小、盈利大，您可以考虑一下。"

宋昱翻了两页文件，点了点头，算是认同了周远山的话，又质疑道："但是周先生，你我都是商人，这么一块肥肉，你说让给我就让给我？"

这话精准戳到了周远山的痛点。

宋家是江城商界的领头人物，之前和周家来往密切。可自从上次两家聚餐过后，宋家突然断了和周家的所有合作，其他企业看到局势有变，也纷纷避嫌似的和周家划清了界限。

一时间，周家落到了一个有些尴尬的境地，周远山不知道自己做错了什么。难道问题出在容诗翎身上？难道宋昱压根儿看不得他儿子和容诗翎走太近？想来也是，容诗翎那种不着调的样子，宋家看不起也不奇怪。

周远山心里有点儿没底，想来想去还是得从根本上解决问题，所以决定今天来向宋昱示好。

"我想和宋先生合作，自然得拿出点儿诚意。小辈是小辈，我希望他们之间的事情不会影响咱们两家的交情，您说呢？"周远山小心翼翼地试探道。

宋昱听了这话，态度不明地问："那孩子是叫周诗翎？那是你教出来的继承人？"

周远山心里咯噔一下，听这话的意思，宋昱是真的不大高兴。

周远山确实有心把容诗翎接回来，毕竟周星熠身子弱，容诗翎就是周家唯一的继承人，但现在被宋昱这么一说，他心里一时没了底。

周远山权衡片刻，选择和容诗翊划清界限，说："他不姓周，跟他妈妈姓容。您放心，他性格不好，也没什么出息，跟周家没太大关系，不会成为周家的继承人。"

比起一个不听话的儿子，周远山还是选择了长远的利益。

听到这儿，宋昱笑了一下，说："最好是这样。"

两人又聊了一会儿，周远山才跟宋昱告别。宋昱到最后都没有表明对周家的态度，不过周远山也没多想，毕竟宋昱向来是不好相处的人。

周远山走后，宋词走过来给宋昱倒了一杯水，道："谢了。"

显然，宋昱看出容诗翊厌恶与周家扯上关系，今天这一番操作也算是间接地替他解决了麻烦。

"嗯。"

听见儿子对自己说谢谢，宋昱并没有多大反应。他接过宋词递过来的水，道："你有空把你朋友叫过来吃顿饭。"

"再看吧。"宋词神色淡淡的，情绪不高。

时间随着气温的下降慢慢溜走，树上的叶子掉完了，只剩下光秃秃的树杈。期末考试终于结束，容诗翊感觉自己的头发都要跟着树叶一起掉完了。

自从容诗翊那天跟宋词在一班教室门口生气之后，他就再也没跟宋词说过话，连见面的次数都少得可怜。一开始容诗翊还有点儿生气，到后来，他也就没感觉了。

期末考试结束后，三中的学生们即将迎来美好的寒假。

容诗翊趴在桌上玩手机，懒懒地打了一个哈欠，过了一会儿，他似乎被什么东西气到了，一把将手机扣在桌面上，烦躁地揉了一下自己的头发。

"你这关还没过啊？都玩一星期了吧？"萧凛看了一眼。

"太难了。"容诗翊又打了一个哈欠，眯着眼睛想找个舒服的姿势睡一觉。

临近假期，时间总是变得格外漫长。容诗翊枕着胳膊看着窗外，下一秒,他像是突然瞧见了什么,整个人都精神了,一下子坐了起来。

"下雪了!"

在容诗翊喊出这句话后,同学们不约而同地往窗外看去。果然,鹅毛般的雪花从天上纷纷扬扬地掉落,染白了地面和树梢,整个校园像是仙境一样。

教室里瞬间爆发出一片欢呼。

容诗翊飞速套上外套,目光灼灼地望着讲台上的云晴晴,露出一脸期待的表情。

云晴晴多少有点儿无奈。这些日子以来,十班尝到了进步的甜头,学习一天比一天认真,云晴晴把他们的努力都看在眼里,所以这学期最后一节自习课,他们想疯也就随他们去了。

"好好好,你们去玩吧。"

"谢谢姐!"听见这话,容诗翊拽着萧凛的衣领,第一个冲了出去。

江城下雪晚,容诗翊又是个爱玩雪的人,每年他自入冬起就在期待下初雪的这一天。他喜欢在第一场雪铺满地面时做第一个在雪地里印上脚印的人,萧凛知道他这个爱好,因此每年都会和他比拼谁是第一个到雪地里的人。

正如此时,两个人一路推推搡搡地跑到楼下,谁也不让谁。最后,就如往年一样,萧凛又输了。

容诗翊一个跨步冲进雪里,可惜他十分不幸地脚底一滑,摔了个大马趴。萧凛捂着肚子哈哈大笑,但很快他就被容诗翊糊了一脸的雪。

十班的其他同学很快到达战场,苏锦柚拉着几个女生在前面拍照,马虎被推到灌木丛里,沾了满身雪。容诗翊用脚在雪地上画了一个大大的猪头,还在旁边标注了代表萧凛的"XL"两个字母,被萧凛追着打了好几圈。

少年们的欢笑声被风雪刮了很远,即使有窗户玻璃挡着,在安静的教室里也显得有点儿聒噪。

虽然期末考试已经结束,但一班的自习课还是如以往一样安静。监督自习课的老师一只耳朵听着楼道里各班的动静,一只耳朵听着楼下学生的笑声,皱了皱眉,道:"同学们别分心了,就算考试结束也不能懈怠。

你们还是学生,下课铃打响后才是寒假,这一学期才算是真正结束。"

同学们有气无力地应了一声,但有相当一部分人早已神游天外,比如窗边的宋词。

他微微拉开身侧的窗帘,目光落在了雪地间那个亮眼的身影上。

那人跑得飞快,身后追着的人像是萧凛,后来,他绕了几个圈,最终被苏锦柚半道截住。苏锦柚把他交给萧凛,两个少年在雪地里滚成一团。

"柚子,你叛变!"容诗翊被萧凛按在地上挠痒痒,笑得眼泪都出来了,还不忘控诉苏锦柚。

"才没有,是你先往萧凛身上扔雪的,我只是站在了正义的一方。"苏锦柚扬了扬下巴。

他们玩了很久的雪,连路过的王主任都不能幸免——呢子大衣被容诗翊拍了不少雪上去。但王主任并不生气,还陪着他们一起疯。

直到教学楼那边传来下课铃声,一群人才恋恋不舍地回教室收拾东西。只有萧凛还举着雪球追着马虎报仇,容诗翊没参与——他玩累了,就一个人慢悠悠地往回走。

在这学期的最后一天,容诗翊觉得自己有必要做点儿什么,以解决今年的所有疑惑,好好过个寒假,迎接新一年的到来。

于是,等萧凛再回头的时候,容容已经带着满身杀气,直冲向教学楼。

"喂,你去哪儿啊?"

"我有事,你自己回去吧,不用等我了。"

容诗翊觉得莫名其妙,被人单方面绝交实在憋屈,更重要的是,他连原因都不知道。所以,他一定要找宋词问个清楚。

当容诗翊冲到一班教室的时候,一班刚下课,教室里的人正聊着天收拾东西。

原本一班的气氛还十分和谐,可下一秒,众人就见一个男生气势汹汹地走了进来,带着一身杀气冲向宋词。

这边,宋词刚把书合上,一抬头就看见了容诗翊冻得通红的手,还有他被雪水打湿的头发、眼睫毛和脸颊。

容诗翊脸上的表情很奇怪,他有点儿别扭,又像是强撑着气势:"你!跟我出来一下!"

容诗翊带着宋词从四号楼梯上去,然后找了一个没人的地方停下来。他看着宋词,开门见山道:"宋词,死也得让我死个明白,你给我一个理由,为什么莫名其妙跟我绝交?我就跟你那破饮料瓶一样,你之前觉得有趣就留着,现在没意思了,所以丢掉了,对吧?"

宋词没有说话,只是默默地看着容诗翊。

宋词越是这样,容诗翊心里越来气,他用手指戳了戳宋词的肩膀:"我告诉你,姓宋的,就算要绝交,也得我先提。我今天正式通知你,咱俩以后各走各的路了!有你的地方没我,有我的地方没你。你这人真的讨厌极了,笨蛋才会和你做朋友!"

容诗翊气呼呼地留下一堆乱七八糟的话,然后潇洒地转身离开。

当容诗翊回到教室的时候,萧凛还在慢吞吞地收拾东西。他看容诗翊这副样子,用脚都能猜到刚才发生了什么:"你找宋词去了?"

"嗯,我真服了。"容诗翊踢了一下桌腿,"臭宋词!"

"他又怎么你了?你怎么又去找他了?"萧凛像一个操碎了心的老父亲。

"他一声不吭地疏远我,我不得问清楚?"

"你问清楚了?"

"问清楚了。"

"然后呢,和好了?"

"没有,彻底绝交了。"

"他提的?"

"我提的。"

"那你生个什么气,消消气吧,你知道你现在这样像什么吗?"

"说。"

"像动画片里无能狂怒的火焰小人。"

容诗翊:"……"

容诗翊从踢桌腿转为踢萧凛的腿。

夜里,雪还在下,地面积了一层雪,脚踩上去嘎吱嘎吱响。

容诗翎刚和几个朋友聚完餐,他和同路的杨照、萧凛顺着江边慢悠悠地往家走。这一片区域比较偏僻,也没什么人,边上都是从未修剪过的灌木,枝丫弯弯曲曲地长着,实在不算好看。

杨照笑嘻嘻地在前面跳了两步,说:"哎,容哥,萧凛说你心情不好,正巧我后边还约了个饭局,咱们再吃一顿,化悲愤为食欲如何?"

"你省省吧。"萧凛笑了两声,"你以为谁都跟你一样,除了吃就是吃?"

"唉,既然你们看不起食物疗法,那我就使个绝招吧。先让本大师掐指算算你的症结在哪儿……我猜是宋词,对吧?"

杨照摇头晃脑地说:"你俩的关系不是挺好的吗,怎么突然就闹掰了?你抢他女朋友了?"

"杨照,你的脑子里还能不能有点儿正常的事?"容诗翎有点儿受不了。

"我开个玩笑,来吧,既然你有怒气,咱们就发泄一下。"杨照清清嗓子,"现在,你对着面前的江面,怒吼一句'宋词是个大坏蛋',我保管你的怨气全消。"

"你好无聊。"容诗翎并不打算采用他的建议。

"你别拒绝得这么果断啊,真的很有用,我每次被我爸揍了又不敢吭声的时候都这么干,喊一喊就好了,不信我给你打个样。"

杨照说干就干,把双手拢成喇叭状,对着江面就是一句:"我替我们容哥喊,容诗翎觉得宋词是个大坏蛋!"

杨照这动静可不小,一嗓子喊出去,还有一道道回声。

这时,不远处突然传来一阵笑声。

容诗翎下意识地看过去。

他们三个走在江边的小道上,而往前不远处的江面上架着一座桥。此时,桥上停了两辆车,还有四五个人站在桥边,不知道在干什么,而站在几人中间的少年,容诗翎再熟悉不过。

真是冤家路窄。

正巧这时,宋词也抬头看了过来,两人短暂地对视了一下,容诗翎颇为幼稚地冲他做出一个挑衅的动作。

那边,宋词身边一个叫方陈的男生注意到容诗翊挑衅的动作,立马收敛了脸上的笑,说:"那小子什么意思?"他一副要冲上去干架的样子。

"做人友善一点儿,少惹事。"当事人宋词一副云淡风轻的样子,淡淡地出声制止。

"宋词,他们刚说的大坏蛋是你吧?现在还在挑衅,你这都能忍?"男生睁大了眼睛,一副如同见了鬼的表情。

桥边站着的是江城的几个年轻的富二代,他们的关系还不错,时不时就一起聚聚。

今天这些人一起吃了饭,本来还想继续玩,但宋词拒绝了,几个人便叫了代驾在城市周边兜风。他们十分钟前路过这里,见这里挺安静,雪景又好看,就停下来吹吹风、聊聊天。

展博川站在宋词身边,他当然认出了容诗翊,一时乐得不行:"方儿,我劝你省省吧,少管宋词的闲事。"

"什么意思?"方陈有点蒙。

"上次宋词大半夜把你叫起来去南街找三个混混,你还记得吗?"

方陈很快反应过来:"就是帮他?"

"不然呢?"展博川这话一出,大家也好奇地去看那个男生。

过了一会儿,方陈感慨道:"宋词,你以前不是不乐意跟这种人说话吗?他看着就很凶,像个小流氓。"

"是'恶犬'。"展博川贴心提醒道。

"话挺多?"宋词冷冷地瞥了他俩一眼。

有眼力见儿的人自然看得出宋词不想聊这个话题,因此没人再提。

那边,容诗翊三人从江边的小道走上大路,各回各家。容诗翊跟萧凛他们不同路,他戴着卫衣帽子,把手放在外套的口袋里,不紧不慢地往前走,就在他即将拐弯时,有人在后面喊他。

"哥!"

少年的声音十分清亮,容诗翊的前后左右都没别人,他可以合理确定那声"哥"是在叫自己。他回头看了一眼,果然见一个身材清瘦的少年慌慌张张地朝自己走来。

容诗翊还没反应过来发生了什么,就见少年似乎是脚下一滑,整个人都往他这边扑过来。

身材瘦小的少年倒在容诗翊身边,他赶紧把人扶起来站好:"你是不是……"

你是不是认错人了?

少年摇了摇头,他的眼里满是恳求,声音颤抖:"哥,你怎么在这儿啊?我也刚准备回家呢。"

容诗翊的大脑飞速运转,他往男孩身后看了一眼,后面跟着一个鬼鬼祟祟的男人。

他这是被坏人盯上了?

"哟,这是你哥啊?"

那男人见男孩跑向容诗翊,并没有离开,而是大大方方地走了过来。等男人走近了,容诗翊才看清,男人的脸上有一道很长的疤,面容看着有点儿狰狞。

那男人不怀好意地打量了他们一眼:"我怎么看都觉得你俩长得不太像呢。"

"他像爸,我像妈,您有事吗?"容诗翊把少年护在自己身后。

"没事,我就是最近手头有点儿紧,想跟你弟借点儿钱。"

"我弟是哑巴,不会说话,我家也穷,不向陌生人借钱。"容诗翊冷着脸道。

在刀疤脸的眼中,身前这两人只是乳臭未干的臭小子,他根本不理会容诗翊的话,说:"行了吧,什么哥哥弟弟的,心知肚明的事就别演了。咱们都别浪费时间,你赶紧把身上值钱的东西都拿来……"说着,刀疤脸活动了一下手指,作势就要上前。

容诗翊一把拍开他的手,同身后的少年嘱咐道:"你能跑多远就跑多远,别忘了报警。"

少年慌乱地点了点头,可能是他心里太害怕,还没跑出去几步就摔倒在地上,手机也掉在了地上。

容诗翊暗道不好,瞥了少年一眼,上前一步挡在对方前面。

一旁的少年慌慌张张地去捡手机,结果按了半天还是黑屏。他颤颤巍巍地爬起来，连路都走不稳。

容诗翊转头看了眼那个少年，清楚自己还不能退缩，可就在他分神的这一瞬间，刀疤脸不知从哪里拿起一个东西，重重地砸在了他的头上。

容诗翊只觉得世界仿佛安静了，而后他感到一阵耳鸣，眼前的视线也模糊了。他跌跌撞撞地爬起来，扶起地上的少年就要逃。

这时，容诗翊听见身后的脚步声，看来是刀疤脸不依不饶……他一咬牙，用力将少年往前一推，决定自己牵制刀疤脸。

借着路边的灯光，容诗翊看见有个黑影朝自己袭来。他下意识地闭上眼睛，然而预想中的重击并没有到来，因为有人挡在了他的身前。

容诗翊微微睁开眼，看见一根木棍挥了过来。接着，他听见一道沉闷的击打声，以及宋词略微凌乱的呼吸声。

宋词往后踉跄了两步，还不忘扶一把容诗翊，他拍了拍容诗翊的手臂，说："你逞什么强？"

容诗翊愣住了，风雪依旧呼啸，他怔怔地看着宋词的背影，想过去看看宋词，但才往前走了两步，就跌倒在地上。

宋词的同伴们此时才姗姗来迟，他们几个人合力拉开宋词，再控制住刀疤脸。展博川一脸惊慌："宋词，你冷静点儿！你怎么受了这么重的伤？"

四五个人手忙脚乱地扶着宋词，又叫人把车开过来，宋词脸色苍白，但他还不忘指着容诗翊的方向，说："去看看他。"

"好好好。"展博川扶着宋词，对旁边的韩瑞说，"瑞瑞，你去。"

韩瑞点点头，下了车。容诗翊扶着头在原地坐着，韩瑞走过去看了他一眼，从口袋里拿了包纸巾递给他："你还好吗？要不要去医院？"

"不用，我休息一会儿就行。"容诗翊愣了一下，说了句"谢谢"。

他顿了顿，又问："宋词没事吧？"

韩瑞摇摇头，说："不太妙，那浑蛋拿的木棍上面有铁钉，刮在身上，伤口很深。"

容诗翊不说话了。

韩瑞又看向容诗翊身边那个被吓坏了的少年，而男孩看见韩瑞这个陌

201

生人,下意识往容诗翊身边躲了一下。

可能是因为容诗翊在危急时刻帮了他,所以他觉得在容诗翊身边格外有安全感,他还悄悄地拽住了容诗翊的衣角。

容诗翊这才想起自己身边还有一个人,他想了想,嘱咐道:"你以后晚上别一个人走这种小路,危险。"说完,他又看向韩瑞,"抱歉,能麻烦你送他回家吗?"

韩瑞自然没意见,问道:"那你呢?"

"我可以自己回去。"容诗翊站起来,却只能勉强走两步。

韩瑞叹了一口气,说:"我先带你去医院,然后再送他回去。"

这一片区域没有正规医院,韩瑞只在附近找到一家小诊所。她让容诗翊先待在那里,自己送少年回家。

走的时候,那个病恹恹的少年问容诗翊:"哥,我叫孟知曲,你可以告诉我你的名字吗?"

容诗翊的头有点儿晕,他看了少年一眼,说:"容诗翊。"

韩瑞和孟知曲离开后,容诗翊坐在诊所的椅子上,让医生为他处理伤口。他一直闭着眼睛,还迷迷糊糊地睡了一小会儿,等到他再睁眼的时候,韩瑞已经回来了。

韩瑞的个头很高,眉眼凌厉,五官英气,气质成熟又稳重。

"我有些话想和你说,也希望你能认真听。"韩瑞看了容诗翊一眼,说,"见义勇为可以,但不要鲁莽,尤其不要因为你的鲁莽牵连其他人。"

容诗翊深吸了一口气。

今天发生的事太多了,他有点儿缓不过来:"抱歉。"

"你别和我说,和宋词说吧。"韩瑞顿了顿,又问,"你是不是挺讨厌他的?"

"怎么会?"容诗翊说着,低头看看自己的手,"宋词怎么样了?"

"伤口有点儿严重。"韩瑞笑了一下,她的语气淡淡的,"不过想想也是,他都能为你的狗路见不平,何况这次是为了你。"

韩瑞的话似有深意,但容诗翊没太听懂:"你说什么?"

韩瑞微微挑眉,说:"上次你在巷子里救了一只狗,还记得吗?"听她这样说,容诗翊回忆了一下。

那天宋词非要带他回家，但到楼下了，又让他一个人先上楼，说自己去买药。可宋词去买药的时间漫长得像是过了一个世纪……原来那天除了买药，他还做了别的事。

容诗翊靠着诊所的座椅坐着，金属椅子的冰凉感穿过衣服直达身体，冷得他发颤。额头的伤口在隐隐作痛，但他没多在意。

韩瑞看了看他的表情，接着道："这次你救了一个人，又是宋词帮你收拾烂摊子。下次呢？你要拯救地球，是不是也得宋词给你造战舰？"

韩瑞知道这是他们两个人的事，自己不该管，但宋词也是她的朋友，她自然会先替宋词考虑，而且这次闹的动静属实太大，把大家都吓着了。

韩瑞叹了一口气，说："宋词的性格不算好，可能有时候他会让你不高兴，但那不是针对你。他的家庭环境你知道的，他从小到大，身边真心对他的人没几个，很多都是抱着目的接近他。我们这些和他从小玩到大的朋友早就习惯了他的性子，所以和他处得来，但事实上，他并不懂得如何同别人相处。

"他做事只看自己的心情，可能有时候没有顾及你的感受，但他确实把你当朋友了，只不过他脑子里乱七八糟的想法太多，所以总会自以为是地做些为你好的事。

"我的话就说到这儿，你自己好好想想。"

韩瑞的话音刚落，手机铃声便响了，在安静空旷的诊所里很是突兀。

屋外，雪还在下，她站起身来，看了眼来电显示，有点儿不耐烦，又有些无奈，随后点击接听键："你让他放心，人好着呢。"

韩瑞说完就挂断了电话，她回头看了一眼容诗翊，发现他也在看着她。

诊所里，冷色调的灯光照在容诗翊的身上，在他眼底照出一片阴霾。他看韩瑞的眼神算不上友善，半晌，他冷冷地问道："所以，你是在怪我吗？"

韩瑞愣了一下。她看宋词今天受了伤，心里自然不痛快，说话的语气也有点儿冲。要说指责，她肯定是多少带了点儿的。

容诗翊深吸一口气，他的语速不急不缓："可能在你们眼里我是莽撞，但我只做我认为对的事情，我没想到会连累宋词，今天的事，我也很抱歉。谢谢你们帮了我，也谢谢你告诉我宋词之前做的那些事，我理解你作为他的朋友的立场与心情，可我是人，也有脾气。人与人之间的相处并不能单靠某个人来维系，我为这段友情做过努力，可我没有义务一直努力，你没必要因为这种事来教训我。"

容诗翊在处理人际关系上向来不聪明，对他好的就是朋友，反之就是不用深交的陌生人。

他懒得揣测别人的想法，可宋词偏偏是这种心思弯弯绕绕的人。他一脸烦躁，踢开脚边的石子，拿着手机给宋词打电话。

医院那边，展博川看到来电显示，抬头看了一眼还亮着的手术室门口的灯，深吸了一口气才按了接听键。

"宋词？"容诗翊的声音从电话那头传过来。

"啊，容同学，是我，展博川。"

"哦，你好，宋词呢？"

"他……还在医生那呢。"

"他没事吧？"容诗翊放缓了语气，有点儿担心地问。

展博川真的不想说没事。宋词刚进医院的时候，血根本止不住，木棍上那两根铁钉扎到了他的肩颈附近，还刮了两道深深的伤痕。但他记着宋词的嘱咐，为了不让更多人跟着他们担心，今天这事暂时得保密。

"没事，小伤，你放心。"

"我不信，他在哪个医院？"

"我说了他没事，你不用过来。"

"那你等会儿让他给我回个电话。"

"他说他拒绝。"

展博川和容诗翊说了半天，翻来覆去就这几句，直到把容诗翊说烦了主动把电话挂断，他才松了一口气。

"你怎么不跟那小子说实话？你这样跟他说，说不定他心里还埋怨宋词呢，宋词帮他帮成这样还不让人知道，他是菩萨吗？"方陈顿时火气上来了。

"算了吧，要换成是你，知道了以后还能好好吃饭睡觉？不得自责死？"

展博川算是这几个人里面最温和的，遇事也是和事佬的角色："宋词的性子你还不知道？少管他的事吧，讨嫌。"

高二的寒假不算长，休息半个月后就是新年。江城的雪来得晚，但下起来就不会停，直到大年初一那天天空才放晴。

那天，容诗翊早早地起床包了饺子，一半留给容芷青，另一半打包好装在包里，准备带去给奶奶。

"哟哟哟，看看这是谁啊。"

容诗翊到的时候，奶奶正在织围巾。她看见门口的容诗翊，挥了挥手让他过来，但等他走近了，老人家却被他额角还没完全好的伤疤吓了一跳。

她赶紧戴上老花镜，说："哎哟，你这是怎么了？"

"没事，我就是从床上摔下来磕到了，没多大事。"容诗翊拨弄着头发，把疤痕挡住。

"调皮。"奶奶把手里织了一半的围巾放下，而后像取宝贝似的从靠枕后面拿出一顶正红色的毛线帽子，套在容诗翊的头上，"来，试试，奶奶特意织的红色，吉利。"

"我头发还不够吉利啊？本来就有点红了，还要红上加红？"

虽然嘴上拒绝了，但容诗翊还是戴上了红帽子，然后在奶奶面前晃了晃脑袋，笑着问："好看吗？"

"好看，好看。"

"叮咚——"就在这时，门铃突然响了，容诗翊愣了一下，"您有客人啊？"

奶奶点点头，慢悠悠地回忆道："有别家小辈说要来拜访，我以为得晚些，没想到这么早。"

容诗翊应了一声，就起身开门去了。然而门打开后，两个人都愣住了。

容诗翊万万没想到他会在这里见到宋词，就是宋词瞧着有点儿病恹恹的。

宋词倒是能猜到今天走这趟说不定会偶遇容诗翊。他看到容诗翊的

205

头上戴了一顶比发色更红的帽子，没忍住多看了几眼。

"进来吧。"容诗翊先打破僵局。

"小词来了呀。"

奶奶往门口张望一眼，笑眯眯地说道，然后她趁宋词低头换鞋的工夫，挤着眼睛疯狂示意容诗翊把头上的帽子摘下来。

容诗翊没懂，她一把拉过他，小声催促道："你快摘下来，别给奶奶丢人。"

合着您刚说好看是骗我的啊？

容诗翊在心里吐槽一句，他默默地摘掉帽子，还没反应过来就被奶奶一把夺过去藏在身后。

奶奶把帽子塞到抱枕下面，说："小词啊，这是我的孙子，容诗翊。我没记错的话，你俩年龄应该差不多？"

"嗯。"宋词笑了一下，他没说两人原本就认识，只是走过来把礼物放好，"新年快乐，周奶奶。"

容诗翊见宋词没有解释的意思，索性也不出声，只把他当成陌生人，一眼也不多看。

"你也是呀，新年快乐。"奶奶笑眯眯地看着宋词，又皱了皱眉，"你这孩子是不是比上次来的时候瘦了？脸色怎么也这么差？年轻人啊，还是要注意身体，不然年纪大了落得一身病，可有得罪受。喏，你看我们小翊。"

说着，奶奶拨开容诗翊的头发，露出他额头上的伤，说："这是他从床上摔下来磕的！多大的人了，还调皮！你啊，好好跟人家小词学学，稳重点儿，别一天到晚没个正形。小词，你可不知道，我们家这孩子，十岁还玩泥巴呢！"

"别说了，我的老公主，吃个苹果吧。"容诗翊只希望奶奶少说点儿他的糗事，结果奶奶看着苹果，又想起一茬儿，说："苹果？他八岁的时候，我让他帮忙拿一下平底锅，结果他半天不见人，我出去找了一圈，你猜怎么着？他出门买了半斤苹果！"

老人一说这些琐碎的事情就停不下来，宋词便坐在对面笑着听她讲。她说的那些往事多半是关于容诗翊的，而当事人坐在旁边，尴尬得只想找条地缝钻进去。

容诗翊很想让奶奶换个话题，于是赶紧掏出自己带来的餐盒，说："奶奶，中饭吃了吗？我包了饺子，牛肉馅的，您的最爱。"

"好啊。"奶奶接过餐盒，笑眯眯地嘱咐家里的阿姨去煮饺子，还不忘推销似的跟宋词道，"我家小翊包的饺子可好吃了，一会儿你多尝几个。"

容诗翊看看宋词，又看看奶奶，说："没他的份儿！我不知道还有别人来，只包了咱们两个人的！"

"没关系，我一个老人家吃不了多少，一会儿咱俩吃一半，小词吃一半。你这孩子，大方点儿嘛。"

行吧，大过年的，容诗翊看在奶奶的面子上，妥协了。

阿姨很快煮好了饺子，这些饺子个个皮薄馅足，奶奶一个劲儿地让宋词多吃点儿。可一顿饭下来，宋词并没有吃多少，那锅饺子有一大半都进了容诗翊的肚子。奶奶数落了宋词好一阵，说这孩子吃饭就吃这么点儿，怪不得瘦。

容诗翊在心里把宋词吐槽了个遍。

什么吃得少啊，宋词这人能吃着呢！就是饺子馅里面放了点儿姜末，他不喜欢吃姜，纯属挑食罢了。

容诗翊本以为宋词吃完午饭就走，但这家伙没有一点儿要离开的意思。奶奶也很喜欢跟他聊天，两个人从午饭结束后就坐在沙发上，从天南聊到地北，倒显得容诗翊格格不入。

直到天黑，宋词才起身告辞。

奶奶的腿脚不好，没去送他，便让容诗翊去送："你去送送小词，顺便你也走吧，我要休息了。"

容诗翊感觉宋词才是奶奶的亲孙子。他闷声应了，只是临走的时候，奶奶突然叫住他，神秘兮兮地往他手里塞了一个黑色塑料袋，让他带回去。

容诗翊打开袋子偷偷看了一眼，好家伙，还是那顶小红帽。

大雪又开始纷纷扬扬地落下，仿佛白日里的晴天从未出现过。出门的时候，屋外的积雪已经没过了容诗翊的鞋底，他一时没注意，脚底滑了一下,差点儿摔倒,还好被身旁的宋词扶住了。

容诗翊不打算领情,甩开了宋词的手。

"饺子很好吃。"宋词试图跟他说话,他也没搭理。

过了一会儿,容诗翊冷哼一声,说:"算了吧,好吃也没见你多吃几个。咱们可是已经绝交了,客套话就不用说了。"

"我没客套。"宋词习惯性地笑了一下,他的气色不怎么好,显得这一笑有点儿可怜兮兮的。

"那行,我就再给你一次机会。"容诗翊停下来不走了,摆出谈判的架势,说,"你实话告诉我,你的伤到底严不严重?"

自宋词受伤那夜后,容诗翊再也没听过他的消息。容诗翊想到了两种可能,要么宋词伤势太重没敢跟他说,要么宋词就是真的要和他绝交。

此刻容诗翊想要一个答案,所以他直勾勾地看着宋词,而宋词对上容诗翊那双清澈的眸子,一时间笑不出来了。

宋词犹豫了一下,最终用半开玩笑的语气说:"如果我说我差点儿死了,你信吗?"

容诗翊蒙了,他没有回答,但他的表情已经告诉了宋词——他信。

容诗翊想抬手捶宋词,可他的拳头举了半天,又怕自己没个轻重再把宋词伤着了,最后他只能生气地在地上跺脚、转圈:"姓宋的,你跟我玩这套?这就是你不说你在哪儿,也不联系我的原因?"

他愤怒地踹飞地上的石头,道:"你以为你是大英雄?你凭什么不告诉我?现在你还好好地在这儿站着,要是你当天晚上就死了,你准备瞒着我一辈子?然后开学再来一出宋词转学的谎言,让我像傻子一样继续乐呵?"

从某种程度上来说,这些的确是宋词能干出来的事。

"就你讲义气,下次呢?我连你死哪儿都不知道是吗?你到底把我当什么了?"

容诗翊都不知道说宋词什么好,他指着宋词的鼻子说:"我就是一个傻瓜,你从来没把我当朋友,是不是?"

"没有。"宋词低着头,像一个犯了错的小朋友。

"真没有,你还真敢承认?"容诗翊炸毛了。

"我说我没有不把你当朋友。"宋词的声音有点儿沙哑，又补充一句，"双重否定表肯定，我讲过。"

容诗翊不知道该说什么好。他抿了抿嘴唇，被气笑了："神经病！"

虽然这样骂着，但他的眼圈一点点红了。过了一会儿，他往前走一步，拽住宋词的衣领，问："伤口呢？给我看看！"

"别看了。"宋词往后躲了一下。容诗翊看着他，没再坚持。

两个男生在路灯下站了很久，容诗翊等气消了一点儿，才深吸一口气，问宋词："好，这件事暂且揭过去，咱们来说另外一件事。"

容诗翊来回走了两步，整理好思路后问道："之前你突然疏远我是因为什么？说实话。"

这次宋词沉默得更久了，雪落在他的睫毛上，过了一会儿又化成水。

"你太笨了。"

"啥？"

"你又笨又单纯，跟我这种人不一样，你说过我们不是一个世界的人，而且我总是让你过敏晕倒，确实不适合继续打扰你的生活。"说着，他抬头去看容诗翊的反应。

容诗翊一脸难以置信："你因为这个就跟我绝交？"

"嗯。"

"多大点儿事啊，宋词，什么一个世界两个世界的，你是M78星云的奥特曼吗？干吗搞得跟苦情剧一样？"

宋词反思了一下，不知道是不是自己的理由不太立得住，于是他强调道："你不是老说讨厌我吗？你不喜欢周家，但从某种程度上来说，我所处的环境跟他们是一样的。"

"我当然知道。"

容诗翊难得认真道："但他们是他们，你是你，有什么可比性？还有，我说你烦人讨厌，是在基于你是我朋友的前提下，要是我真的觉得你烦人，我才懒得搭理你。宋词，你真矫情，原来你恶劣的外表下还藏着一颗这么细腻的公主心。"

听见这番话，宋词什么也没说，就那么静静地看着容诗翊。

宋词原本以为，容诗翊的朋友那么多，少他一个应该不是多大的事，所以想也没想就匆匆地离开了。但现在他发现，他在容诗翊眼里好像还挺重要的。

夜里冷，雪又下得大了点儿，容诗翊在这儿站久了，没忍住打了一个喷嚏。

宋词拉了一下容诗翊的袖子，说："走吧，回家。"

"嗯，那咱们这问题算是解决了？你小子以后有事说事啊，别整那些虚的，净搞些自我感动。"

"嗯嗯，你最讲义气了。"宋词有点儿敷衍地回应，冲容诗翊举起拳头，"来，世界上最讲义气的朋友，碰一下。"

"你无不无聊？"容诗翊一脸嫌弃，但他还是举起拳头，跟宋词碰了一下，"不过，接受夸奖。"

寒假过去就是高二的下半学期，举行开学典礼那天，容诗翊在学校门口碰见了宋词，就和他一起进来。萧凛在十班队伍后面看着他们过来的时候，笑嘻嘻地问："哟，你俩不是谁也不理谁吗，又和好啦？"

"嗯。"容诗翊咬了一口面包。

萧凛闻着那股奶香味，眼巴巴地看着他手里的食物，说："我也想吃。"

"我只有这一半了！"

"那是因为你刚刚给宋词分了一半！怎么了，是我萧凛不配吗？"

容诗翊嫌丢人，用胳膊推了他一下，说："宋词能帮我玩'消消乐'，你能吗？"

他虽然这样说，但还是把自己那一半面包撕下来一半分给萧凛。

"你们在吃什么好吃的呢？"两人刚把面包分完，杨照和苏锦柚又凑了过来，让本就不"富裕"的面包雪上加霜。

容诗翊叹了一口气，把自己那一块面包再次掰了一部分下来，把剩余的全部留给了"饿狼"们。

新的一年来临，江城的雪也停了，只有一些顽固的积雪还堆在地上。

开学典礼和升旗仪式的班级站位差不多，十班还是站在广场的末尾，不过九班的杨照，他的眼睛一直在四处乱瞟，过了一会儿，他也不知看见了什么，突然道："哎，快看，三点钟方向！"

听他这个语气，容诗翊都不用看，就知道这小子肯定又发现哪个班的八卦或者热闹了。

容诗翊本来懒得理会，但下一秒，身边人发出此起彼伏的惊叹，他这才被勾起一点儿兴趣。他顺着杨照的目光往那个方向看了一眼，只见那边的小路上，有个抱着新校服的男生正跟在老师后面，往广场走来。

那个男生长得白白净净的，有一头栗色的自然卷发，穿了一件米色毛衣外套，整个人看起来很单纯。

"那不会是新同学吧？也不知道是哪个班的。"杨照小声道。

"人家在哪个班跟你有什么关系？"容诗翊收回目光，接着自言自语，"怎么看着怪眼熟的？"

"人家眼不眼熟跟你有什么关系？"杨照学着容诗翊说话。

"走开啊。"

当几个人插科打诨时，一位老师带着男生走到了这边。他们走近后，其他人才看到男生不仅头发是栗色的，连眉毛、眼瞳的颜色也很浅，像一只小鹿。

周围人的注意力都被他吸引了，倒把人家新同学弄得不好意思了。

"是转校生吗？这也太可爱了。"

"确实，他看着就好乖哦，这种可爱的弟弟，真的是高中生吗？"

周围类似的讨论声不绝于耳，引起了不小的动静。容诗翊之前看了一眼，之后就没再注意了。直到身边传来杨照倒吸冷气的声音，他才又往后边看了一眼。果然，那个男生被老师带到十班这边来了。

"好了，你就站这儿吧，你一会儿跟着这个队伍回教室，或者先去办公室找班主任也行。"

"嗯，谢谢老师。"男生点头应道。他感觉到周围好多人在看他，有点儿紧张和害怕，所以他往后退了一步，想离他们远一些。

男生低下头，余光却瞥见一抹惹眼的棕红色。他下意识抬头，在看见容诗翊后，他愣了一下："哥，是你啊？"

这一声"哥"把周围人都吓了一跳，杨照更是一脸难以置信。容诗翊也有点儿蒙，他被杨照拍了一下，回头看向那个男生。

211

他前后左右看了一圈，才指着自己问："你叫我啊？"

"嗯！"男生点点头，"你不记得我了吗？我是孟知曲，我还记得你叫容诗翊。"

孟知曲？容诗翊想了一下，原来那天走夜路遇上坏人的就是这个男生。

容诗翊点点头，回道："是你啊，我记得。你好，我祝你在这里学习得开心。"说完，他又打了一个哈欠。

因为这边的动静不小，宋词也注意到了。他站在班级队伍的末尾，朝十班那边看了一眼，刚好看见一个男生抱着校服走到容诗翊身边，仰着头不知道在跟容诗翊说些什么。过了几秒，容诗翊配合地往旁边让了一步，男生就站在了他旁边。

那边，孟知曲站在容诗翊身侧，微微仰头问他："小翊哥，我可以站在这里吗？"

孟知曲看着瘦瘦的，个头也就比容诗翊的肩膀高出一点儿。容诗翊便往旁边让了一步。

开学典礼很快结束，回到教室后，云晴晴正式为大家介绍了孟知曲，并调整了萧凛的座位，让孟知曲成了容诗翊的同桌。

于是，萧凛开始幽怨地盯着容诗翊。

容诗翊叹了一口气，不耐烦地冲蹲在桌边的萧凛道："你有话快说。"

"容容，你有了新同桌，对我的态度就这样一落千丈。我原本以为我在你心里能排第二，现在看来，我说不定连第三都排不上。"

容诗翊真想给他一拳。

孟知曲刚收拾好桌子，闻言，他有点儿不好意思地看向萧凛："同学，对不起啊，我的身体不大好，还有点儿内向，之前一直在家里上家教课，没怎么来过学校，这是我第一次试着和这么多人一起上课。这个情况我和云老师讲了，她才安排我坐在这里的。"

两个人都听蒙了。

萧凛替容诗翊问出了心中的疑惑："他这副德行，你不怕他？"

孟知曲不知道该怎么解释，他想了半天，还没开口，苏锦柚就凑过来笑着问："你们两人之前见过？"

"嗯！"孟知曲重重地点了点头，"快过年的时候，有天晚上我一个人出门，走错了路，遇到点儿不大好的事，是小翊哥救的我。"

"这样啊。我们容容就喜欢见义勇为，你能遇到他可真幸运！没事了，这位置给你坐吧。"

听见还有见义勇为这一出，萧凛便大气地放手了。

容诗翊被那声"小翊哥"喊得有点儿不自在，他看得出孟知曲不习惯和陌生人离得太近，所以主动把椅子往边上挪了挪，给他让出更宽的空间："你直接叫我容诗翊吧，或者把哥去掉，不用那么客气。"

孟知曲乖巧地点了点头。

也是这时，杨照偷偷摸摸地从十班的后门溜了进来，他就爱听八卦看热闹，所以一进门就趴在桌边等着听孟知曲讲那天的事。

孟知曲坐在角落里，虽然他面对这么多人有点儿紧张，但他还是努力克服了这一点困难，从头开始给大家讲故事。

他们几个人把角落里这张课桌围了起来，一起听他讲。容诗翊没兴趣再听一遍那天的事，但现在这个情况，他也没法不听了，索性靠在椅背上，望着天花板发呆。

直到有人拍拍他的肩膀，他才回过神来，回头一看，是云晴晴。

云晴晴把怀里的一堆东西递给容诗翊，没有打扰在旁边开故事会的同学，只是小声跟容诗翊讲："上次文化节，咱们班不是拿了二等奖吗？这是奖杯和奖品，还有那天活动结束后的合影。宋词现在不在十班，你跟宋词关系好，他的那份奖品由你帮我转交给他，可以吗？"

容诗翊点点头，二等奖的奖品是两个小动物手偶，一个是驯鹿，另一个是红色的小笨熊。

容诗翊把小笨熊套在自己手上玩了一会儿，又把合照拿起来看了一眼。摄影师把他拍得还挺帅，他又仔细看了看。

此时，孟知曲正讲到容诗翊拉着他逃跑的那段，提到容诗翊还差点儿被木棍打中。

"容容，你是超人吧？你当时是怎么躲开的？"萧凛抓着容诗翊的手腕追问道。

容诗翊这才回过神来。他觉得有必要解释一下："不是我躲开的，是宋词过来帮我挡了一下。"

说着,他见孟知曲的表情有点儿茫然,就把刚拿到手的照片放在桌上,指着人群里的宋词道:"是他。"

"不用指了,容容,人来了。"萧凛说。

容诗翊抬头一看,果然,照片里那个少年正靠在十班教室的后门边,面无表情地看着他们。

容诗翊笑了一下,冲他挥了挥手,连带着手上的小笨熊也在晃:"宋词,你来得正好!来,我给你一点儿好东西。"

宋词没动。过了片刻,他弯起眼睛笑了一下,露出他那颗小虎牙。一看见他这个笑容,容诗翊心里就条件反射般咯噔一响,升起一丝不妙的感觉。

糟糕,宋词又有坏心眼了!

宋词径直走过来,看看容诗翊身边的孟知曲,笑眯眯地问:"新同学?"

容诗翊应了一声,简单介绍了一下:"我新同桌,孟知曲。"

宋词点点头,弯起眼睛看向他:"你好。"

孟知曲小声道:"你好。"

容诗翊把刚刚云晴晴给他的东西分成两份,说:"照片、奖状、奖品,嗯?奖杯怎么只有一个,哦……"

容诗翊分奖品的时候,宋词已经戴上了驯鹿手偶,正拿这头驯鹿头上的犄角扒拉着容诗翊的小笨熊。

他听见容诗翊的话,问道:"为什么只有一个?"

"没什么。"容诗翊心虚地把奖杯藏起来。

可惜宋词先他一步,抢走奖杯看了一眼,然后慢悠悠地念道:"最佳女主角……"

"可恶,宋词,你看就看,念出来干什么?"容诗翊炸毛了,用小笨熊手偶疯狂攻击宋词。

宋词先发制人,用驯鹿的嘴巴咬住了容诗翊的鼻子,小笨熊不甘示弱,咬住了宋词的头发。

两个人便戴着手偶"互殴",孟知曲一时有点儿无措。他想劝架,但苏锦柚拍了拍他的肩膀，以一副过来人的姿态道："他俩就是小学生，你习惯了就好。"

孟知曲点了点头，看向桌上那张合照——最佳女主角？接着他很快看到了照片里的宋词，以及站在他旁边的那位"公主殿下"。

午休的时候，作为孟知曲的同桌，容诗翊主动做起小向导，带他去了食堂。食堂的人很多，学生们都乱哄哄地挤作一团。容诗翊想起孟知曲说自己内向，问道："这边人还挺多的，你能受得了吗？"

孟知曲的脸色有点儿白："暂时还好……"说完，他又往容诗翊身边靠了靠，轻轻地拉住了他的衣角。

容诗翊瞥了一眼，没说什么。

他们三个人一路去到食堂三楼，排在了容诗翊钟爱的糖醋排骨窗口前面。萧凛四处张望着找位置："容容，你一会儿帮我带一份，我先去找座位。"

"不用，我让宋词给咱们留位置了，他在一楼。"

"哦。"

说话间，三个人已经排到了窗口处。容诗翊看到孟知曲一只手拉着他的衣角，一只手又端着一个大盘子，怪艰难的，所以顺手替孟知曲接过了大盘子。

孟知曲说："谢谢。"

"小事。"容诗翊的嘴里叼着筷子，两只手各端一个餐盘，走到一楼，他一眼就看见了在窗边坐着的宋词。

宋词靠着椅背，正别过头往窗外望着。容诗翊端着盘子走过去，走近了才发现，宋词对面的长椅上还坐着今早从他那儿拿走的小驯鹿手偶。

"你把它带来食堂干什么？"容诗翊把盘子放在桌上，拎起小驯鹿手偶道。

宋词垂眸喝了一口茶："它在帮忙占座。"

"你幼不幼稚啊？"

容诗翊笑了两声，把小驯鹿手偶重新摆在桌上，又从校服里拿出自己的小笨熊手偶，和它并排放着。

215

他正要坐下,萧凛拉住了他:"你跟小孟坐一块儿呗,他和你熟点儿。"

"行。"容诗翊让位,换到宋词对面。

孟知曲有点儿不好意思道:"抱歉啊,麻烦你了。"

"没事,哪有什么麻烦不麻烦的。"

宋词见这三人聊天跟打哑谜似的,忍不住问道:"怎么了?"

"是我的问题,我比较内向,有点儿受不了在人多的地方待着,也不太习惯跟陌生人靠太近。小翊上次帮过我,我会感觉好一些。"孟知曲好像有点儿怕宋词,解释时不自觉地放轻了声音。

萧凛附和道:"什么叫缘分?这就是缘分。"

"你可真无聊,要这么说,那天宋词还帮了我呢,我们仨都有缘分,就你没有。"容诗翊说着,以迅雷不及掩耳之势夹走了他碗里的一块排骨。

萧凛无比痛心道:"好,你们三个才是一家人,只有我是外人!"

萧凛一贯如此,容诗翊和宋词了解他的性格,就没多搭理,但孟知曲不知道。他看着萧凛的表情,真的以为对方在难过,又解释道:"我来三中也只是借读一段时间,早晚会离开的。"

宋词听见这话,冲他笑了一下:"他戏多,你别理他。大家都很欢迎你,你不用多想。"

"嗯。"孟知曲点了点头。他小心翼翼地低头夹菜,忽然手抖了一下,一块土豆顺着桌边滚到了衣服上,留下一片油渍。

他不好意思地站起身,说:"抱歉,我去洗一洗。"

"你看看你,都怪你爱演,把人家小孟都吓着了。"等孟知曲走后,容诗翊对萧凛埋怨道。

"我也没想到小孟会在意嘛,下次我不说了。"

萧凛撇了撇嘴,一低头却发现自己的排骨全被容诗翊夹走了,现在他的盘子里连肉的影子都见不着。

他大怒,当即举起筷子要跟容诗翊大战三百个回合,两人在这儿你推我搡打闹了半天,不远处的洗手间里突然传来一个男生的声音:"来人啊!"

容诗翊往那个方向看去,他原本没多在意,下一秒却突然反应过来:"孟知曲刚才说他干什么去了?"

"好像去洗手间清理衣服了!"

"我去看看。"容诗翊放下筷子,起身往那边走去。

洗手间门口已经围了不少人,容诗翊艰难地挤进去,果然见孟知曲坐在地上,整个人都在发抖,旁边还有个一脸惊慌的男生,他伸手想把孟知曲扶起来,却被孟知曲一把推开了。

"你干什么了?"容诗翊揪起旁边那个男生的衣领。

"我没干什么!我就跟我哥们儿打闹,不小心撞倒了他,他就成这样了,我真的什么都没干!"

男生自己都被这阵仗吓了一跳。

容诗翊没再跟这个男生掰扯,他松开男生的衣领,把角落里的孟知曲扛了起来。

他带着孟知曲走出洗手间的时候,萧凛才从人堆后面挤出来,问:"你上哪儿去?"

"医院!"

第七章

马背上的清风

围观的人自觉地给容诗翊让了一条道,情况特殊,学校的门卫也没有拦他。他感觉孟知曲的状态很不好,像是某种应激反应。

他带着孟知曲去了最近的医院,检查的医生看了半天报告,问:"你送他来的?"

"嗯。"

"这是重度社交恐惧造成的应激反应,他这种情况,你为什么不多看着他点儿?下次一定要注意。"说着,医生看了他一眼,"情况稳定下来了,你进去看看吧。"

孟知曲在病房里待着,他坐在床上,眼圈有点儿红,像是快哭了。

容诗翊有点儿手足无措,僵硬地坐在床边,半天才憋出一句话:"我给你削个苹果?"

孟知曲看了他一眼,被他这副模样逗乐了,说:"对不起,我又给你们添麻烦了。我也没想到才上学第一天就出现这种事,可能我还是不适合这种生活吧。"

"你以前都没上过学吗?"

"嗯。"孟知曲点点头,"我从小就是这样,别的小朋友在楼下玩,我就在床边看着。我长大后也上不了学,更没什么朋友,连出门都要我妈随时跟着。那天我一个人跑出去,结果还遇上了坏人,还好遇见了你。"

容诗翊默默地听孟知曲说着,他不用想都能感受到孟知曲的生活有多孤单。

"小翊,谢谢你,我真的很高兴认识你。"

听见这话,容诗翊却有种生离死别的感觉,怪沉重的。他想说点儿别的话题来活跃气氛,却瞥见病房外站了一个人。

那是一个留着齐肩短发的中年女人,她看着容诗翊和孟知曲,慢慢红了眼眶。接着,她冲容诗翊点点头,示意他出来。

容诗翊迟疑了一下,跟孟知曲说了一声,然后起身出了病房。他关上病房的门,和中年女人一起坐到医院走廊的长椅上。

中年女人从口袋里拿出烟盒,似乎想抽根烟,又意识到她在医院里,所以又把烟盒默默地放了回去。

"你好,我是孟知曲的母亲。"他们在椅子上坐了一会后,中年女人叹了一口气,"医生刚才和我讲了知曲的情况,不好意思,他给你添麻烦了。"

"不麻烦,我们是同学,应该的。"容诗翊实话实说。

"今天谢谢你了。"女人点了点头,又道,"我替孟知曲联系了宁城的教育机构,但入学手续还没申请下来。他前几天说自己好一点儿了,要到三中来体验集体生活,我也就由着他了,但没想到这么快就出现了这种情况。"

她顿了顿,又说:"我听知曲说过,那天他遇见了危险,是你救了他,所以他在你身边会安心一些。我可以拜托你在学校时多照顾他一点儿吗?这样这段时间他就可以在三中待得安稳些,也能多交几个朋友。"

"当然。"容诗翊道,"他是我的朋友。"

容诗翊回到学校的时候已经是下午了。他慢悠悠地走在校园里,远远地就看见天台上站了一个人,所以他没回教室,去了天台。

容诗翊到天台的时候,宋词正扶着天台的护栏看风景,他没看容诗翊,直接问:"孟知曲没事吧?"

"他没事。"容诗翊打量了他一番,问,"你怎么了?怎么看着不高兴?"

219

宋词叹了一口气，假惺惺道："我的语文作文比上次低了零点五分，心里难受。"

"你不至于吧？"容诗翊撇撇嘴，"这样，下次你在作文最后加一段对你的容哥矫健身姿和无畏精神的三百字真诚夸赞，考试之神看在我的面子上，一定会给你满分的。你不用谢，这方法一般人我可不会告诉他。"

"谢谢你。"宋词被他逗乐了，转而问道，"孟知曲呢？"

"还在医院呢，就是应激反应，稍微休息一下就行了。"

宋词点点头，说："他倒是不怕你。"

"是啊，他那天遇到危险，我不是救了他吗，唉，没办法，小容就是这么让人有安全感，这么容易让人依赖呢。"

"是是是。"宋词敷衍了他一通，又问，"那以后怎么办？他的情况那么严重，还能正常上学吗？"

"会上学啊，他过段时间就要去宁城了，来三中只是想体验一下学校的集体生活。小孟挺不容易的，从小到大也没什么朋友，以后在学校里我会多帮帮他的。咱们先说好啊，你欺负我可以，别像欺负我一样欺负他，他可遭不住。"

"我也没那么坏吧？"

"你坏透了！"

"不会的。"宋词无奈道。

这段时间，容诗翊总觉得宋词好像和以前不大一样了，他似乎成熟了一些，也没那么开心了。想到这儿，他用胳膊肘推了推宋词，说："哎，你想不想散下心？今天晚上，我带你去个地方。"

今天晚上，江城有送冬活动，算是城市的特色节目，每年的今天，人们都会聚在城南的广场，广场周围到处是卖东西的小摊子，类似于大型的庙会。

为此，容诗翊特意向便利店老板请了一天的假，放学后，他带着宋词坐了一小时地铁，天黑时才赶到城南的广场。

他们到的时候，广场上的人已经很多了。容诗翊一边带着宋词从广场入口的长廊往里面走，一边问："你以前来过这儿吗？"

"没有。"

"我觉得也是。"

容诗翎点点头,说:"我小时候弄丢了我喜欢的一个汽车人模型,我妈怎么哄我都哄不好。正好那天也是送冬,她就带我来这儿玩。

"自那之后,这里就变成了小容的快乐源泉。我大方,今天把它分享给你。"

"哦,那这以后就是咱俩的快乐源泉了?"宋词弯起唇角看向他。

"嗯!"容诗翎拍了拍他,说,"走了!"

两人把广场逛了一遍,接着在美食区填饱了肚子,后来容诗翎看广场中央很热闹,便拉着宋词去看看。

那边在搞活动,奖池的中心位置放了一个足足有半人高的汽车人模型,容诗翎没关注活动内容是什么,因为他的一双眼睛仿佛黏在了模型上。

宋词注意到容诗翎的表情,便拉着他去找了活动的工作人员。

负责活动报名的是一个女生,她递给容诗翎一张规则卡,说:"我们这个活动是默契游戏,两个人一组,你们要试试吗?"

容诗翎简单地扫了一眼规则卡,心想这游戏不算难,只有三个游戏环节:传面粉、盲人背腿瘸的人,还有两人三足。他以前是不屑玩这种游戏的,但那个汽车人模型实在是太炫酷了!

容诗翎一脸期待地看向宋词,说:"试试?"

"试试。"

游戏的参赛选手一共有十组,规则很简单,完成三个项目后最先到达终点的小组即可获胜。

第一个小游戏是传面粉。容诗翎从工作人员那里接过卡纸,把卡纸折叠一下叼在嘴里。他需要把面粉舀在纸片里传给宋词,再由宋词接住面粉,倒进身后的小纸杯里,直到把小纸杯装满才能去下一个关卡。

但容诗翎的笑点有点儿低,他一看见宋词那张脸就忍不住想笑,每次传过去的面粉能被他笑得喷出一半,等到他们终于把小纸杯装满进入下一关时,排名已经跌落到第六去了。

第二关是盲人背腿瘸的人。宋词蒙着眼睛,容诗翎指路。这一关两

221

人的合作倒是默契得出奇，宋词总能很准确地完成容诗翔的指令，尽管他们在第一关略有落后，最终还是以第二名进入了第三关。

第三关是两人三足游戏。跟传统的两人三足不同，用来绑他们脚踝的不是布条，而是主办方准备的弹簧。容诗翔用最快的速度套上弹簧，撒腿就跑，虽然他俩跑得都很快，但他和宋词的步伐不一样，才跑出去几步就被弹簧拽倒了，反观旁边那对父子，虽然孩子小，但两个人很有默契，那个小男孩甚至还得意地转头跟容诗翔挥了挥手。

"这样不行，咱们得跑慢点儿。这样，我数一，咱们一起迈外面的脚！"

容诗翔的胜负欲起来了，经过一番简单的战术部署后，两人很快定下了作战方案。赛道有两百米左右长，在赛程过半的时候，他们成功追上了旁边那对父子。

他们两个都是年轻男孩子，个子高，体力好，跑得还快，而旁边那个小男孩才七八岁，跟上爸爸的脚步都有点儿勉强，现在看自己被他们反超，急得眼泪都要流下来了。他爸爸见状，一时也管不上游戏规则了，索性把他抱在怀里，急忙往前冲。

对啊！游戏规则只说两人一起冲过终点线就算胜利，可没规定两个人都得"跑"过去。

容诗翔决定有样学样，他提醒宋词："你稳住了！"下一秒，容诗翔像只树袋熊一样扑到了宋词身上。

宋词愣了一下，立马会意："抓紧了！"

容诗翔飞快接出下一句："SC001号航班准备起飞！"

"冲！"

于是，两人三足被这两队玩成了"带球跑"，围观群众只见两个男人分别抱着他们的"小孩"，开始了最后的冲刺。

最后，还是那两个满头面粉的少年先一步冲过了终点线，周围掀起一片欢呼喝彩。

容诗翔从宋词身上跳下来，扶着他的肩膀，比在运动会上破纪录还兴奋："我们赢了吗？我们赢了？汽车人是我的了吗？"

得到肯定的答复后，容诗翔高兴地给了宋词一个熊抱："你太棒了！"

工作人员抱着那个半人高的汽车人模型走过来，递给容诗翊："恭喜你们，拿了第一名，这是你们的奖品，要拍张照片吗？"

"好啊。"

容诗翊笑着冲镜头比了个胜利的手势，工作人员用的是拍立得，等照片出来后，她把照片送给了他们。

容诗翊接过照片，看着上面的人像，总结道："如果头上没面粉，应该会更帅一点儿。"

"确实。"

两人说话的时候，工作人员走向了刚才那对父子。他们得了第二名，也有奖品，是一个大大的驯鹿玩偶。

小男孩似乎不喜欢这个玩偶，他噘着嘴巴，抱着玩偶，两只眼睛直勾勾地盯着容诗翊怀里的汽车人模型。

容诗翊看了看小男孩，又看了看自己抱着的汽车人模型，问宋词："我能把模型给他吗？"

毕竟这个奖品有宋词的一大半功劳，所以他还是先征求了宋词的意见。

宋词原本就是因为容诗翊想要它才参加活动的，容诗翊想送出去他自然没意见，说："奖品是你的，随便你怎么处理。"

容诗翊点了点头，在那对父子离开时叫住了他们。

小男孩抱着那个比他还高的汽车人模型，非常高兴，作为交换，他也把他们赢来的驯鹿玩偶送给了容诗翊。

最后，小男孩欢天喜地地带走了汽车人模型，玩得尽兴的容诗翊抱着大驯鹿玩偶离开了热闹的人群，跟宋词一起坐在江边的长椅上休息。

宋词拨了一下驯鹿玩偶的犄角，说："你不是很喜欢那个汽车人模型吗？"

"嗯，但我已经过了对它着迷的年龄了。"

容诗翊的头发被夜风吹拂起来，他望着江面上的粼粼波光，笑道："我第一次来这里就是因为丢了一个汽车人模型，那种失落难过的感觉，我到现在还记得。当时我和那个小男孩的年纪差不多，所以现在的他比现在的我更需要它，我总不能让他跟我一样留下遗憾吧？"

宋词认真地听他说完，问："这样的话，你小时候的遗憾怎么办？"

"那都过去好久了，早就没关系了。"

"不行，总有天使能补给你，"说完，宋词像变魔术似的从身后拿出一个汽车人模型，在容诗翎眼前晃了晃。

这个模型比刚才的汽车人模型要小得多，和那个汽车人模型的前臂差不多长，但做工要比那个精致不少。

容诗翎的眼睛一亮，说："你什么时候买的？"

"你盯着人家做糖葫芦的时候。"

容诗翎愣了一下，他买糖葫芦明明要比参加比赛早得多。他接过模型，左看右看，特别喜欢："谢谢你啊。"

"你跟我客气什么。"

"那我……"容诗翎收了礼物，就会想着把人情还回去，可他没什么能回礼的，只好把怀里的大驯鹿玩偶塞给宋词。

宋词也没推辞，摆弄了一会儿驯鹿玩偶，突然问："你怎么总给我送驯鹿？这么巧。"

容诗翎也发现这个问题了，他点点头，说："确实，可能你很像驯鹿吧。"

"什么？"

"就是说……"

说到这里，容诗翎不知想到了什么，话音微微一顿。

还没等他说下去，下一秒，二人头顶突然响起烟花炸开的声音。容诗翎愣了一下，他站起来，后退了两步，抬头望去。

漆黑的夜幕中，烟花璀璨，分外亮眼。这个时候，宋词从口袋里拿出一个小长盒。容诗翎接过小长盒，拆开一看，是一盒电光花。

"大烟花没卖的，只有这种小的，你要玩吗？"说着，宋词还从口袋里拿出了一个打火机。

"你怎么跟哆啦A梦一样，什么都有？"

"'宋词A梦'，无所不能。"

宋词微微眯起眼睛，笑着露出那颗小虎牙来。

"看把你得意的。"容诗翎抽出一根电光花，在宋词的打火机按出的火苗上点燃。

这样一来，天上的烟花也跑到了容诗翊手上，他举着电光花，转身靠在江边的护栏上，有些出神。

头顶的夜空烟花漫天，形状多样，热闹又盛大，他眼里倒映出电光花绽放时的光芒，却转瞬即逝。

容诗翊用胳膊推了推宋词，说："烟花没了，快续上。"

宋词笑着看了他一眼，从盒子里又拿出来一根电光花给他点上。但容诗翊有点儿不满意，又多拿了五根，一只手在指缝里夹三根，将它们一起点燃后，他往后跳开一大步，手臂在身前交叉着，严肃地问："猜猜我是谁？"

宋词从容诗翊这抽象至极的表达中找到了蛛丝马迹，说："您……难道是大名鼎鼎的金刚狼？"

容诗翊没想到宋词能明白自己的意思，一时笑得直不起腰来，随后他便像个小孩子一样，非要用自己的"狼爪"和宋词决斗。

宋词自然不能无视他的挑衅，便将盒子里余下的电光花都倒了出来。容诗翊知道自己的火力不足，转头就跑。

远处的天际，烟花未停，人们聚在明亮的灯光下，欢声笑语不断。江边，在灯光照不到的地方，两个少年挥着电光花闹作一团。

即便是在灯光照不到的地方，少年也能自己发光。

那天之后，孟知曲在家里休息了两天，接着又回到了学校上课。十班的同学们听容诗翊说了孟知曲的情况，都很主动地照顾他，也尽量不给他造成困扰。

一个多月后，某个周五的自习课，容诗翊趴在桌上算数学题，他正因为一道难题苦恼着，直到孟知曲轻轻地拉了一下他的衣角。

容诗翊转过头，孟知曲眨眨眼睛，小声说："小翊，我下周就不来上课了。"

"嗯？"容诗翊坐直了身体，说，"你要请假？"

"不是，我下周就去宁城了，那边教育机构的入学手续办好了。"

孟知曲做了一个噤声的手势："我不太擅长告别，就不跟大家说了，

225

只悄悄告诉你。"

"喀喀，我不小心听到了哦。"

就在两人说悄悄话的时候，苏锦柚不知道从哪儿冒了出来。她幽怨地从容诗翊桌旁探出头，把容诗翊和孟知曲吓了一跳。

她微微眯着眼睛，说："你怎么只告诉容容？你连我和萧大头都不打算告诉吗？"

"嗯？谁在叫我？"

前座的萧凛收到召唤，一下子坐了起来，睡眼惺忪地转过身。

孟知曲不好意思地笑笑，说："没什么，就是我下周要去宁城啦。"

"啊？你要……"萧凛的大嗓门差点儿把这件事告诉了全世界，还好容诗翊手疾眼快捂住了他的嘴。

"嗯，那边有个教育机构，都是一对一教学，我去那儿就不用怕了，会比现在方便一些。"孟知曲小声解释道。

"那很好啊。"苏锦柚点了点头，又想到一件事，说，"但这样的话，咱们以后很难再见到了吧？"

十几岁的少年谈起离别的话题，心情还是有点儿沉重，几人沉默片刻，最后苏锦柚提议道："要不，咱们明天一起出去玩？就当给小曲送别了！"

"小曲不太方便去人多的地方吧？"容诗翊说。

"那就去森林公园野餐呗，那儿人少，咱们再挑个偏僻点儿的地方。就咱们几个人，再叫上宋词？"

苏锦柚越说越觉得这个主意挺不错的，她问孟知曲："小曲，你觉得呢？"

他们几个是孟知曲身边关系最好，也是仅有的几个朋友，面临分别，孟知曲当然也想跟他们多相处相处，他点点头，立马答应："好啊。"

"我也没问题。"萧凛举手赞同。

事情就这么定下来了，放学后，众人各回各家，约定明天早上九点带着便当集合，再一起去森林公园。

由于一班比其他班多一节晚自习，容诗翊放学的时候就没跟宋词一块走，然后他不小心忘了野餐这件事，直到他晚上开始做便当，才想起来给宋词打电话。

而在城市另一边的宋宅，宋词正跟宋昱坐在沙发上看时政新闻，唐诗敷着面膜躺在一边的贵妃椅上，她拿着一个网球，顺手扔到客厅的另一头。

下一秒，一个黑色闪电般的物体跟着球冲了出去，不一会儿叼着球又跑了回来。

"绒绒乖。"唐诗摸摸绒绒的狗头。

几个月过去，绒绒长大了不少，它是一条漂亮的黑色拉布拉多，每天被唐诗好吃好喝地喂着，毛色黑得发亮，完全没有了当初的可怜模样。

"宋昱，你说你儿子缺不缺德？非给狗取一个跟小容一样的名字。"唐诗每次叫得别扭了，都要吐槽一句。

宋昱对此不发表意见，只对宋词道："明天早上九点，公司有会议，你也去听。结束后，你把你的想法告诉我。"

"嗯。"宋词淡淡地应了一声，然后继续看新闻，眼里没什么情绪。直到电视上新闻主持人的声音被电话铃声打扰，刚才还面无表情的宋词才弯起唇角，他接通电话，道："小翊？"

"宋词，小曲下周要去宁城了，明天我们想一起去森林公园野餐，九点在学校门口集合，你来吗？"

宋词没有一丝犹豫，说："可以。"

"那便当自备啊。"

"嗯。"

两人简短交流一番后就挂了电话，宋词把手机放在一边，说："我明天去不了公司了。"

"原因。"

"出去野餐。"

宋昱："……"

宋昱懒得理他，倒是唐诗问了句："小容也去啊？"

"嗯。"

"那我叫阿姨做点儿好吃的给你带上，小容喜欢吃什么？法餐喜欢吗？或者我把上次那个日料主厨叫过来……"

227

"算了吧。"宋词及时制止了唐诗的行为,他想了想,又给容诗翊拨了一个电话。

那边,容诗翊挂了电话后,不过洗个菜的工夫,宋词又打来了电话。

他拿起手机,没好气道:"你有话快说,我忙着呢。"

"你干什么呢?"

"做便当啊。"

"都有些什么?"

"红烧牛腩,干煸豆角,再加个煎蛋。"

"听着真不错,你懂我的意思吗?"

容诗翊不想懂,但他还是从冰箱里多拿了一个鸡蛋出来:"谢谢你的夸奖。"

"容容……"

"知道了知道了,求你闭嘴!"

容诗翊干脆挂了电话,又从冰箱里多拿了一份食材。

"怎么了?"容芷青正在阳台边浇花,闻言问道。

"给我那一级残疾、生活不能自理的同学做便当。"容诗翊拖长声音解释。

第二天,容诗翊他们准时在学校门口集合。他们原本打算坐地铁去森林公园的,但宋词来的时候带了一个司机,可以把他们捎过去,比坐地铁节省不少时间。

森林公园在江城郊区,路程挺远,一路上几个少年有说有笑,只有宋词戴着蓝牙耳机,也不知道在听什么。

到了目的地,司机停好车,宋词下车后把耳机一摘,冲容诗翊笑了笑。

"你别告诉我,你在听课?"容诗翊一路上看了他好几次,他那样子比做题还认真。

"差不多,公司有个会议,我爸让我跟着听听。"

容诗翊大惊,说:"太夸张了吧,宋少爷高中还没毕业就要着手准备继承家产了?"

"业务能力要早早培养。"

宋词揉了一下容诗翊的头发，说："走了。"

他们先在森林公园里转了一小圈，最终由苏锦柚拍板，把野餐的地点定在了小溪边的一处青草地。苏锦柚从包里拿出一块粉色的餐布铺在地上，几人围着那不到一平方米的小粉格餐布陷入了沉默。

萧凛第一个提出疑问："柚子，咱们有五个人，这块野餐布有点儿小吧？"

苏锦柚深以为然，点点头说："是我失策了，那你蹲在外面好了。"

"不用。"

宋词一副"我就知道"的表情，然后在众人期待的眼神中，像一个天使般拯救了大家——他从包里拿出两张野餐垫，跟小粉格拼在一起，倒也够用。

几个人围坐在一起，各自拿出自己带的餐盒，萧凛左看右看，大惊失色道："你们带的都是现成的？"

听他这样说，容诗翊心里有种不好的预感："你带的什么？"

在众人探究的目光下，萧凛默默地从包里倒出了三包方便面。

现场陷入诡异的沉默，容诗翊拎起方便面包装袋的一角，评价道："你是有多信任高中生的野餐活动？萧大头，你带的甚至是袋装方便面，你好歹带个桶装的，那样我都还有办法给你整点儿开水。"

"大头，野炊和野餐不太一样。"苏锦柚委婉道。

萧凛眼巴巴地看着其他人拿出自己准备的餐盒，顿时觉得自己格格不入。但他发现宋词一直没有动作，宋词身边的包也挺瘪的，不像是有饭盒的样子。

好样的！宋词也没带午餐！

萧凛顿时来了精神，刚要问宋词要不要一起啃方便面，可还没开口，就看到他的容容从包里拿出两个便当盒，把其中一个递给了宋词。

萧凛感觉自己被背叛了。

宋词接过餐盒，注意到萧凛的视线，还冲萧凛笑了笑。

"为什么宋词的午餐是你负责？我的呢？"萧凛一脸受伤。

"你又没跟我说！但凡你昨晚给我打个电话呢？"

"我俩的默契难道不够吗？"

"确实不太够，我想不到会有人出来野餐只装三包袋装方便面。"

萧凛明白了，只有自己是小丑。他从包里拿出几块小面包，可怜巴巴地一个人啃着。

"行了，来一起吃。"

看萧凛这样子，容诗翎实在哭笑不得。他拿起餐盒盖子，把自己的米饭和菜分了一半过去，又从宋词的碗里夹了一个煎蛋给萧凛，苏锦柚也把自己的小兔子形状的饭团给萧凛分了一个。萧凛一口咬掉了小兔子的头，五个人就这么把午餐分着吃完了，广受好评的是容诗翎的红烧牛腩和孟知曲的纸杯蛋糕。

原本野餐进行到这里，一切很正常，但饭后让容诗翎意想不到的事情发生了。萧凛拿出了他的手机，问大家要不要一起打游戏，苏锦柚和孟知曲还一个劲儿地点头。

容诗翎不能理解，说："你们三个怎么想的？咱们坐了一个多小时的车，就为了大老远跑到森林公园里吃饭、打游戏？"

他原本以为有人野餐只带三包袋装方便面就够离谱了。

"容容，你的格局小了。你感受这风，你听这鸟鸣声，你看这流水，难道还有比这更安逸的地方吗？那么安逸的时候该做什么？上号上号！"

容诗翎送他一个大白眼："你们是真的无聊啊。"

说完，他拍拍宋词："哎，你也要打游戏吗？"

宋词摇摇头，站起身，从包里拿了一个东西放在外套口袋里："不打，去周围转转？"

容诗翎找到了志同道合的人，临走的时候，他嘱咐这三人："别乱跑啊，有事打电话。"

这三个人头也没抬，只是齐齐地给他比了一个"OK"的手势。

昨天这里下过雨，空气里还带着清新的泥土味道，阳光穿过云层洒下，落在鹅卵石上，显得整个世界都亮晶晶的。远处偶尔有几声鸟鸣传来，在空荡荡的森林里回荡着，很是惬意。

容诗翎像小朋友一样踢着脚下的石头，往公园深处走，半响，他转头问宋词："宋词，你以后想干什么？"

"我想想。"宋词装模作样地思考了一下，随后笑着答道，"大概是坐在总裁办公室里当个无趣的人吧。"

"你多少有点儿身在福中不知福了哦。"容诗翊说。

宋词不置可否，反问道："你呢？"

"我啊，"容诗翊伸了一个懒腰，说，"我想来一场说走就走的旅行，把能去的地方都去一次，想看的风景都看一遍，比如阿里山的日出、老君山的日落，还有海上的火烧云。"

宋词垂眸笑了一下，也学着容诗翊那样踢开了脚边的石头。

在离两人不远处的山坡上，有一群低头吃草的羊。羊的主人戴了顶草帽，在羊群旁跟着，他还牵了两匹马，时不时吹几声口哨。

"还有人在森林公园里放羊？"

在城市里长大的孩子很少能看见这种场景，容诗翊瞬间被吸引了目光。

"等我一下。"宋词见他这副模样，朝那边走去。

容诗翊不知道宋词要做什么，难不成他要买只羊？

事实证明他想多了，宋词回来的时候，手里牵着的不是羊，而是牧羊人手里的那两匹白马。

"没有日落，也没有火烧云，但有两匹漂亮的小白马。"

宋词迎着光走过来，和阳光一样耀眼，他笑道："疯一回吗？"

容诗翊说："我不会骑马。"

"坐着就行了。来，上马。"他把容诗翊扶上马背，自己也跨上了另一匹马。

"骑马不难，来，你抓着缰绳。"

"抓住了。"

"抓稳了？"

"知道知道，SC001号航班，快飞吧。"容诗翊刚说完，身下的白马好像听懂了他的意思，它放弃了嘴边的青草，撒开腿小跑起来。

容诗翊是第一次骑马，多少有点儿紧张。他把缰绳绕在手上，绕了好几圈还觉得不够，便别过头问宋词："我会掉下去吗？"

宋词答得漫不经心："放心，你掉下去我会拽着你。"说完，他和牧羊人一样吹出一串哨音，白马得了命令，加速向前冲去。

231

山间的风在耳边呼啸而过,容诗翊眯起眼睛,心里十分畅快。

"再快点儿,再快点儿。"

"不行,小马说它再快就要把你丢下去了。"

"你又懂了?"

"你忘了吗?我是小语种大师。"

"你是神经病。"

"嗯?"宋词笑了一下,故意将马头对着容诗翊,作势要撞他,吓了他一大跳。

容诗翊下意识往旁边躲了一下:"你还想偷袭我?"

"因为我是神经病。"

"我错了,我错了还不行吗?"

此时的林间,除了树叶的窸窣声和婉转的鸟鸣声,还有马蹄声和少年开怀的笑声。这个初夏,容诗翊没有看日出和日落,但他感受到了从马背上呼啸而过的清风。

两人骑着马,跑一会儿走一会儿,几乎把森林公园逛了一遍。等到返程的时候,天色突然阴沉下来,不一会儿就落下了冰凉的雨。

"怎么下雨了?"容诗翊把外套的帽子戴上,仰头看着天上落下的雨水。

"因为你们这些人出门不看天气预报。"

宋词昨天就发现这个问题了,但他看到是阵雨,雨势应该也不大,就没扫大家的兴,只是在出门的时候往包里装了五把伞。此时他从上衣口袋里拿出一把折叠伞,递给容诗翊,说:"拿着。"

"你还真是'宋词A梦'啊?什么都有。"

"嗯,很高兴为您服务。"

容诗翊把折叠伞打开,但很快他发现这并没有什么用。因为只要马一跑,雨水就一股脑地往他脸上扑。他索性收了伞,和宋词一起淋着雨把马骑了回去。

把白马还给它的主人后,湿透的两人才撑起伞往回走。这时候容诗翊的小学生本性就暴露了,他有平地不走,非要去踩水坑。宋词也不甘示弱地踩回去，两人走一路踩一路，比谁踩的水花高，脏水和泥点溅了满身。

"哎，你小时候这样玩过吗？"

"什么？"

"踩水坑啊！我小时候有一次洗完澡，刚换了新衣服就出去踩水坑，回来成了一个泥人，奶奶气坏了，逮着我狠狠揍了一顿。"

"没有。"

"那你小时候都在做什么？"

"学英语、学钢琴、学马术，你想得到的东西我都学过。"

"真无趣。"

容诗翊吐槽一句，他想了想，开始和宋词讲自己以前的事情。从偷偷看电视，到半夜藏在被窝里打着手电筒看小说，能想到的有趣事都被他讲了一遍。

回去的路上，苏锦柚给容诗翊打了电话，要他们到野餐地前面不远的小凉亭会合。

两人到的时候，凉亭里面除了苏锦柚他们几个人，还有其他过来避雨的陌生人。其中有一个跟他们年纪差不多大的少年，似乎是想跟苏锦柚他们搭讪，笑嘻嘻地不知道在说什么。

而孟知曲的状态显然很不好，他一直往角落里缩，苏锦柚一只手把他护在身后，一只手还要挡在身前，和那些男生保持距离。

见此情形，容诗翊把伞塞给宋词，冲了过去。

"别嘛，美女，你们两个人是一起出来玩的吗？一起玩呗，我们不是坏人。"

"我们有同伴，你能离远一点儿吗？我朋友不太……哎，容容！"

容诗翊拎着说话的那个男生的衣领，说："麻烦你离远点儿。"

男生被容诗翊这么对待，心里有点儿不爽，他正想争辩，又看到容诗翊凶狠的眼神，一下就没话说了。

"萧凛呢？"容诗翊走过来问道。

苏锦柚回答："刚才突然下雨，我们走得急，他把你的包落在原地了，这不，他刚过去找了，还没回来。"

对此，容诗翊不想发表意见。

孟知曲缩着身子靠着凉亭的柱子，嘴唇有点儿发白。容诗翊看他这样子，想过去安慰他。容诗翊把外套脱下来，递给一旁站着的宋词，说："湿透了，你帮我拿着。"

宋词点点头，接过了外套。

刚才跟苏锦柚搭讪的男生正和他的两个同伴坐在一起闲聊，宋词看着他们，笑着提醒道："往南一百五十米有家奶茶店，今天挺冷的，你们可以去喝杯热饮。"

男生听宋词这样说，没懂他的意思，便笑着点点头："是吗？这里还有奶茶店？我们来的时候都没看见，但我们没伞，等雨停了可以去看看。"

"我有。"

令男生没想到的是，眼前这人从包里拿出三把折叠伞递到他们面前，说："现在去吧。"

"什么？"

这赶人的意思再明显不过，男生很不服气，但他总觉得眼前这人的笑容十分不友善，于是很明智地选择接过宋词的伞，招呼着同伴离开了。

森林公园里的雨停了又下、下了又停。宋词早上带来的司机早就走了，几个少年便选择坐地铁回去。

出地铁站时已是傍晚了，天空被斜阳染成一片橙红，仿佛整个世界都是暖融融的。

萧凛在跟苏锦柚他们闲聊，容诗翊走到宋词身边，说："哎，一会儿一起走一段路？"

"怎么了？"

"闲着走走呗，顺便去城东的小吃街逛逛。"

宋词点了点头，身后的萧凛又凑过来，搭着容诗翊的肩膀问："天黑了，女孩子一个人回家危险，我送柚子回去。小孟这情况也不好一个人回家，你就送一下他吧，我看他只信你。"

宋词没什么意见，说："我跟你一起送小孟。"

"行。"

两拨人在三中门口分别，容诗翊三个人一起走在小路上，路灯把他们的影子拉得很长。

孟知曲的家离三中不远,但那个街区很冷清,平时没有多少人。

等到了小区门口,宋词停下了脚步:"你们进去吧,我在这儿等着。"

容诗翊点了点头,跟孟知曲一起走了进去。

容诗翊低头看着地面,慢悠悠地往前走。他不是一个擅长闲聊的人,半天才憋出一句话:"明天的飞机吗?"

"嗯。"

"那我和柚子、大头他们来送送你?"

"不用了。"

"哦。"

气氛又凝固了,孟知曲开口道:"小翊。"

"嗯?"

此时两人已经走到楼下了,没有灯光,容诗翊看不太清孟知曲脸上的表情,只听他说:"谢谢你这段时间的照顾,我挺有自知之明的,我知道自己是一个不小的麻烦,也谢谢你跟柚子他们愿意迁就我,跟我做朋友。"

容诗翊不大擅长面对这种煽情的场面,他摸了摸鼻子,不自在地说:"没关系,我们没有人觉得你是麻烦。"

孟知曲笑道:"今天在这儿分别的话,我们可能不会再见了。"

"也说不定,我们可以去宁城找你玩啊。"

"也是。"

容诗翊挠挠头,冲他笑了一下,说:"那就再见了?"

月色很好,在摇曳的树影下,孟知曲回了他一个微笑:"好,再见了。"

容诗翊看着孟知曲冲他挥了挥手,转身消失在单元楼的门口。楼梯过道的一扇窗户后亮起灯,容诗翊仰头看着,等灯熄灭,才收回视线,沿着来时的路离开。

小区门口,宋词正站在路灯下等着,他仰头看着星空,像是有些出神。

容诗翊远远地唤了他一声:"哎,宋词!"

宋词闻声望了过来。容诗翊挥了挥手，说："走了！"

初夏的夜晚还有些凉，容诗翊跟宋词去了城东的小吃街，玩到很晚才回家。或许是他今天穿得太单薄，回家时，容诗翊就感觉鼻子堵住了，果然当天晚上他就发了高烧，到周日晚上才退烧。但随之而来的是更严重的感冒，容诗翊只觉得脑袋昏昏沉沉的，他本想着周一请假，但一觉睡醒，还是慢吞吞地从床上爬起来，去了学校。

容诗翊起得晚，到学校时已经错过了两节课。他到教室时，整个人都蔫蔫的。萧凛一看他这样子吓了一跳，有点儿不能理解，请假在家休息不好吗？他也没那么好学啊？

这节课下课后，容诗翊起身往外面走，萧凛连忙问道："你干什么去？"

容诗翊哑着嗓子道："找宋词。"

找宋词干什么？萧凛更不能理解了。

容诗翊没理萧凛，拖着步子慢吞吞地挪到遥远的一班，但他站在教室门口看了一眼，并没有在宋词的座位上看见人。

他问了一下旁边的同学，才知道宋词现在在学生会办公室。

于是他又艰难地挪到学生会办公室，结果他到的时候，宋词身边还有别人，像是在谈正事。

容诗翊心里无比烦躁，但也只能先在门口等着。

他们讲了多久，容诗翊就站了多久。后来，那几个人走了，但宋词还在原来的座位上看文件。

容诗翊实在等不下去了，于是气势汹汹地走了进去。

宋词看见是他，有点儿意外，但很快就放下手里的东西，站起来迎了上去。宋词上下打量他一眼，一脸奇怪道："你的脸色怎么这么差？"

"还不都怪你，我跟别人出门都不生病，跟你去小吃街逛一圈就生病了。"

"跟我有什么关系？"宋词觉得有些莫名其妙，又觉得有些好笑。

他有些敷衍地认错："对不起，是我为您带来了厄运，让您病倒了，请原谅我，否则我会愧疚致死的。"

容诗翊撒完泼，得到了道歉，心里十分满意。他拍了拍宋词的肩膀，说："算你还有点儿良心。"

说完这话，容诗翊原本打算打道回府，可走出去几步，他又绕了回来，突然神秘兮兮道："哎，我再跟你说件事呗。"

"容哥请说。"

"我决定给你升个职，将你封为我的护法，未来你随朕开疆拓土、定国安邦，朕的天下也有你的一份功劳，你便跟着朕吃香喝辣，保你一世荣华富贵！不过你不能让萧将军知道，当心他嫉妒你的封号与功劳。"容诗翊神秘兮兮地说完，还郑重其事地拍了拍宋词的肩膀。

宋词听后，沉默良久。

这人在胡言乱语些什么？

"你有病？"说完，宋词又反应过来——哦，这人确实是病了。

看容诗翊这前言不搭后语的样子，他后知后觉地嗅了嗅自己刚喷过酒精喷雾的校服外套。

破案了，这家伙是在发酒疯。

宋词有些无奈，配合着容诗翊的表演，冲这人拱手作揖："知道了，谢谢皇上，小人感激涕零。"

"你是不是在笑？你敢质疑天威！来人啊，将他拖出去斩了！"

容诗翊吆喝了半天，见没人来，怒道："萧将军呢？萧将军何在，朕需要你！"

"皇上，皇上三思！皇上不需要萧将军，皇上发烧了，现在需要太医。"

容诗翊受到质疑，气得跺脚："朕现在很清醒，不需要太医，朕好得很！朕这辈子从没如此睿智过！"

"tan90°是多少？"

"我算算……"

最终，"皇上"还是被"护法"送到了医院。

容诗翊虽已病了几天，但因容芷青不在家，没人管他，加上他对自己也不上心，连药也不知道吃，全靠自己硬扛，这病自然好不了。

医生听了这些情况，气得七窍冒烟："你就这样烧了两三天，医院也不来，药也不吃，你这脑子还要不要了？就算你年轻，也禁不起这么胡闹啊,你说你,唉……"

容诗翊早就从称王称霸的美梦里清醒过来了,此刻他低着头,乖乖听训。

回去后,他每天按时吃药、打针,还向学校请了三天假,安安分分地在家里休息。这三天里,他的身体终于好了些。等他差不多退了烧,脑子清醒了,才想起自己那天都对宋词说了些什么胡话。

容诗翊把自己蒙在被子里,尴尬了好久,脚趾差点儿在被窝里抠出一座卢浮宫。

三天后,容诗翊按医生说的继续去医院输液。等他输完了液准备回家时,却突然被一位路过的医生拦住了。

那位医生戴着银框眼镜,仔细打量他一眼,问:"你就是那个闻酒精喷雾都会酒精过敏的同学?"

虽然容诗翊很不愿意承认,但听描述,医生说的的确是自己。

被这样记住也太尴尬了,容诗翊默默地点了点头:"医生,你怎么知道的啊?"

那医生看起来有点儿得意,他拍了拍容诗翊的肩膀,说:"咱先不说你这头发,闻酒精喷雾都会酒精过敏这一点,就够我记一辈子了。"

"哦,您真牛。"容诗翊皮笑肉不笑地给他戴了一顶高帽。

医生很受用,满意地冲容诗翊笑笑,又打量了他一眼:"那你今天来医院做什么?又醉了?"

容诗翊张开手臂,无奈道:"你看我像醉了的样子吗?我清醒着呢。我这几天发烧了,过来打针。"

"那你着急吗?"

"什么?"容诗翊一脸警惕地看着他。

医生笑眯眯地搓搓手,说:"你没事的话,我有点儿事挺想问问你的。"

征得容诗翊的同意后,医生带着他去了休息室,跟他解释道:"我主要是想问问你的身体情况。"

说着,医生把自己的笔记本电脑打开,问:"你最近的身体状态怎么样？对酒精还是很敏感吗？"

容诗翊如实答道："还行吧，好像没有以前那么严重了。反正我闻到酒精喷雾不会再醉了。"

"哦，那可能你正在一点点脱敏了，这是好兆头啊。行了，你走吧。"

"你把我叫来就为了夸赞一句好兆头？"

医生的眼神很真诚："嗯呢。"他顿了顿，又道，"不过这件事，你朋友也是有功劳的。他不是有洁癖吗？对消毒喷雾有执念，一开始他一直用除味的喷雾来着，后面他问我，你这种情况有没有解决办法，我就建议他从你身上下手。"

"从我身上下手？啥意思？"容诗翊听他的语气，好像要把自己灭口了。

"让你脱敏啊，控制喷雾的量，先喷一点点，等你习惯了，再多一点点，就这样慢慢让你习惯，从此以后，即使你还是对酒精敏感，也不会像以前那么严重了，至少不会再被酒精喷雾这种东西影响了。"

"啊？"

跟医生交流一番后，容诗翊才回了家。到家后他坐在椅子上思考，没想到平时那么事儿的宋词居然能耐着性子做这些，做这些就算了，居然还不告诉他？

毕竟他一直觉得宋词矫情，很多时候还阴晴不定，一秒一个想法，叫人捉摸不透。但现在仔细想想，宋词其实也一直在迁就他。比如他对酒精过敏这件事。宋词是有洁癖，干什么都得用酒精先消消毒，但容诗翊偏偏对酒精过敏，闻不了这些。宋词原本可以不管他的死活，但宋词还是妥协地用了除味喷雾，甚至在帮他一点点脱敏。

这么长时间以来，容诗翊只看见了宋词带给自己的那些负面情绪和影响，却从没站在对方的角度设身处地地思考过他的选择。

会不会自己才是给人带来麻烦的那个人？会不会自己才是令人困扰的那个人？

容诗翊觉得，自己可能欠宋词一个道歉。

容诗翊坐不住了，他冲出房间，容芷青看到他急匆匆的样子，忙问："怎么啦？"

239

"我去找人!"容诗翊风风火火地跑出家门,然后又折返回来,补充一句,"晚饭你不用等我了!"

他下了楼,但到了路边,一时又不知道该去哪里。

直接去找宋词吗?他总感觉少了点儿什么。

容诗翊苦恼半天,突然灵光一闪——小粉!

宋词把原来的小粉扔掉了,那他再还宋词一个不就好了?

想到这儿,容诗翊直接去了最近的便利店。便利店老板听说容诗翊要买有爱果汁,摇了摇头,笑道:"那是去年夏天的限定款,早就卖光了。要不你再找找?别的店说不定还有存货。"

容诗翊点了点头,立即在附近展开了地毯式搜索。但他几乎找遍了周围所有的店,得到的回答无一例外是没货。

容诗翊从下午找到傍晚,然后又找到了晚上八点多,已经快要放弃了。就在他坐在路边休息时,兜里的手机响了,有人给他打电话。

"小容啊,八点了,你怎么还没到啊?"是他兼职的便利店的老板。

容诗翊这才想起来自己今天还有工作,忙说:"哥,抱歉,我今天有点儿事,忘记找你请假了。"

"没关系,你忙你的,今天我看着就行。"

"谢谢您。"容诗翊道了谢,刚准备挂电话,又突然想起问老板,"哥,去年那个很受欢迎的有爱果汁,咱们店里还有吗?"

老板不知道容诗翊为什么突然问起这个,道:"有啊,之前你不是给哥拉过来半车?还没卖完,仓库里还有一两箱,因为过季了,我就没往货架上摆。"

容诗翊激动得快要从地上跳起来:"哥,我现在就过来!"他在路边扫码租了一辆自行车,以最快速度往便利店的方向赶去。

容诗翊到便利店的时候,老板刚从仓库里搬出一箱有爱果汁,他看见容诗翊,问:"我数了一下,还剩三箱,你要多少?"

听见这话,容诗翊默默地伸出了一根手指,说:"就要一瓶。"

老板:"……"

老板之前听容诗翊的语气,还以为他要很多瓶,一时觉得又好气又好笑,便失落地拆开箱子,给他拿了一瓶。

容诗翊拿着那瓶有爱果汁走出门，站在街边，有点儿不知道该拿这瓶果汁怎么办。

倒掉？不能浪费……

喝掉？但他真的不喜欢喝饮料。

最终，容诗翊还是心一横，拧开了瓶盖。

原来有爱果汁并不像广告里说的那么好喝，它的味道酸酸甜甜的，还带着一种奇怪的花香味，有点儿像空气清新剂的味道。

从来只喝热水热茶的人，一口气灌了一整瓶饮料后，快要吐了。

容诗翊表情扭曲，他收好空瓶骑上车，又开启了新的征程。

天已经黑透了，容诗翊骑着自行车跨越大半个城市，到了宋词住的小区。

第八章

少年的骄傲

宋词的家里有很多房子,他为了方便上学,平时都会住在这个小区,也就是容诗翎曾经来过的那套平层。

其实容诗翎不知道宋词现在在哪儿,他也没有提前问,只是抱着赌一把的心态找来了这里。

第一次这么郑重地给人道歉,容诗翎还有点儿紧张。

自行车不能进小区,所以容诗翎是跑进去的。在来的路上他没踩稳车子还摔了一跤,弄得衣服、裤子上都是泥巴。

上楼时,容诗翎对着能反光的电梯门看了看自己。

嗯,头发凌乱,脸上还有灰,上衣、裤子又脏又皱,看上去糟糕透了。

话说回来,自己的反应是不是太大了?万一宋词根本没当回事呢,自己搞这么严肃不会被宋词嘲笑吧?那他的一世英名可就毁在今天了!

算了,不管了。

他随意地抓了抓头发,抱着壮士赴死的心态,敲响了宋词家的门。

门那边传来一阵不急不缓的脚步声。很快,门把手被拧开,宋词穿着简单的白衬衣站在门口,他看见外面站的是容诗翎,愣了一下。

"小翎?"

"啊,是我。"

"皇上光临寒舍，小的感激涕零，皇上万岁万岁万万岁！"

宋词这是逮着他那天生病发的疯来嘲笑他呢。突然被宋词这么一打趣，容诗翊准备好的小作文瞬间忘得一干二净。

"闭嘴！我今天来是有很严肃的事情要说！"

"哦。"宋词瞬间摆出严肃的表情，"皇上请说。"

"你给我闭嘴！你再拿那天的事嘲笑我，我就跟你急！"

容诗翊急眼了，这句话的气势也成功地让宋词闭了嘴。

两人沉默片刻，容诗翊深吸一口气，说："我的意思是，虽然咱们那些不愉快已经过去了，但我觉得我还欠你一个正式的道歉。"

"啊？"

宋词愣了一下，没想到还能从容诗翊嘴里听到这话。

容诗翊也是第一次这么正式地跟人低头认错，有点儿不好意思："之前是我太自以为是了，忘了站在你的角度思考问题。

"这么说吧，虽然你的脾气挺怪的，还挑食……对不起，跑题了，我不是那个意思。

"当然，我这人也不怎么样，脾气差，还喜欢翻白眼，老说你，还笨，玩个'消消乐'都玩不明白……又跑题了。"

说到这儿，容诗翊从随身的小包里翻出一个洗过的粉色饮料瓶，瓶子里面还插了一束蓝色的满天星。

他把瓶子递给宋词："这玩意儿也算咱俩友谊的见证者吧，之前你说你把小粉扔了，我就还一个给你。但我还是觉得粉色瓶子插蓝色的花好丑，所以……"容诗翊又从包里拿出另一枝花。

"以后换成这个吧。"

这句话说完，容诗翊没再开口，气氛再次陷入沉默。

周围异常安静，容诗翊不自觉地屏住呼吸，感觉自己几乎能听见不远处墙上时钟指针的走动声。

过了很久很久，容诗翊才听到一声轻笑。

宋词笑什么？自己的话很好笑吗？好吧，自己今天这趟来得确实很莫名其妙，他果真是一个笑话。

容诗翊气急败坏，抬头看去，只见宋词若有所思道："你这么说也有道理，我确实受了不少委屈，那要怎么办呢？你是不是得替我做点儿什么来弥补我？"

"啊？"

容诗翊看着宋词得寸进尺的样子，咬牙忍了。他一脸屈辱地道："你说，要我怎么弥补你？"

宋词思索一阵，突然弯起眼睛，笑得像只狐狸："把你的皇位让给我坐坐。"

容诗翊愣住了，随即他反应过来，宋词还在揪着之前那件事嘲笑他。

"走开啊！"

宋词笑得让容诗翊牙痒痒，不过很快，宋词擦了擦笑出来的眼泪，认真道："行吧，我接受你的道歉。"

"得了吧，你这么勉强，难为你了。"

"你不懂，这样显得我的架子大一点儿，比较有档次。"

容诗翊懒得理他。

他要做的事圆满完成，一颗心也放回了肚子里，于是朝宋词摆了摆手："那我先走了？"

"走哪儿去？"

"回家。"

"不然一起吃晚饭？"宋词随口道。

容诗翊听见这个提议，颇为心动。但他来之前刚灌了一瓶饮料，到现在还有点儿反胃，可能短时间内吃不下别的东西了。

"我不饿。"

"那你看着我吃。"

宋词抬手搭上他的肩膀，说："我太无聊了，你陪好朋友多待一会儿。"

"你离我远点儿，我身上都是泥水。"

"你摔跤了？"宋词这才认真地上下打量着容诗翊。

"猛男平地摔。"容诗翊摇摇手指，顿了顿，又像是想起了什么，"哎，我刚刚少说了一句话。"

"什么？"

"嗯，虽然咱俩可能确实不是一个世界的人，但在我心里，咱俩永远是好朋友。"

这突如其来的真诚表白让宋词听得一愣。他叹了一口气，轻笑一声，说："小翊啊，你还真是个社交小天才。"

这是容诗翊请假后复课的第一天，此时他坐在自己的座位上背单词。经过这几个月的学习，他的数学成绩已经慢慢上来了，但理综和英语还是不太行。

云晴晴告诉他，学习也要雨露均沾。因为她这句话，容诗翊艰难地打开了英语单词本，他努力地把那些蚯蚓似的字母往脑子里记，可偏偏身边有个不安分的家伙在使劲打扰他。

萧凛咂着一颗糖，看着窗外，幸灾乐祸道："哎哟，这是哪个班在上体育课？"

"哈哈哈，他们在跑圈，好惨。"

"啧，都跑三圈了。"

容诗翊堵了耳朵也没用，他忍无可忍，一把拉开萧凛，朝窗外探头，说："哪儿呢？我也看看！"

他这一看，恰好望见楼下一个熟悉的人影。少年穿着三中的半袖校服，跑得不紧不慢。

"是一班吧，那不是宋词吗？"

"这你都能看得清？"

"他化成灰我都认得。"

解惑成功，容诗翊继续背单词，但他还是没怎么记住那些字母。

"让我背单词，不如让我下去跟着一班跑圈，这对于我来说还简单一些。"容诗翊长叹一口气，像一摊烂泥趴在了桌上。

萧凛支着脑袋看他："你还没背完啊，都背一早上了！"

"背不会啊，太难了，我认识它，它不认识我啊！"容诗翊拖着声音哀号道。

"不就是记住字母的排列组合吗？我之前看宋词分分钟就背会了。加油，容容，你一定也可以的！你现在背不出来，只是因为还没认真而

245

已！等你认真起来，你将变成活体《英汉大词典》，称霸三中英语界！"

"你给我走开，少在这儿说些没用的。是我不想背吗？我为什么不考清北？是我不想考吗？"

萧凛被他这副模样逗得直乐，不过嘲笑归嘲笑，他还是认真替兄弟想起了办法："不过我觉得我说的也不是没道理，宋词背单词那么快，肯定不是靠死记硬背，而是有什么小妙招，你不如跟他取取经？反正学霸就在身边，不用白不用嘛。"

萧凛总算说了句有用的话，容诗翊听着，脑袋上仿佛有个小灯泡"啪"的一下亮了。

放学后，容诗翊拽着宋词一起去便利店帮忙，这倒是让老板乐开了花，有免费劳动力使唤，他当然愿意，他一直说"没想到雇个店员还带买一赠一的"。

下班后，为了讨要学霸背单词的秘方，容诗翊以写作业为名，跟着宋词回了家。

江城已经入夏了，但晚风还是有点儿凉意，两人沿着江边走。容诗翊一直看着江对岸那面巨大的 LED 屏，过了一会儿，他突然问："宋词，你好像总是独来独往的。"

"嗯，是啊。"宋词瞥了他一眼，"小宋比较孤僻。"

"好了，打住，我不想听你的废话。"

"嗯？你说什么？有些人好像想跟我讨教背单词的窍门来着，既然我说的是废话，那想必您一定也不愿意听我的独家背单词秘方，来，我再给你一个吹捧我的机会，请。"

容诗翊被气笑了，他破罐子破摔："我还没说你胖你就喘起来了？行，你要吹捧是吧？听好了，宋词真傻！"

"反弹。"宋词立马回击。

"反弹无效！"

"再弹！"

"你是不是有病？"

容诗翊的胳膊被宋词钳制着，捶不了他，就用肩膀撞了他一下。宋词不甘示弱，撞了回去。

两人就这么闹着往回走，直到双方都发觉这个游戏真的很无聊才停下来。

晚上，容诗翊如愿讨来了宋词的英语笔记和背单词窍门，他写完作业，在开始背单词前，打算先玩一会儿他心爱的"消消乐"。

宋词正在做题，歪头靠在抱枕上，过了一会儿，容诗翊抬手拍了拍他。

"宋词，这一关我又玩一个星期了，还没过。"

容诗翊叹了一口气，伸了一个懒腰，刚好让宋词看见他手机上游戏失败提示的动画。

"我傻，智商不够，信号接收失败，请重新发出指令。"

宋词装作听不懂，说话像一台没有感情的机器人。

"我说——"

容诗翊爬起来，在他耳边大声道："'宋词A梦'，帮我过一下关卡！我收回对你的恶评！你不傻！"

"可'宋词A梦'不能再赊账了，按一关一次算下来，你还欠'宋词A梦'五十八声宋哥没叫。"

宋词没看容诗翊，他一边低头在手机上做题，一边和容诗翊讨价还价。

"你记得这么清楚？"容诗翊非常震惊。

"嗯，我的记性很好。这样吧，之前那五十八声可以先欠着，但这次要'一手交钱，一手交货'。"

宋词弯起唇角，露出他那颗小虎牙。

容诗翊面无表情地看着他，内心挣扎许久：叫哥？他才不要。

"做不到。"

"就两个字，很简单的。"

"两个字也叫不出来，这是原则问题，换种方式行吗？"

"说来听听。"

他将视线从题目上挪开，想看看容诗翊又要搞什么小花招，却闻到一股甜甜的草莓香味。

容诗翎将一颗草莓奶油糖递了过来。为了不叫哥，他连平时舍不得给的草莓奶油糖都拿出来了。

他不情不愿地递出糖果，问："这样呢，够了吧？"

"行吧，我勉强接受。"

宋词看了眼糖果，却没抬手去接，而是继续看着手机屏幕。

看宋词这么认真地算题，容诗翎还以为那是什么竞赛压轴题，所以也凑过去看。但令他意外的是，那道题还挺简单的，容诗翎正要抢答说选 A，结果宋词毅然决然地选了 D。

果不其然，屏幕上冒出一个红叉。

宋词没有去看解题思路，把手机一关，拿过容诗翎递来的糖果扔进嘴里，就接过他的手机开始给他当"游戏奴隶"。

草莓奶油糖的诱惑居然比当大哥还大？

容诗翎撇了撇嘴，换了一个话题："后天就要进行摸底考试了，我这个成绩还能有进步吗？"

宋词目不转睛地看着屏幕，说："怎么突然对自己没信心了？"

"也不是没信心，我就是感慨一下。"

宋词听了这话，点点头："那就让无所不能的宋词同学来给你想点办法。"

"啊？"容诗翎愣了，"你想干什么？"

"给你找个外援。"

"什么意思？你要作弊？这可不提倡！"

"想什么呢？"宋词有点好笑，"我回十班，给你上小课。"

"你别想不开啊，你在这转来转去玩呢？老师能同意吗？"

"各个班都开始复习了，学的也就那么点儿东西，去哪儿都一样。"

"我是怕你打扰我学习。"

"我……"

宋词的话还没说完，容诗翎看着他手机上的过关动画，又将一颗糖塞到他手里。

"一关一颗，我答应你的，我非常讲诚信。"说完，容诗翎默默地观察着宋词的反应。

248

只见宋词突然沉默了,刚才没说完的话也不说了,只是低头继续玩游戏。容诗翊一骨碌爬起来,凑过去看宋词的表情,却被宋词一巴掌无情地推开。

宋词一本正经道:"容先生,请自重,不要打扰小宋打工。"

容诗翊板着脸道:"姓宋的,你变无趣了。"

"人总是要成长的,我只是长大了,成熟了,也稳重了。"

容诗翊:"……"

容诗翊无事可做,抱着抱枕躺到了另一边,拿起单词本,说:"你先玩吧,报酬先攒着,等会儿一起给。"

宋词没搭理他,自顾自玩着游戏。可等他玩过两关,容诗翊的单词本已经盖在脸上了。

宋词看着觉得好笑,他把单词本拿起来,露出单词本下翘起的头发。这家伙睡得很安逸,脸上的单词本被拿走也只是皱了皱鼻子,然后微微别过头,接着睡。

他把旁边的外套拿过来,盖在容诗翊的身上。

说实话,"消消乐"这游戏玩久了,挺没意思的。宋词站起来在客厅里走一圈,活动一下再坐回原来的位置,给手机插上电源,接着"征战"游戏。

第二天,容诗翊是在一个陌生房间里醒来的。

他从床头柜上拿起手机,揉了揉眼睛,看了一眼,屏幕上显示现在才五点多。

这原本不是他应该醒来的时间——他不是被闹钟吵醒的,也不是自然醒的,他是被一股煳味熏醒的。

他从床上坐起来,习惯性地放空一会儿思绪后才清醒,然后气势汹汹地下了床,光着脚去寻找那股煳味的来源。

果然,厨房里,宋词正举着一口平底锅思考人生。

容诗翊走过去一看,平底锅锅底粘了一坨黑炭——这就是让他早醒的万恶之源。

"宋博士,您在研究新的生化武器?"容诗翊看看那坨黑炭,再看看宋词,真诚地发问。

249

"罪魁祸首"无辜地摇摇头，说："不是的，宋博士只是在研究并且尝试实践一个煎蛋的诞生。"说完，他把平底锅丢到洗碗池里，拿了一张湿巾擦手，"可惜失败了。"

看来"宋词A梦"也没有那么万能啊。

这样想着，容诗翊就想笑话宋词两句，但他看宋词一副有点儿失落的样子，嘲笑的话就不忍心说了。

"没事，失败是成功的妈。今天宋词在煎蛋上跌倒，但没关系，煎蛋算什么，以后核弹都刻上宋词的名字！"

"谢谢你。"宋词被他逗笑了，伸手抓了一下他那乱得像鸡窝的头发。

容诗翊躲了一下，问："话说回来，你怎么突然想起来做煎蛋了？"

宋词冲他笑了笑，说："好朋友难得在我家留宿，不好好招待怎么行？这不，我想让你一起床就能吃到早餐，可惜失败了。"

听见这个理由，容诗翊笑骂道："你真无聊。"

煎煳的煎蛋无法成为早餐，为了不饿肚子，两个人只好早早出门，在上早读前先去了一趟学校食堂。

中午吃完饭，萧凛回教室午休，容诗翊不喜欢睡午觉，就和宋词一起在楼下晃悠，他开始和宋词掰扯："哎，你昨天晚上玩了多久？"

"没多久。"宋词很诚实，"我在认真完成老板交代的工作，总之关卡都过了。"

容诗翊惊呆了，这游戏目前一共出了五百多关，他之前只玩了不到一半的关卡，宋词是怎么做到一晚上玩了三百多关的？

不对，等等，容诗翊现在更担心另一个问题。

三百多颗糖！

"那你有没有想过，你给老板通关了，老板以后玩什么？"

容诗翊被气笑了，看着宋词眼下淡淡的黑眼圈，都不知道该骂他还是该笑话他。

"老板没得玩，才能认真学习。"宋词有点儿敷衍地回答，随后露出了他的坏心眼，"但在那之前，我超额完成任务了，工资结一下？"

容诗翊选择赖账："'容扒皮'要拖欠工资了，以后再说吧。"

"那不行。"

宋词握住他的手臂，拽着他走向了另一个方向。

"宋词，你别突然犯病啊！"容诗翊被宋词拖进了教学楼，他知道现在楼内是午休时间，还下意识压低了音量。

他们到的时候，负责三楼纪律的值周生正在楼梯上打盹儿。

宋词抬手冲容诗翊做了一个嘘声的手势，随后放轻脚步，悄悄绕过去，成功溜进角落里的空教室。

这间教室正好朝阳，窗外正盛的阳光被蓝色窗帘挡住，只在风偶尔将窗帘吹起来时，洒落一片光斑。

"学生会主席带头在午休时间潜入教学楼，宋词，有你的啊。"容诗翊随便找了一张桌子坐下，打趣道。

"我已经在内疚了。"宋词站在他对面，语气十分敷衍。

容诗翊懒得理他，从口袋里摸了一颗糖出来，扔到宋词怀里："先还你一颗，余下那三百多颗分期付吧。哪个好人家随身带三百多颗糖啊？"

"也不是非要糖吧。"

宋词接住那颗糖果，弯起眼睛，笑得像只狐狸："你也可以用其他事来抵账，比如一个单词换一颗糖，今天下午之前你背会三百个单词，现在开始背，我相信你有这个潜力。"

"你明明可以直接说想要我的命。"

容诗翊翻了一个白眼，把宋词手里的糖抢了回来："一百五十个，多了没有。"

"还讲价？"宋词觉得好笑，但还是让了一步，"不行，二百五十个。"

"太难听了！你骂我二百五？"

"那就二百八十个，发发发。"

"为什么不是二百六十个？"

"可以，成交！"宋词笑着露出了他的小虎牙。

容诗翊沉默一阵，才后知后觉自己中了宋词的圈套。他恶狠狠一咬牙，抬手薅住宋词的头发。

"姓宋的，拿命来！"

两个大男生在空教室里如同展开了一场世纪决斗，后来不知道谁把谁绊了一下，两个人齐齐摔倒，撞得身边的桌椅发出巨大的响声。

容诗翊揪着宋词的衣领，仰天怒吼一句，他正准备"制裁"手里的宋词，却突然被门外的敲门声打断了。

"砰砰砰——"

门外，面容严肃的中年女人推了推脸上的眼镜，目光凌厉。

完了！容诗翊倒吸一口冷气。

"你们两个，午休时间在教室里打架？把手给我撒开！"

容诗翊连忙放开宋词，从地上爬了起来，解释道："主任，不是你看见的那样。"但他看着玻璃窗映出的两人的狼狈模样，又觉得自己的解释无比苍白。

所以，在午休的最后十分钟，高一年级主任赵主任成功在空教室里捕获两人，把他们带去了自己的办公室。

容诗翊和宋词低着头，站在赵主任的办公桌前，赵主任打量他们一眼，说："你们不是高一的吧？中午不午休，也不学习，在空教室里干什么？"

赵主任看向容诗翊，说："我记得你，你是高二的吧？"

容诗翊听不懂她想说什么，他懵懵地点了点头。

赵主任以为他在出神，清了清嗓子，开始了她的长篇大论，从午休的重要性到颁布这项规定的意义，讲了好久。

容诗翊像听天书一样，最后，赵主任找了两支笔和两张纸，递给他们："五百字检讨，知道自己犯了什么错吧？写完再回去上课。"

"哦。"容诗翊郁闷地回应，垂着头和宋词到窗台上写检讨。

这时，赵主任屈指叩了一下桌面，说，"你们别站在一起写。你去那边写，对了，你刚还走神，你多写三百字。"

容诗翊被加了三百字，更郁闷了。

他搬了一张小板凳坐在墙角，开始回忆刚才赵主任的讲话内容。她说了什么？他们犯了什么错来着？

容诗翊苦思冥想，这时主任办公室里又走进来一个人。

容诗翊抬头一看，是王主任。

王主任走进办公室后，一眼就看见了角落里的容诗翊，一转头又看到另一边的宋词，身躯一震。

他迈着小碎步过去，拍了容诗翊一把，压低声音问："你俩干什么被赵主任抓住了？怎么成天就知道给我惹祸？"

容诗翊没回答，只做了一个哭泣的表情。

王主任一脸无奈，叹了一口气，试探着问道："哎，赵主任，这俩小子怎么被你扣在这儿了？"

赵主任推推眼镜，语气不怎么好："午休时间不回教室休息不说，还公然在空教室里打架！你说性质恶不恶劣？"

"打架？"王主任的口水差点儿喷出来，"不可能啊，他俩的关系挺好的，怎么可能打架呢？"

赵主任用手指点点他："你少包庇他们，我已经查过了，他们一个是一班的，一个是十班的，从高一开始就不对付，出了名的对头！而且，今天的事是我看见的，我进教室的时候，桌椅东倒西歪，这两人一边骂一边打，我都怕我去晚一步会闹出人命！"

"哎哟，不至于！"王主任被她这假设吓了一大跳，忙摆摆手要她消气。

容诗翊见状，连忙举手发言："那个，赵主任，我们真没打架，是闹着玩呢。因为宋词让我背三百个单词，我不乐意，所以吵着吵着就闹起来了，我们的关系挺好的，不会出人命的。"

赵主任不信容诗翊的解释，而且她听后反倒更生气了："我早就听说过你，你不闯祸就不错了，还背单词？打架就算了，还编出这么离谱的谎话来逃避惩罚，一点儿担当也没有！你，还有你，都给我把家长叫来！"

赵主任一点儿也不信眼前这一老两少的解释，打定主意要给这两个小子一个教训。所以她特意空出了休息室，和两位家长开小会，旁听的还有王主任和十班班主任云晴晴。

容芷青先到，她进来后什么话都没说，只冲休息室内的各位笑笑。

唐诗比她晚到大概五分钟，说："不好意思啊，我是不是迟到了？哎，容小姐，好久不见！"

"唐小姐。"

这两位在容家没落前见过几面，算是点头之交。

赵主任看了她们一眼，随后她把今天的事情原原本本讲了一遍，希望她们引起重视，好好教育孩子。谁知唐诗听后却乐个不停："这小容，太有意思了，哈哈哈……"

唐诗笑得停不下来，倒是让赵主任迷惑了。

以前因为学生打架请来的家长，哪个不是板着脸，气氛也都是剑拔弩张的，有时候甚至还会打孩子，今天的情况倒是很特别。

"你们二位对于两个孩子做的事，有什么看法吗？"赵主任斟酌了一下用词，询问道。

唐诗点点头，说："我想可能真的是主任误会了，我不知道两个孩子之前闹过什么矛盾，但他们现在确实是关系比较好的朋友。男孩子嘛，下手没轻没重的，我们家宋词的性格又气人，跟小容闹起来的时候看着架势可能是有些大，但应该不是真的在打架。"

赵主任挑了挑肩，说："他们还说，闹成那样是因为背单词。"

一边的王主任闻言，提醒道："赵主任，你的消息都已经落后了。容诗翊之前的成绩确实是倒数第一，不过跟宋词补习后，上次期末考试已经进步一百多名了！"

听见这话，容诗翊十分配合地挺直了自己的腰板。

赵主任有些尴尬，咳了两声："你怎么不早说？"

王主任撇撇嘴，说："我倒是想说，可你给我机会了吗？再说了，我说了你听吗？"

看来今天的事情确实是一个误会，将情况说开后，赵主任也为误会一事向两个孩子说了抱歉，不过抱歉归抱歉，他们在午休时间违纪闯入教学楼还是板上钉钉的事实。铁面无私的赵主任没有放过他们，让他们就此事写了几百字的检讨，才松口放人。

从赵主任的办公室出来后，宋词和容诗翊把两位家长送到了校门口。

路上，唐诗不大满意地拍了宋词一下："臭小子，平时你不回家，需要叫家长的时候倒是想起我来了。"

"哪有，我天天想着您呢。"

"你今天是不是又欺负小容了?少欺负人家,不然也不会闹出今天这种误会。"

宋词很无辜地说:"明明是他打我。"

唐诗轻嗤一声:"我还不知道你?"

容诗翎帮容芷青拎着包,走在前面:"妈,抱歉,还让你跑这一趟。"

"没关系。"容芷青笑了一下,"不过下次你要注意,就算是打闹也得有分寸。"

"嗯。"

"哎,容小姐,小容!"

沉默间,后面的唐诗突然踩着她的小高跟"噔噔噔"地跑了过来,十分期待地问:"你们今天晚上要一起来我家吃顿饭吗?算是赔礼了。"

容诗翎在心里倒吸一口凉气,他想起宋词家那个夸张的庄园和凶巴巴还严肃的父亲,下意识就要拒绝:"不了吧,明天有考试,我还要复习……"

"让宋词教你呗!这么一台做题机器在这儿,不用白不用。"唐诗眨眨眼,"我等会儿就给宋词他爸打个电话,让他把工作推掉!咱们一起吃顿饭!"

容诗翎还是害怕,他向宋词发出求救的目光,但宋词笑眯眯地看着他,拒绝接收求救信号。

唐诗趁热打铁,说:"而且小容好久没见绒绒了吧,不想来看看吗?"

这句话倒是让容诗翎颇为动心。

容芷青看了容诗翎一眼,开口道:"我晚上还有点儿事,可能没法过去。小翎如果想去的话就去吧。"

"来吧,宋词说你喜欢川菜,我家有个阿姨做川菜做得可好了!"

容诗翎看着唐诗期待的眼神,最终败下阵来:"好吧。"

唐诗的高兴都写在脸上:"太好了,那放学后,我让老吴过来接你们,在三中北门哦。"

容诗翎点点头。

把两位家长送走后,在回教学楼的路上,容诗翎想到宋词家那座庄园,已经开始紧张了,没忍住打了个寒战。

255

"你说我要不要去换套正装？"

"随便吃顿饭而已，不用那么正式。"

"那你说我要不要放学后先把头发弄黑？"

"我觉得不用。"

"你说你爸会不会把我拒之门外？或者赶我出门？我上次看他好像有点儿凶。"

宋词很无奈，拍拍容诗翊的肩膀，说："我求你了，把心放回去吧，我爸是人，又不是吃人的老虎，你到底在怕什么？"

听他这样说，容诗翊才勉强停止了自己对宋昱的恐怖想象。

放学后，宋词请了晚自习的假，和容诗翊一起回家。

时隔多月，容诗翊再次站在这里，还是觉得宋家很夸张。这一片是江城城郊靠近山林的位置，院子的铁艺大门上挂了不少爬山虎，非常有年代感，再往里面看，大路两边种了很多玫瑰花，有点儿像二十世纪伯爵家的花园，宅子门口甚至还有一座人工喷泉。

这就是人和人的差距吗？

容诗翊默默地叹了一口气。

他跟着宋词往庄园里走，刚一进门，不远处就有一个小小的黑影冲他飞奔而来。

容诗翊十分惊喜，道："绒绒，这才多久不见啊，都长这么大了？"

"嗯，它光长个子，不长脑子。"

宋词看着绒绒，突然把右手虚虚握起，递到绒绒嘴边，一副像是在喂食的样子。

这人还随身带狗粮？

容诗翊大受震撼，但很快他就看清，宋词的手里没有狗粮。但绒绒并没有发现这点，它摇着尾巴舔了舔宋词手里的空气，似乎吃得很香，还时不时舔两下嘴巴。

宋词再喂，它再吃。如此反复三次，绒绒终于发现自己被骗了，它气得在原地绕了几个圈，不满地冲宋词叫唤。

"你就知道欺负它！"容诗翊用膝盖撞了一下宋词的腿。

宋词站起来，推着容诗翊往屋里走，还不知死活地说："多像你。"

因为这一句话，两人从门口一直追打到主厅。

唐诗在厨房里听见动静，举着锅铲走出来，说："你们来了呀。"此时的她完全没有了下午在学校时的精致模样，头发上甚至还沾着一片菜叶子，显得有些狼狈。

容诗翊刚想和唐诗打招呼，话还没出口，就闻到厨房那边飘来的熟悉的煳味。

宋词皱了皱眉，说："你怎么穿上围裙了？阿姨呢？"

"做川菜的阿姨临时有事，请了个假，只留下一堆食材。我又给别的阿姨放了一天假，让她们回去休息了。你说小容不喜欢吃西餐、日料那些，我觉得点外卖又没有灵魂，就干脆自己做点儿家常菜了。"

说到这儿，唐诗又回到厨房，端出一盘又红又黑的东西，给容诗翊展示道："看，我做的番茄炒蛋！"

容诗翊看着那一盘东西，突然有点儿害怕。宋词在他旁边小声说："我妈这是第一次进厨房。"

"我看出来了。"容诗翊点了点头。

为了避免大家晚上因为食物中毒进医院，容诗翊决定挑起做晚餐的大梁。他把书包放到沙发上，一边接过唐诗手里的盘子，一边往厨房走，说："阿姨，您休息吧，我来做饭。"

唐诗有点儿意外，道："小容还会做饭啊？"

"会一点点。"容诗翊谦虚道。他走进厨房，从旁边的架子上拿了一条围裙，站在案板前，面对眼前的情况，他沉思片刻。

宋家的阿姨确实留了不少食材在桌上，容诗翊看着那一堆东西，想了想："四个人吃，做四个菜够了吧？三道热菜一道凉菜？"

"我来帮你？"

宋词也系了一条围裙，举起一把菜刀跃跃欲试。

容诗翊想到他做的煎蛋就后怕，忙挑了些菜给他："算了吧，你去把这些菜洗了，然后把剥皮这些准备工作都做好。"

宋词成功领取任务，拿着菜到了旁边的水池。

两人分工明确，容诗翊把肉切好、腌好，感觉时间差不多了，便朝

257

宋词伸出手："菜呢？递给我。"

宋词没吭声，他走过来，在容诗翊手里放了两个手指大小的白色条状物。

容诗翊愣了一下，拿起来看了一眼，又闻一闻，问："你别告诉我这是你剥的竹笋？"

宋词十分无辜道："是的。"

容诗翊简直不敢相信自己的眼睛和耳朵："你怎么做到的？"

"就……剥着剥着就成这样了，它的皮好多。"

宋词看看那两根笋条，又看了看容诗翊，说："我剥得不好？"

容诗翊想生气，但他知道现在不应该生气。于是他抿了抿嘴唇，绷着脸，看了看盆里那个被削成多边形的土豆，心里暗暗发誓，今后再也不让宋词在厨房里碰有皮的食物了。

虽然食材处理得很差劲，但他还得安慰一下"罪魁祸首"："没事，挺好的，你去陪阿姨遛狗吧，我一个人就行。"

"真的？"

"真的。"

宋词大概也知道自己在厨房碍事，就没再坚持，脱下围裙后默默走掉了。

容诗翊做了四道菜，加上唐诗一定要摆上桌的那份番茄炒蛋，一共五道。等他把最后一盘土豆烧肉端上桌，宋昱刚好到家。

于是四个人坐在桌边，唐诗介绍道："尝尝？这是小容同学亲手做的。"

宋昱看了眼容诗翊，又看了眼桌上的菜，问她："怎么让客人下厨？"

"阿姨临时有事，点外卖也不妥，我倒是想自己做，可做不好，只好麻烦小容救场了。哎，这个番茄炒蛋是我做的，你尝尝。"

唐诗给宋昱夹了一块煳到粘锅的鸡蛋，满眼期待地看着他。

宋昱："……"

宋昱的内心挣扎许久，最终，他把那块黑色的不明物体夹起来咬了一口，随后立马喝了一口水，点了点头，评价道："不错，下次别做了。"

容诗翊看乐了。

258

他很少跟家人坐在一起吃饭。容芷青工作忙，几乎不能跟他一起吃饭，以前他倒是经常去萧凛家蹭饭吃。萧凛家里也很温馨，萧妈妈做菜很好吃，吃饭的时候，萧爸爸还总是给他讲冷笑话。

别人可能不觉得，但对于容诗翊来说，像这样和家人热热闹闹地坐在一起吃饭，真的很难得。

为期两天的摸底考试结束后，十班的很多学生都轻松了许多，容诗翊撑着下巴看理综题，眼角的余光却发现宋词站在十班教室的后门处。后排有人注意到宋词，说："哟，宋哥大驾光临啊！"

"谁来都要嚎几句？一边玩儿去。"

容诗翊说了他们一句，走到宋词身边，问："你来干什么？"

宋词扬了扬下巴，说："考试的成绩贴出来了，去看看？"

"真的？这么快？"容诗翊一下就站直了身体。

这是高二下学期开学以来的第一次大考，容诗翊在这之前做足了准备，所以他在答题的时候觉得自己如有神助，从考完的那一刻就开始期待成绩出来。此时听宋词这样说，他更坐不住了，拉着宋词往楼下的公告栏奔去。

因为早自习还没下课，所以他们下楼时，公告栏那里还没什么人。容诗翊先是看了第一张成绩单顶端的位置，见第一还是宋词，这才开始在最后一张成绩单里找自己的名字。

他先从下往上看了二十五行，都没看见自己的名字，正疑惑是不是这排名榜把自己漏了，一旁的宋词出声道："你试着从上往下看。"

"真的？"容诗翊狐疑道，然后他按宋词说的从上往下一行一行找自己的名字。

当容诗翊看见自己的名字时，他一脸难以置信。

十班的第九名？

容诗翊揉了揉眼睛，说："这是我？宋词，你看看，这真的是我的名字？"

"是你，是你。"宋词觉得好笑，他看了眼容诗翊的成绩，再和其他班的成绩表比对了一下，最后指着七班名单里中等偏下的位置，说：

259

"如果按年级排名算，你的成绩进个中游位置也绰绰有余了。"

容诗翊的激动之情溢于言表，他甚至愿意将自己的这次进步称作"奇迹"。

自习课已经下课了，十班的同学们也跟了过来，有几个男生笑嘻嘻地说着"恭喜"，还有几个人看见自己的成绩有进步，也激动得击掌欢呼。

一群人欢笑时，几个其他班的男生凑了过来，容诗翊下意识看了一眼。

哟，老熟人。

上次十班在体育课上因为篮球场地和八班几个男生起过冲突，还输掉了比赛，此时过来的正是那时挑衅他们的人。

余询也看见了容诗翊他们，但他什么都没说，只是扫了一眼公告栏。

马虎向来看不惯余询，加上他心里还憋着上次受的气，就凑热闹似的挤到余询身边，跟着看成绩。

片刻后，马虎乐呵呵道："哟，八班的大学霸，这次的成绩怎么有点不尽如人意啊？"

另一个男生听了马虎的话，也帮腔："是啊，谁不知道三中的篮球场是按成绩分配的？成绩好的就先打，不好的就靠边。余询，你下次见到我们几个，记得主动让位置啊。"

余询听了这话，一时脸色有点儿难看。

容诗翊瞥了马虎一眼，感觉这人又要惹事，他开口劝道："行了行了，别嘚瑟了，看完成绩就回去背书吧，等会儿还要默写课文呢。"他不想在无聊的人和事上浪费时间，便招呼着自己班上的同学离开。

马虎他们虽然还没嘚瑟够，但听了容诗翊的话，也给他面子，便冲余询他们做了个鬼脸，然后转身往楼上走。容诗翊也拉上宋词，和同学们一起回教室准备上课。

身后的余询此时意味不明地笑了一声："当然比不上有外援的人咯。"

容诗翊听到他阴阳怪气的话，皱着眉问："你什么意思？"

余询看着十班的名单，笑道："十班的第九名？进步够大啊。不是我说，谁不知道宋词天天给你开小灶？有人这样教，猪都学会了吧？容诗翊，你不是很讨厌宋词吗？你就为了免费的小课去特意讨好他？啧啧喷。"说完，余询还磨了磨牙齿，换了一个话题，"你在别人面前这么狂，给宋词做小跟班还挺熟练。当面一套背后一套，你可真不要脸！"

"你……"

容诗翊的心里噌地蹿起一团火，他握紧拳头，而宋词也站了出来，双方剑拔弩张，随时都可能发生冲突。

余询身后那五六个同学见此也一拥而上，但马虎他们先拦了下来："想打架是吧？我忍你们很久了！"

两拨学生积怨已深，言语争论的瞬间就可能演变成性质恶劣的打架斗殴。他们在楼下闹出不小的动静，楼上的学生们都好奇地趴在窗口往下看。不一会儿就引起了学校老师的注意，老师们忙冲过来把这群男生分开，然后一个不落地把他们送到了教导处。

如此一来，王主任美好的一天还没开始就结束了。

他原本优哉地坐在办公室里，一边看高二的成绩表，一边喝热茶，正为容诗翊的进步高兴着，结果教导处的门突然被打开，容诗翊和其他学生臭着脸进来了。

一群男生在他的办公室站成一排，乌泱泱的，连空气都变得浑浊了。

云晴晴和八班的班主任也闻讯赶来，但他俩不知道具体的情况，谁也没先说话。

"又怎么了？"王主任捏捏眉心，满面愁容。

容诗翊狠狠地瞪了余询一眼，说："报告！这是我们的私人恩怨，我已经知道错了。"

"你每次都知道错了，但下次还敢犯，是不是？"

王主任像个判官，重重地拍了一下桌子："谁先挑的头？"

"我……"

"我先挑的头。"宋词抢在容诗翊前面说道，"我觉得九年义务教育和余同学的家庭可能没给他一个完整且优质的童年，也没教会他尊重别人，就自作主张给他补上了这堂课，不好意思。"

王主任看了看余询，又看看宋词，他叹了一口气："你们都是同学，有什么话不能心平气和地说吗？跟我告状也行啊，你们这样影响多不好！"

王主任又看向旁边的两位班主任："你们当老师的也不管管？"

八班的班主任见状，自然不高兴："十班这群男孩不是一直这样不讲规矩吗？去年容诗翊他们就跟其他学校的人打了一架，闹得多难看？这回他们又欺负到自己人头上了，真厉害啊。"

云晴晴听见这话，皱紧眉头，反驳道："去年的事情，虽然我不在，但是也听说过。那时是九中学生先来三中门口欺负女生，是他们先动手的，小容警告无果，为了自保，才不得已那样做的。无论出了什么事，都得先问原因，我们不能因为他们成绩不好就什么事情都往他们身上推，而且十班这次考试进步很大，您什么时候能放弃对他们的偏见呢？"

"云老师，你也太护着他们了。"八班的班主任皱紧了眉头。

"我只是在说事实。"云晴晴说。

见此情形，马虎也争辩道："我做证，这次不是我们挑事，是余询说话太难听了！"

这群人你一句我一句的，谁都觉得自己有理，听得王主任头都大了。

最后，他气得一摆手，说："走走走，都走！都给我去扫操场！余询和宋词，你俩留下！"

吵吵闹闹的一群男生被赶到了操场上，马虎和八班的男生到了这会儿还在斗嘴，扫地都能扫出生死决战的架势。而容诗翊举着扫帚，独自走到一处安静的地方。他心不在焉地扫着树枝和落叶，心早就飘去教导处了。

他望了半天，最终扔掉扫帚，决定偷偷溜到教导处去看一眼。

他从小楼梯一路走上去，正想绕路去教导处，结果遇到了两个在楼梯口谈话的人——是王主任和云晴晴。

只听王主任叹了一口气，说："小云啊，我知道你舍不得十班那群孩子，但这事关乎你的前途，你别死心眼呀。"

听到这句话，容诗翊顿住了脚步。

"我知道，可他们是我做老师以来带的第一批学生，我想看着他们毕业。"云晴晴的声音有点儿小。

"我帮你看着也一样。一中那边的环境和资源都比咱们这里好，你很优秀，应该往更好的地方走。我知道这段时间你因为十班的事情总跟老李和老周他们生气,我了解他们的性子,他们资历久,和年轻人的想法会有些不合。你错过这么好的机会,留在这里受他们的气,也不划算。"

"我……"

剩下的话,容诗翊没听太清,他坐在台阶上,有点儿茫然。

云晴晴和王主任结束谈话后,想去操场叫十班的男生们回来上课,下楼时却看到了坐在楼梯上发呆的容诗翊。

云晴晴愣了一下,问道:"小容,你怎么坐在这儿啊?"

容诗翊从台阶上站起来,有点儿不知道如何开口。最后,他摸了摸鼻子,直截了当地问道:"老师,您要走了啊?"

"嗯。"

云晴晴以为容诗翊是想劝自己留下来,补充道:"如果你们想让我留下来,我就不走。"

"别啊。"容诗翊急忙道,"我是不小心听见的,不是故意偷听。总之,我觉得王主任说得对,老师不用为了我们放弃自己的前途。我们这几十个人,说白了一年以后就各奔东西了,您为了我们的这一年放弃以后的很多年,不值得。"

容诗翊大概能理解云晴晴的想法,但他嘴笨,想了半天只能说:"您要是因为喜欢三中才选择留下,那我不好说什么,但如果是因为喜欢我们才留下,就没必要,我们都是大活人,不管您在哪里,我们都会去看您的。我相信别的同学也和我是一样的想法,就算舍不得您,但也希望您能多为自己考虑。"

听见容诗翊这番话,云晴晴的眼眶有点儿红,她犹豫了一下,说:"其实,我能得到这个机会也是多亏了你们。"

"啊?"

"一中那边听说三中的十班由我接手后,短期内成绩进步很大,以为是我有能力,才向我抛来橄榄枝。但其实这些进步都是因为你们足够努力,我并没有付出什么,又怎么好意思抛下你们。"

容诗翊微微一愣,笑道:"老师,您也太谦虚了。"他不好意思地挠了挠头,借这个机会跟她把心里话说了出来,"我们班的情况,您也知道——我们班成绩差，还有我和马虎他们，做什么事都不靠谱，总调皮捣蛋，十班的老师都生过我们的气。后来您来了，一开始我觉得您挺天真的，想靠一己之力改变我们。

"但我能感觉到，您不是说说而已，您是真的把我们当自己人。出事了，您总是先护着我们。您为了文化节的事忙前忙后，还为了我们亲自去请各科老师从头给我们讲课。

"真心能换真心，我们能有今天的成绩，都是因为有您在。虽然一开始我们是为了文化节的名额，但后来我们一直在努力，是因为我们不想您被别人笑话，是因为我们想当您的骄傲。

"您还记得前段时间马虎跟七班那个人起争执的事吗？那时候您问他原因，他不肯说，是因为七班那个小子在背后说您的坏话，说您异想天开，想把十班带起来，还有很多难听的话，马虎听不得别人诋毁您，一时冲动……老师，您可别告诉马虎是我说的啊。

"所以，晴晴姐，我们在为您努力，您也得为了我们变得更好啊。"

云晴晴泛红的眼睛里有了泪花，她想在学生面前表现得坚强一点儿，但还是没忍住，她抬手擦了擦眼泪，说："小容，你真的很会说话。"

她的眼泪止不住地掉，然后又笑了起来，她拍了拍容诗翊的肩膀，开玩笑似的说："以后你当个演说家吧。"

"我不要，我的梦想是星辰大海。"

云晴晴被容诗翊逗乐了，她往前一步，伸手抱住了他："小容，谢谢你。"她再开口时，语气温柔又坚定，"你们都是我的骄傲。"

回到教室后，云晴晴给十班的同学开了一个简短的班会，大概讲了一下这件事。她下学期就会发生工作调动，这意味着她跟十班同学的相处时间只剩下三个月。

同学们知道这件事后，多半是不舍，但和容诗翊所说的一样，比起分别，他们更希望云晴晴能为自己考虑。

马虎不好意思地挠了挠头，说："我们今天是不是又给晴晴姐添麻烦了？"

"没关系的。"

云晴晴的眼睛还是红红的,但她依然对她的学生们面露笑容。

马虎心虚地朝窗外望了一眼,说:"今天的事我们也有错,余询他们被罚跑了二十圈,我们要不要也……"

他的话还没说完,就被身边一个男生打断了:"你是笨蛋吧?怎么还自己找罚受啊?"

云晴晴被这两人逗乐了,她解释道:"没关系,我知道你们在做你们认为正义的事情,只是方式欠妥。"她看向容诗翊,道,"就像王主任说的,你们去年跟九中的学生打架,出发点是好的,但是处理方法有点儿过激。你们有没有想过,如果出现了大家承担不起的意外该怎么办?

"所以,为了防止你们再冲动,惩罚还是要有的,罚你们背课文吧。尤其是小容,《阿房宫赋》会背了吗?"

容诗翊的脸顿时垮了,引得众人笑声一片。

这时,有个人搬着桌子从教室后门走进来,问:"你们在笑什么?"

容诗翊回头一看,只见宋词背着书包、搬着桌子从十班后门走了进来,他把桌子放在了容诗翊的旁边。

众人看见宋词,教室里响起一片起哄声。容诗翊也顾不上《阿房宫赋》了,走过去帮宋词搬东西,问:"你怎么来了?处分下来了?"

"嗯。"宋词说起处分时语气很平淡,"一千字检讨。"

容诗翊有些内疚,他犹豫片刻,说:"那个检讨……要不我帮你写吧?"

"嗯?"

"最近我总连累你写检讨,多不好,况且这业务我熟练,写起来可快了。"

"我的错,就该我写。"

"但……我还是帮你分担五百字吧。"

"算了吧。"宋词叹了一口气,想让容诗翊打消这个念头,"咱俩的字都不一样。"

容诗翊质问:"你是不是嫌我的字丑?"

"我可什么都没说。"宋词耸耸肩。

"呸。"容诗翊恨得牙痒痒,毫不客气地捶了他一拳。

台上，云晴晴坐在讲桌后面和马虎他们聊天。一个男生问道："老师，所以您这学期结束就要走了，是吗？"

云晴晴点点头，说："嗯，高三开学后我还能再陪你们一周，之后学校会安排别的老师来带你们。我走了之后，你们要乖一点儿，不许调皮捣蛋惹新老师生气。"

"放心！"马虎拍拍胸脯，"姐，我马虎不考个本科还有脸见你吗？"

"姐，完了，马虎下半辈子都不打算见你了。"有个男生打趣道。

"哼，你们可别瞧不起我，我也是有进步的好吗！照这个速度学习，我也不是没可能考上本科吧？"

"那可能性是大大的啊。"

"哈哈哈……"

"好了，好了，别笑了，你们赶紧复习吧。"云晴晴看他们闹了一会儿了，说，"大家都要加油啊！"

"加油！"

第九章

夏天的荧光海

得知云晴晴即将离开后，十班学生对于学习的热情更高了，少年们没经历过分别，他们不知道该怎样为这段相遇画上一个完美的句号，但作为学生，他们能做到的只有让他们的老师看到更好的他们。

容诗翊的进步更是飞快。他初中的成绩还不错，重新拾起基础知识也更容易一些，再加上有宋词经常给他补习，因此他进步的速度就像开了火箭一样。高二下学期的期末考试，容诗翊考了十班的第二名。

为此，容诗翊得意了很久，但他的小宋老师并不希望他为这点进步沾沾自喜，便天天在他家里给他补习。

容诗翊可以发誓，这是他过得最惨的一个暑假，不仅早上九点钟起来做练习题，而且还要背单词和课文，一天都没好好放松过，可谓苦不堪言。

容芷青有时过来送水果，容诗翊都有种自己被探监的感觉，眼巴巴地望着她，希望她能把自己带走。可容芷青不解其意，反而见他如此刻苦地学习，一脸欣慰。

容诗翊的心都死了。

于是，在高三开学的前三天，容诗翊突然站起来把书扔在桌子上，一副要揭竿起义的架势："我不干了！"

"嗯？"在一旁做题的宋词慢悠悠地写下一个答案，"你先把题写完，别发疯。"

"暑假都快结束了,我要出去玩。"

"你写完再出去玩。"

"你上次也说了这话,但后来只让我去小区里溜达了一圈。你当是给精神病人呼吸新鲜空气呢?"

"你都要读高三了,不能光想着玩。"

"可我在努力啊,我期末考试考了第二名呢。"

期末考试的成绩排名单被容诗翊打印出来贴在墙上,他当光荣榜似的天天看着,也方便在此时指给宋词看。

宋词没有抬头,语气十分冷漠:"考了第一再说。"

"那你回一班去,我就是第一了。"

"小翊,做人不能没有追求,你的目标应该是超过我。"

容诗翊快要疯了。

以前他觉得宋词这个人吊儿郎当的,但真正了解后,才发现这家伙在某些事情上非常强势。

"做人哪有你这样的。暑假一共就两周多,我天天在家里看着这些题,不背完单词还不让出门,你什么意……"

听到这儿,宋词才抬起头看着他:"人类的平均寿命是七十七岁,你得在有限的时间里尽可能多为未来打算,所以不要浪费时间在无意义的争吵上。"

宋词拍了拍容诗翊的肩膀,说:"要是不想写就不写了吧。暑假还有三天,你想去哪儿玩?"

容诗翊默默地坐下,重新打开习题册,声音小了不少:"我还是先把题目写完吧,去哪儿玩我先想想。"

容诗翊的抗争如此轻易地结束了,这还让宋词有点儿不习惯。他点点头,拿起笔,这时他的手机屏幕亮了,来电显示是展博川。

他接通电话后,随手按了免提。

"宋词,小容,干什么呢?"

"学习。"

"又学习?方陈叫咱们一起去吃饭呢,还带了一个新朋友,你们去吗?"

宋词看了容诗翎一眼,征求他的意见。

"去,他去。"容诗翎看看宋词,又看看手机屏幕,直接替他答应了。

"啊,那你呢?"

"我还要学习,今天的任务还没完成,就不去了。"

"好吧,那下次你一定要来啊。"

展博川也没多纠结,说了时间和地址就没再打扰,直接挂断了电话。

宋词把手机放下,微微挑眉:"他们这群人玩起来,我们今天就完全没时间玩了。"

"没事。"容诗翎打了一个哈欠,"你光是上个星期就拒绝了他们两次,人总要有社交的,别光顾着学习,宋少爷。"

宋词听着觉得好笑:"那你为什么不去?刚不是说学累了想玩?"

"都是你的朋友,我去干什么?"

"你不也是我的朋友?展博川你又不是不认识。"

"那哪能一样。要是今天只有展博川在,我就去了,但不是还有你的其他朋友在场吗?我又不认识他们。咱俩的社交圈不同,我不一定能跟他们玩得来,你跟朋友一起吃饭还带个'小流氓'过去,多不合适。"

容诗翎像是在说单口相声,但宋词不觉得好笑。他收敛了唇角的笑意,默默地看了容诗翎一会儿,道:"嗯,那算了。"

容诗翎愣了一下,宋词这表情和语气,是生气了?

"你不高兴?"

"没有。"

容诗翎觉得宋词就是生气了,果然,接下来的一个多小时,宋词一句话都没跟他讲,直到出门才说了句"我走了"。

门被关上的那一刻,容诗翎才回过味来:完了。

容诗翎开始回想自己之前说的那段话。

他一直觉得宋词的一举一动被太多人盯着了,接触的朋友和圈子也跟自己的不大一样。之前宋词就一直在乎什么一个世界两个世界的,他担心宋词因为和他这种人一起玩被别人指指点点。

但可能是他的表达方式有问题,刚才他说的话听起来像在嫌弃宋

269

词，不想认识宋词的朋友。宋词那个矫情的家伙不会又因为这种事胡思乱想吧？

容诗翊一想到这里就头疼，他也顾不上手里没做完的习题了，飞速起来换了身衣服。

他记得展博川在电话里说的地址，便快马加鞭往那儿赶。

江城某餐厅的包间内，宋词坐在桌边，方陈向他介绍："宋词，这是周家的小少爷，周星熠。小熠，这是我宋哥。"

宋词打量了一眼周星熠，他没想到方陈说的新朋友会是周星熠，还挺巧。

"你好。"宋词礼貌地同他握了手。

周星熠早就知道今天宋词会来，因此在这儿看见他也没多意外。

自从上次周家和宋家一起吃过饭后，宋家就突然和周家断了所有合作，周家在江城商界几乎到了被孤立的境地，周远山为此焦头烂额，最近才搭上了方家。他一边忙着跟方家家主套近乎，一边还要让周星熠努力挤进方家小少爷的交际圈。

周家落到如今这种地步，都是因为容诗翊。大概是宋昱不满意他儿子宋词成天和容诗翊混在一起，所以连带着迁怒了周家。

桌上，一群人聊着各家的趣事，过了一会儿，有人故意将话题引到宋词身上："宋哥，你今天怎么格外沉默？"

"哎，我听说你近来忙着给朋友补习功课，上周还因为这事拒绝了我们的聚餐邀请，今天你有空来了，怎么不把你那哥们儿也带来和我们一起玩？"有人笑道。

这一桌有一半人知道宋词多了个很铁的哥们儿，但除了展博川和韩瑞，大家都不清楚到底是谁。

听见他们问起自己，宋词才说："他不想来。"

"砰砰砰——"

宋词的话音刚落，他们包间的门就被人敲响了，下一秒，有人推门而入，进来的正是容诗翊。

容诗翊是跑着上楼的，他找到展博川说的包间，敲了敲门，没想到进来第一眼看见的是面向门口的周星熠。他愣了一下,才看到宋词。

容诗翔站在门口,看着对面十几双大眼睛,他的脑子里一片空白,僵硬地说了句:"兄弟们好,我是宋词的朋友!"

气氛再次尴尬了。

其他人不明所以地看看容诗翔,又看看宋词。

"人家不是介绍了?"

宋词笑着说,又看向旁边的服务生,说:"麻烦加把椅子。"

"哎,让一下座啊,动一动,往那边去。"

展博川忙招呼着大伙儿往旁边挪挪,给宋词旁边空出一个位置来。

"你不是说你还没学习完吗?我还以为你真不来了呢。"展博川拉着容诗翔坐下,"结果刚说到你,你就来了,学习肯定很累吧?你赶紧多吃点儿。"

"等等,川子,你们早就认识?"

方陈见展博川跟容诗翔很熟,所以立马问道:"真不够兄弟啊,看来你俩隔三岔五就凑在一块儿,把我们当外人是吧?"

展博川撇撇嘴,说:"什么隔三岔五啊,我也有大半个月没见到他了!"

容诗翔不愿自己的努力被轻飘飘的一个"玩"字盖过,纠正道:"严谨点儿,我忙着学习。"

"好好好。"展博川笑了两声,没继续这个话题,很快跟方陈说起了别的事。

宋词用胳膊肘撞了撞容诗翔,低声问:"哟,这是谁啊,不是不想来吗?"

容诗翔没好气道:"我改变主意了,不行吗?"

"行行行。"

容诗翔瞥了他一眼,小声问:"他怎么在这儿?"

虽然他没指名道姓,但两人都知道是在说谁。

"方陈的朋友。"宋词简短解释。

容诗翔点点头,并没有太在意。毕竟他跟周星熠的关系也没有恶劣到水火不容的地步。虽然坐在一张桌子旁,但只要周星熠不主动招惹他，他完全可以当周星熠不存在。

一群人边聊边吃，在饭局快结束的时候，容诗翊去了趟卫生间，洗手时，有个人走到了他身边。

容诗翊抬眸看了一眼，看见了镜子里的周星熠。

周星熠站在他身侧，试探着开口："哥，你……"

"打住，咱们不是都和平共处一晚上了吗？现在还是继续装作不认识更好一点儿。"

容诗翊一听周星熠叫"哥"就浑身起鸡皮疙瘩，因为他接下来肯定不会说什么好话。

周星熠收起了虚伪的笑容，说："我只是没想到，你居然能搭上宋家，够可以啊。"

他从刚才起就在思索这件事。宋家疏远周家，问题只可能出在容诗翊身上。如果宋昱讨厌容诗翊，那么就是因为他，宋昱才迁怒周家；如果宋昱喜欢他，那就可能是他跟宋词或者宋昱说了什么，让他们故意整治了周家一番。

周星熠越想越觉得有道理："你知不知道，那次之后，宋家跟咱们家断了所有合作？这段时间爸过得很艰难，而这都是因为你。"

容诗翊听乐了，他抽了张纸擦了擦手，问："怎么又'咱们家'了？家是你的家，爸也是你的爸。"

"你怎么能这样说？不管你愿不愿意承认，你都是他的孩子，收手吧。"

"我现在怎么听不懂你说话了，我收什么手？"容诗翊觉得莫名其妙，"还有，你前半句话是什么意思？凭什么他给我和我妈摆脸子，我还要给他当孝顺儿子？"

周星熠听了这话，冷笑一声："瞧，尾巴露出来了，所以你是故意的吧？故意用宋家对付爸？就为了你那可笑的报复心？"

容诗翊只觉得无语："你把你们想得太重要了，你们真不值得我那么做。弟弟，我今天只是跟朋友吃顿饭，你就给我上升到家族仇恨的高度了，至于吗？有一点我可以告诉你，就算宋家没有刻意针对你们，就凭你爸和你的心性、人品，也注定走不远，所以你别在这儿跟我纠结

272

了，赶紧回家洗洗睡吧。"

"你……"

"他说得没错。"

正当周星熠准备反驳的时候，宋词从门口走了进来。他冲周星熠微微扬起下巴，说："你是方陈的朋友，我就不说太难听的话了，但我可以明确告诉你，宋家打压周家确实有你说的那方面原因，但这不是容诗翊提的，是我提的。"

这倒让容诗翊蒙了，宋词瞥了他一眼，继续和周星熠道："可能是我多管闲事，但我不想让我朋友天天被不相干的人和事影响心情，你可以理解吧？"

宋词说话的时候笑眯眯的，语速不急不缓，但压迫感十足。周星熠像是被吓到了，下意识后退了半步。

见周星熠这样，容诗翊生怕他发疯，所以先一步把宋词拉走。宋词也没有继续纠缠的意思，跟容诗翊走了出去。

容诗翊拉着宋词去了走廊尽头处的露台，他推开玻璃门，深吸一口气，室外的空气让他放松不少。

"里面太吵了，出来缓口气吧。"

露台上没有其他人，站在这里能看到江城最繁华的地段。容诗翊背对着霓虹灯海，坐在露台的围栏上，宋词站在他旁边，抬眸看着夜景。

片刻后，宋词叹了一口气。

容诗翊不知道他又抽了哪根筋，说："你叹什么气呢？"

宋词又没声了。

容诗翊看着他，觉得好笑："哎，你知不知道，你刚跟周星熠撂狠话的时候，特别像个大反派。我要是他，也得被你吓到。"

这话宋词可不敢苟同："我不应该是帮助主角解围的热心男配角吗？"

"照你这么说，你是主角的朋友，你也是主角团之一。"

"确实。"

容诗翊顿了顿，突然认真地问："周星熠刚说的那件事，真是你做的啊？"

"嗯。"宋词漫不经心地应道，"其实我也没做什么，主要是我爸知道了周远山干的那些事，也不怎么看得上他们，索性撇清关系了。"

"啧啧啧，该说不说，你当心点儿吧，主角可不跟反派为伍。"

"我也可以学好的。"宋词弯起眼睛笑着。

正在这时，露台的灯闪烁几下，灭掉了。

二人瞬间站在了黑暗里，容诗翙看着远处的霓虹灯海，默默地从口袋里摸出一颗糖，递给宋词："你别叹气了，吃一颗糖吧。"

宋词很配合地抬手接过糖，对他笑了一下，说："遵命。"

暑假结束后，十班的同学们也迎来了高三生活。上学期的期末考试，十班的进步巨大，因此校长在开学典礼上特意表扬了他们，从学习态度夸到成绩，还特意表扬了容诗翙，让他上去领奖。

被叫到名字的时候，容诗翙人都傻了，根本没想到这种事会发生在自己身上。云晴晴发现他在出神，拍了拍他的肩膀，小声催促道："你快上去呀。"

"哦……"容诗翙点了点头，他穿过队伍，一步一步走上台阶，站在主席台上。

那一瞬间，他突然想起来，自己上次站在这里是被宋词拉来跳广播体操，怎么变了个原因，还是一样尴尬啊！

王主任笑眯眯地给他颁发了奖品——一套《五年高考三年模拟》。

容诗翙看见它就头疼，说："能不能换一个奖品？这套题我都写过了。我看那本童话书就不错。"

王主任看了一眼旁边站着的校长，一脸无奈道："那是要给小学部的，你丢不丢人？"

"没事。"三中校长是一个老太太，看着慈眉善目的，她听见两人的对话，还真的拿了一本童话书放在容诗翙怀里——那是一本带拼音标注的精装版《小红帽与大灰狼》。

"拼搏的同时也不能丢了童真。你就是容诗翙啊，你的头发颜色很好看。"校长笑眯眯的，语气很温柔。

容诗翙有些不好意思起来，他摸了摸鼻子，半天才憋出一句"谢谢"。他抱着那套《五年高考三年模拟》和《小红帽与大灰狼》，朝校长和王主任道了谢,然后像一阵风似的跑回十班的队伍里。

"哟,容容,被当众表扬的感觉如何啊?"萧凛说。

容诗翊装模作样道:"还行吧。"

"我看看,这是什么奖品啊,《小红帽与大灰狼》?"

"非也,这不是简单的小红帽,这叫童真!"

容诗翊拿着《小红帽与大灰狼》,向走过来的宋词炫耀:"看看!"

"真不错,奖励你读给我听。"

容诗翊撇了撇嘴,但下一秒,他忽然闻到一股奇怪的味道——是他熟悉的奶油味。

他嗅了嗅,也没多想,只问:"主席大人,你怎么迟到了?"

"有点儿事。"宋词一只手搭着他的肩膀,纠正道,"不是主席,我已经卸任了。"

"不过说真的,不当学生会主席的你,看起来顺眼不少。"容诗翊打量他一眼,评价道。

宋词微微挑眉,然后一把将容诗翊的卫衣兜帽用力扣在他的头上。

进入新学期后,高三的学习节奏比高二快出不少。不过高三比其他年级早开学一周多,这一周算是补课期,因此云晴晴这段时间还留在三中。

补课期的最后一天,下午的最后一节课是自习课。容诗翊写完宋词给他的一张数学卷子后,开始自顾自地说:"我跟你讲,这次的题目我已经拿捏了,考个三位数不成问题!"

"真的?"正在给他批试卷的宋词闻言说道。

"真的!"

宋词笑了一下,把试卷推到他面前,说:"恭喜,一百〇九分。"

"什么?!"

容诗翊一把拿起试卷,他确认了好几遍,才惊叹道:"一百〇九分!"

"什么?"已经换到前座的萧凛被吓得打了个激灵。

"我的数学考了一百〇九分!"容诗翊站起来,抓住萧凛的肩膀使劲摇晃。

275

"厉害啊！"萧凛冲他竖起了一个大拇指。

宋词顺着容诗翊的话夸奖道："是挺厉害。你把错题记一下，明天我把题目抄给你重新做一遍。"

"行吧。"容诗翊的心情非常好，先不跟他计较。容诗翊美滋滋地看着上面的红钩，眼角的余光突然瞥见教室后门站了一个人，他下意识转过头一看，发现是云晴晴。

云晴晴笑着和容诗翊对视了一下，然后抬手做了个嘘声的动作。容诗翊愣了一下，等他意识到那代表什么时，云晴晴已经走了。

容诗翊立马起身从后门追了过去。

云晴晴已经走到楼梯口了，容诗翊看着她的背影，叫住了她："晴晴姐！"

云晴晴的脚步一顿，回头看向他。

容诗翊叫住了她，却又不知该如何开口。他想起自己手里还有那张试卷，便把试卷展开给她看："这是宋词刚才给我批的数学卷子，我考了一百〇九分！有P点的题我总是不会做，这个点老是动来动去，真烦人。"

听到这些，云晴晴一脸欣慰："小容好棒啊，现在不会做没关系的，还有一年呢，让宋词多教教你。"

"我也是这么想的！晴晴姐，如果我未来一年每个月进步十分，我是不是高考就能拿满分了？"

云晴晴被他这话逗乐了："理论上是这样的。"

两人相视一笑，容诗翊摸了摸耳朵，终于切入了正题："您现在就走？"

"嗯。"

"您不去和大家告个别吗？"

"我不太擅长告别，我怕我又哭出来，那也太没面子了。"

"我们又不笑您，最后一节课了，做人做事要有始有终嘛。"

云晴晴看着他亮晶晶的眸子，不自觉弯起了嘴角，她点了点头，说："好。"

自习课上，云晴晴走上讲台，表情和语气像平常一样自然："抱歉，我想占用一下大家的自习课。咱们今天不讲课，只讲一首诗。"

台下的学生们安安静静地看着云晴晴在黑板上写下漂亮的板书，那是李叔同的《送别》。

最后一笔落下，下课铃声也响了起来，云晴晴把粉笔放下，笑着拍了拍手上的灰尘，像以往那样扬声道："同学们，下课！"

容诗翊履行了语文课代表的职责，站起身说："起立！"

少男少女们齐刷刷地站起来，向讲台上的云晴晴鞠了一躬："老师再见！"

云晴晴后退一步，正准备同他们挥手告别，马虎却突然举起手，说："老师，我们准备了礼物送给您！"

说完，他匆匆地跑到教室后面，打开柜子，取出一个大盒子。另一个男生准备了一个小盒子，两人一起把东西摆到了讲台上。

马虎把大纸盒打开，里面装着一块很大的蛋糕。蛋糕算不上好看，上面还印了很多小相框，里面都是十班同学的照片。另一个小盒子里装的是一本相册，云晴晴翻到最后，相册并没有贴满，最后一页是空白的。

"这一页是留着贴毕业照的，到时候给您补上。"那个男生挠挠头，有点儿不好意思。

"好。"虽然云晴晴打定主意不能哭，但到了这种时候，她的眼眶还是红了。

正巧这时，王主任从十班门口路过，见教室里闹哄哄的，就进来看了一眼："哟，这是干什么呢？有蛋糕吃？"

云晴晴刚好切了第一块蛋糕下来，见他来了，就先递给他："您也吃。"

王主任接过蛋糕，突然发现上面有一抹熟悉的红色："哟，蛋糕上还印着帅气的容诗翊呢。"

容诗翊听了这话很开心，他站在椅子上，朝着王主任将数学卷子高高举起："我又帅又聪明！刚刚数学考了一百〇九分！"

大家又是一阵哄笑。

十班的同学捧着蛋糕闹了很久，他们预想过无数次分别的场景，但

277

等到真正离别的时候，大家都是笑着的，谁也没有流眼泪。

云晴晴走后，十班迎来了他们的新班主任。

新班主任是刚带完上一届高三生的金牌教师——一个严肃认真的中年男人。新班主任叫吴江，古板又严厉，和云晴晴一样，也是教语文的。

容诗翊继续当着语文课代表，但这活可比云晴晴在时难做多了，因为吴江老师是出了名的严师，容诗翊每次给他送作业的时候都要被抽背课文，背不上来就罚抄十遍，这直接导致那些以前容诗翊看都不愿意看一眼的文言文，现在他能倒背如流。

季节随着时间变换流逝，三中校园里的林荫道被金黄的落叶铺满，两边的树只剩了光秃秃的枝丫，很快又被落雪染成白色。

下初雪的那天，窗外有点儿吵闹，不知是高二还是高一的学生从教学楼里冲出去，在雪地里闹着玩。

萧凛朝窗外瞥了一眼，羡慕道："真好啊，他们再过几天就放寒假了吧？咱们还得继续补课，烦死了。"

"谁说不是呢。"容诗翊一脸惆怅，叹了一口气。

"哎，对了，宋词什么时候回来啊？"萧凛发了一会儿呆，突然没头没尾地问道。

宋词这学期很少来学校上课，他好像有什么比赛要参加，现在还在别的城市忙着集训，容诗翊搞不懂，也懒得问。

"我不知道啊。"容诗翊打了一个哈欠，趴在桌子上写写画画，"人家是大忙人，忙起来好几天都联系不上。"

"怎么这样？直接绝交！"萧凛玩笑道，随后，他注意到容诗翊的动作，好奇地看了一眼，问，"你在画什么呢？"

感觉到萧凛的靠近，容诗翊用胳膊挡住了自己桌子上的纸："你离远点儿，不给你看。"

"你现在都有事瞒着我了，你有什么事是不敢让我知道的？是不是偷偷给哪个妹妹写信呢？有情况啊！"萧凛佯装大惊失色。

"你无不无聊？"

容诗翊被他烦得不行，最终还是放弃了自己的坚持，把纸给他看了。

那是一张初具雏形的设计图,虽然看不出来是在设计什么,但萧凛大受震撼。

他左看右看,说:"这是什么?"

"很显然,这是一张草图。"容诗翎把纸收了回来,又添上两笔,"下周就是宋词的生日了,这是我送给他的礼物。"

"宋词不是在东城吗,你怎么送东西给他?"

"有种东西叫作快递,而且我找的定制店铺就在东城,绝对可以当天送到。"

"我生气了,你从来没这么认真地给我送过礼物。"

"我每年买的游戏皮肤喂狗了?"

"这不一样!"萧凛还想争一下,但又觉得太过幼稚,于是他及时停止了这个话题,问,"所以这到底是什么?你悄悄告诉我,总行吧?"

"过几天吧,我这图都还没画完,不过我能跟你保证,这绝对是一个惊天动地的大惊喜,是一个前无古人后无来者的旷世佳作!"

"哇!"

就因为这一句话,萧凛期待了整整一个星期,最终,他在下周某个课间等来了容诗翎的视频。

他们两个大男生偷偷摸摸地缩在桌子下,苏锦柚也好奇地凑过来,跟他们一起看。但店家发来的演示视频播完后,苏锦柚有些无语。她想评价一下,但看着兴奋得不行的两个大男生,最终没忍心扫他们的兴,只好选择默默闭嘴,坐回自己的座位上。

而萧凛看完视频,激动得不能自已,他的心情久久不能平复:"哇,好炫酷啊!我好喜欢!"

"你喜欢个什么劲,我……"

"你们看什么呢?"正当两个人低头说话的时候,旁边突然插进来一句话。

听见这个声音,容诗翎一激灵,转头看去,果然是吴江。

吴江把容诗翎带到自己的办公室,先是让他背了几篇课文,结果没想到容诗翎背得挺流畅,吴江只好直接谈起他的学习问题。

宋词走后,十班的第一确实变成了容诗翎,但吴江觉得只看十班排名并没有意义,所以直接把年级排名表拿过来放在容诗翊的面前,毫不留情道:"你这理综成绩有点儿难看。"

吴江说话向来直接,容诗翊叹了一口气,说:"我也想给它'整个容',这不是心有余而力不足嘛。"

吴江顿时被容诗翊噎了一下,过了片刻,他又说:"宋词这学期一直在东城集训,他很优秀,虽然还在等竞赛结果,但他保送 A 大几乎是板上钉钉的事。"

听见这话,容诗翊愣了一下,说:"真的?"

A 大是全国顶尖的高校,真能保送的话,那也太厉害了。不过宋词的成绩那么好,就算没有保送,估计也能稳稳地考上。

容诗翊可比宋词本人还要骄傲一点儿,他就差把"我哥们儿,厉害吧"几个字写在脸上了。

吴江点点头,道:"嗯,我知道你们是好朋友,但你不觉得你们的差距有点儿大吗?"

吴江这句话算是一语惊醒梦中人。

是啊,那可是 A 大,宋词现在算是有着落了,那他呢?他该去哪儿?

容诗翊从来没有提前考虑过"以后"这个问题。晚上,他坐在书桌前想了半天,拿出手机打开问答 APP,从"各大高校分数线"搜到"高考落榜后的就业方向""高考复读指南"。

好吧,他现在的成绩算是"前不着村,后不着店",上二本有点儿亏,上一本又太过危险。

正当容诗翊为他的未来惆怅的时候,桌上的手机突然弹出来一条视频邀请。

容诗翊被吓了一跳,点了接通后,屏幕里出现了一张熟悉的脸。

宋词戴着细框眼镜,手里拿着一支笔,像是正在做题。

容诗翊隔着屏幕问:"你干什么呢?"

"很显然,我在做题。"

宋词低头写几个字,偶然抬头瞄了眼屏幕,突然问:"你不高兴吗?"

"这都被你看出来了。"

容诗翊叹了一口气。他有事不喜欢憋在心里,直接说:"今天老吴跟我谈了心,然后我发现自己虽然一直在进步,但成绩还是有点儿危险,上二本有点儿亏,一本又上不去。"

宋词没想到容诗翊还会纠结这种事:"高考尽力就好了。就算没考上,也还能复读,不是吗?"

容诗翊一骨碌坐了起来,说:"不行啊,我都努力这么久了,最后不能连个一本都上不了吧?还有,我才不要复读,一复读我不就成你、萧凛还有柚子的学弟了,我多吃亏。而且,如果我考差了,我身边的朋友都会离我而去的!"

宋词被他逗乐了:"你每天都在想什么?不会有人因为你没考上名校就离你而去的。"

"得了吧,你要透过现象看本质。"容诗翊叹了一口气,"现在我们都在江城三中,可等到你们以后到了更好的学习环境,遇见更优秀的人,我们的思想就不在一个高度了。比如我跟你们讲,我今天打游戏赢了几局,你们跟我讲,你们又参加了什么比赛、搞了什么研究,聊都聊不到一起去,差距可就不越来越大了?你们认识了新的朋友可能都不好意思给我介绍,然后我们几个的关系就会越来越疏远,最终形同陌路,到时候你们几个人中龙凤,根本不会记得在角落里搬砖的我。唉,心酸啊。"

容诗翊伤感地说完,沉默了一会儿,又突然回过味来:"真搞笑,我闲得没事想这些干什么?以后的事情以后再说吧。对了,你什么时候回来?"

容诗翊这人的思维太过跳跃,以至于宋词有时候都跟不上他的节奏。

宋词瞥了眼日历,说:"快了,一个月后吧。"

"那太好了,你一不在,展博川就天天来烦我,打扰我学习!他们的饭局怎么那么多啊,三天一小餐,五天一大餐,根本吃不完。"说到这儿,容诗翊又想起一件事,"对了,我这几天给你准备了生日礼物,明天到,你记得收。"

"礼物?"听到这儿,宋词挑了一下眉,笑着问道,"什么礼物?"

"我不告诉你,你自己看吧。"

"你做的?"

281

"不是,但是是我设计的。我搞了好久,萧大头看了都说好。"

容诗翊说完,觉得自己再聊下去会忍不住跟宋词剧透自己的完美礼物,他生怕自己破坏了惊喜,所以赶紧跟宋词告别:"行了,再见,你退下吧。我要学习了!"说完,他没有一丝留恋,干脆利落地挂断了电话。

"宋哥,打电话呢?"宋词的室友探出头,好奇道。

"嗯,聊完了。"宋词收了手机,问,"你是不是说过今天有我的快递?"

"嗯,店家直接送咱们楼下了。那个小哥今天都到楼下了,突然说早送了一天,要拿回去。这大冷天的,人家好不容易跑一趟,我寻思着早送一天也没关系,就给你拿回来了。在这儿呢,给。"

室友从椅子上起身,从桌下拿了一个盒子递给他,好奇地问:"到底是什么东西啊,还非得明天到?"

"大概是朋友送的生日礼物,想卡着明天的生日时间吧。"宋词把盒子接过来,摆在桌上。

室友听见这个就来劲了,连忙凑过来,说:"是什么?搞得神神秘秘的,给我看看!"

宋词其实也挺好奇,他直接把盒子打开,发现里面还是一个盒子,以及一张字条和一个小按钮。

字条上有一行字:"请先关灯。"

"好有仪式感啊,还要关灯,来来来。"

室友连忙跑去关灯,宋词也按灭了台灯,房间顿时陷入一片黑暗,氛围感拉满。

其实,当容诗翊说出这礼物是他设计的那一刻,宋词就没抱什么特别高的期待。不是嫌弃,单纯是因为他太了解容诗翊。容诗翊在挑选礼物上完全没有天赋,上次容芷青过生日,宋词陪他去挑口红,劝了好久才打消这人买滞销色号芭比粉的念头。

可能是期待值太低的原因,宋词在打开里面一层小盒子后,发现这个礼物似乎也没有自己想象的那么糟糕。

盒子里是满满一盒鲜花,周围绕了一些星星灯,鲜花旁边还有一张小卡片:"按下按钮。"

"哇哦。"室友只有羡慕两个字,"还挺有氛围感。"

然而这份氛围感在宋词按下按钮的那一刻就破灭了。

在宋词按下按钮的那一刻,原本黑暗的宿舍亮起了七彩灯光,几秒后,花盒里慢慢又升起一个小盒子。

小盒子在升起的过程中缓缓打开,露出里面的两个小人。

两个拇指大小的彩泥小人穿着三中的校服,鼻歪眼斜,只能从头发颜色判断它俩代表了容诗翊和宋词。两个小泥人互相搂着肩膀,在盒子里跨着步转圈圈,同时音乐盒传出一阵电流声,在短暂的缓冲后,为大家献上了一曲生日快乐歌。

歌曲结束后,沙哑的电子声从两个小泥人嘴里传出:"朋友一生一起走,那些日子永远有。一句话,一辈子,一生情,一杯酒。宋词兄弟,容诗翊在这儿祝你——生日快乐!"

七彩炫光、生日歌,还有不停在盒子里转圈圈的小泥人,荒唐又合理。

宋词看了一会儿,最终无奈地扶住额头。

真有他的。

下过初雪后,三中的小学部和初中部就放假了,高一和高二年级的学生也很快离开了校园。偌大的三中,一时只剩了高三一个年级。

高三要比高二多补一星期的课,因为有了宋词保送 A 大的冲击,容诗翊这几天听课格外认真,下课还追着老师问问题,吴江把他的表现看在眼里,颇感欣慰。

一个月后,容诗翊终于迎来了寒假,而宋词也结束比赛集训,光荣地回了江城。不过他的归来,代表着容诗翊又得重新过上暑假时那如囚犯一般的补习生活。

好在寒假时间比较短,没几天就是新年。这次的节日,容诗翊是和容芷青一起在宋家过的。容诗翊发现容芷青和唐诗早已经在他不知道的时候建立起了深厚的闺密友谊。

容芷青的朋友不多,也不怎么喜欢交际,却和唐诗很投缘,两人经常一起逛街,俨然是一对姐妹花。容诗翊瞧着容芷青比以前开朗不少,心里也跟着高兴。

除夕那晚,宋家的阿姨们也回家了,因此做年夜饭的重任又落到了容诗翊身上,但这次他不是一个人,他多了两个帮手。

唐诗精心准备了一道她苦练多日的番茄炒蛋,还友情赠送了一道拍黄瓜。而宋词这次不仅能给容诗翊削出几个完整的土豆,还拿出了他练习许久的拿手好菜——糖醋排骨!

只是这道菜上桌时,唐诗和宋昱一口没动,唐诗甚至默默地把那道菜推去了最远的地方。

"前段时间宋词天天做糖醋排骨给我们吃,现在他出师了,我们也吃烦了,把这道菜放远点儿吧,我五年内都不想尝试任何人做的糖醋排骨了。"说着,唐诗又夹了一块排骨放在绒绒的小碗里。

绒绒凑到碗边闻了一下,而后重重地哼了一声,头也不回地走了。唐诗见状,大声道:"看,绒绒都腻了!"

室内一片欢声笑语。

大年初一,容诗翊照例去奶奶家拜年,不过与以前不同的是,他这次去还多带了一个朋友。

容诗翊带着宋词,轻车熟路地打开门,一眼就看见了坐在落地窗边的摇椅上织围巾的老人。

"小翊来了呀。"

奶奶推了推脸上的老花镜,看见容诗翊身后还跟了一个人,道:"还带了朋友?哎哟,这不是宋家的小词吗?你们在外边遇见的?"

"没啊,他专程跟我一起来给您拜年的。"容诗翊答道。

奶奶的眼睛笑得眯成了一道缝:"上次我还见你俩不对付呢,这么快就成好朋友了?"

奶奶满意地说:"挺好的,年轻人就应该多交交朋友。我可知道宋家的小词优秀很呢,小翊你也别成天傻乐,没事多跟人家学学。"

"就是。"宋词突然笑眯眯地接话,"我给他补习他还总不乐意,奶奶,今天这么好的机会,您帮我教训教训他。"

"你说我坏话?"容诗翎用胳膊肘推了他一下。

奶奶没注意到容诗翎的小动作,她低头认真地织着手里的东西,然后收针。她看看眼前的两人,说:"我今年只织了一条围巾,既然小翎不听话,那就送给小词吧。"

"为什么?我也想要!"容诗翎不干了。

"人家小孩来拜年,我这个老婆子除了压岁钱,也没别的东西可送,围巾是心意嘛。你这孩子,怎么一点儿也不大方?去,大橘在院子里玩呢,你给它剪指甲去,它的爪子总是勾我的毛线。"

容诗翎觉得自己又变成了局外人,听见这话,他只好委屈地去院子里找猫。

奶奶探头看着他的背影,又冲宋词招招手,宋词会意,蹲下身子让她替自己围上围巾。

"我们小翎虽然看着大大咧咧的,可他不是坏孩子。"

宋词任由奶奶替自己整理围巾,他看了眼窗外正给猫剪趾甲的棕红头发少年,道:"我知道,他是好孩子。"

大年初二,容诗翎过完了小宋老师给他的假期,继续被按在桌前学习。晚上,容诗翎洗完澡,坐在椅子上看着物理题发呆。而宋词坐在他旁边,悠闲地替他玩"消消乐"。

容诗翎看了他一眼,收回视线,再看他一眼,实在没忍住,问:"你凭什么能玩?你凭什么能不做题?"

宋词淡淡地答道:"凭我保送了啊。"

"你这人真烦!你就看着我被物理的火海灼烧,还不过来帮我。"

"话不能这么说,你先烧着,等快烤熟了我再帮你灭火。你放心,能被解开的题都是纸老虎,只要找对方法,把题解开就不难。"

"你说得好轻松啊。"容诗翎简直恨得牙痒痒。

宋词抬眸看他一眼,不知想到了什么,突然笑起来:"我解起来也一样轻松啊。"

容诗翎冲他翻了一个白眼,懒得理他。

但容诗翎实在没心思做题,就在草稿纸上写写画画,还即兴创作了

285

一组暴打宋词的火柴人连环画，随后，他注意到桌角放了一本书，看着有点儿眼熟，就拿过来看了一眼。

原来是高三开学典礼上三中校长送给他的童话书。那天晚上，容诗翊到宋词家吃饭，就顺手把书放在这儿了。之后宋词就去了东城，容诗翊一直没来过，忘了自己还在这儿放了一本童话书。

在现在的容诗翊眼里，童话书可比物理题有意思多了。他拆了书的塑封，翻开一页，就把书推给宋词。

"中场休息一下，你给我讲个故事吧。"

宋词瞥他一眼，微微挑眉："我讲完你就做题？"

"嗯。"

"说到做到？"

"我说话你还不放心？"

容诗翊不耐烦了。

"好。"宋词点点头，放下手机，他把这本绘本从头到尾看了一遍，然后直接给容诗翊来了个一句话的故事，"小红帽被狼吃了。"

容诗翊一脸疑惑。

"做题吧。"

"你有病？谁写的小红帽是悲剧收场？"

宋词面不改色，说："你不喜欢？那换一版，小红帽和大灰狼幸福快乐地生活在了一起。这次是喜剧哦。"

"安徒生的棺材板要压不住了，宋老师。"

"纠正一下，小红帽的作者是格林。"

容诗翊不信，把书拿过来看了一眼，还真是。

他叹了一口气，看着面前解不开的物理题，突然有点儿难过："唉，我也不是不想做，你说，我怎么就学不会呢？"

"很正常，每个人都有自己擅长和不擅长的地方，你的语文不就学得很好吗？"宋词安慰道。

"可高考又不是只考语文，再说了，我现在想上一本，分数却不够，语文又已经没有上升空间了。理综的空间倒是大，可根本看不懂。"容诗翊拍拍自己的脑袋，十分苦恼。

宋词看他这个样子,沉默了片刻,问:"你真的打定了主意,一定要上一本是吗?"

"是啊,你以为我跟你开玩笑呢?"

"你不怕苦也不怕累?"

"不怕,我容诗翊怕过什么?"

"好。"宋词点点头,想了想,又问,"现在学校都在讲什么?"

"做卷子,讲题,查漏补缺,就那些呗。"

"开学后我继续给你补习,我不用参加高考,时间很多,学校教的那些我也能教。"

宋词微微弯起眼睛,说:"学校老师一个人对几十个学生,不一定知道你的问题在哪儿,但小宋老师可以课后为你一对一辅导,你要学理综,我可以从最基础的开始教你,前提是你不能喊苦喊累,不能中途放弃,一切都要听我指挥。"

"真的假的?"容诗翊夸张地上下打量他一眼。

"我骗你做什么?"宋词扬扬下巴,说,"区区一本分数线,我带你打败它。"

三中开学后,容诗翊就开始了宋老师的私人定制魔鬼式训练课程。

宋词提前制定了每天的学习时间表,连起床、吃饭、睡觉的时间都给容诗翊安排得明明白白。

小宋老师很敬业,容诗翊同学也很拼,他们都在为未来努力。

高三寒假结束后,离高考就没剩多长时间了。江城过年后又下了几场雪,随后冰雪消融,冬去春来,树木又长出了嫩绿的枝叶。

等树枝被繁茂的叶片藏起来时,容诗翊和宋词也收到了拍毕业照的通知。

那天,容诗翊穿上久违的夏季校服,早早地到了学校。数学课刚上没多久,吴江敲了敲门,说:"打扰一下,老师,该咱们班拍毕业照了。"

"耶!"

一群人站起来欢呼,疯了似的就拎着校服往外面冲。

今天天晴,阳光晒着暖融融的。马虎第一个从教学楼里冲出去,刚出去就看见广场上站着一个熟悉的人。

"晴晴姐!"

后面的同学听见马虎这一声呐喊,都激动地加快了脚步。

云晴晴今天穿了一身碎花裙,正站在不远处朝他们笑。

"老师,我的语文考及格了!"

"姐!我会背《蜀道难》了!"

"老师,我的数学选择题上次蒙对……不,做对了八道!"

大家都好久没见云晴晴了,现在看见她,个个都像争宠的小朋友一样挤在她身边,跟她炫耀自己的战绩。

云晴晴笑着,挨个儿夸奖他们,听他们说完后,又问站在一边的容诗翙:"小容,你呢?"

萧凛看看云晴晴,又看看容诗翙,他一把搂住容诗翙的肩膀抢答:"姐,你的小容刚刚还被数学老师表扬呢!"

"真的?"

"如假包换,童叟无欺!"

容诗翙伸出大拇指,又笑着问:"姐,您今天是来陪我们拍毕业照的吗?"

"是呀。"

快一年没见,云晴晴还是跟记忆中一样温柔。容诗翙刚想说点儿什么,后脑勺就被人拍了一巴掌:"你这臭小子,看见你晴晴姐就丢魂了,赶紧排队拍照!有什么事一会儿闲了慢慢说。"

是王主任。

"我刚刚说话的时候大家还没排队呢,不信你问他!"容诗翙指向宋词。

宋词点头道:"我做证。"

王主任觉得他俩沆瀣一气,一点儿都不信,嫌弃地撇撇嘴。

"来,十班过来!"

几人闲谈间,负责拍毕业照的老师已经拍完了前面的班级,正站在台阶那边冲十班的同学挥手。

容诗翙看了一眼,发现第一排还坐着很多熟悉的老师:他们高一时的班主任张黎，各科任课老师，吴江，还有抓过他们的赵主任。

容诗翊和宋词两个人高马大的男生很自觉地站在了最后一排。

容诗翊原本站在最外边，但摄影师看了一会儿相机，突然冲他挥挥手："同学，对，就是你，你站到最后一排的中间位置吧，你的头发比较特别。"

"好。"

"来来来，我数三二一，大家喊茄子啊！"摄影师指示道，乱哄哄的人群逐渐安静下来。

他抬手比着数字，高声道："三，二，一！"

"茄子！"

少男少女的青春和笑容就这样被定格在相框里，他们的高中生活终于落幕在照片里的这个夏天。

"听众朋友们，早上好，今天是高考的第一天，祝广大考生都能考出自己理想的成绩，道路拥堵，行车要注意安全。"

车载广播里传来女主播甜美的声音，唐诗却在车里急得不行："你们看前面是不是堵车了？咱们会不会赶不上？天哪，这可怎么办？"

宋词一点儿也不着急："放心，还有两个多小时呢，走过去也来得及。"

今天是容诗翊一个人的战斗，唐诗知道他今天高考，还买了辆房车，在高考当天停在考点附近，让他中午休息。容诗翊觉得不至于，但怎么劝都没用。不过他也很快就释然了，因为他终于知道宋词爱花钱的本事是跟谁学的了。

"前几天我给你的作文素材你都背完了吗？"

"背完了。"

"题目应该就在我押的那几道题里，如果没有也别慌，你记得随机应变，素材都是灵活的，在哪儿都能用上。"

"好。"

"默写题不能丢分，多读几遍题目再下笔，别冲动。"

"知道了。"

考点外，宋词想到什么就给容诗翊嘱咐什么。容诗翊一个劲儿地点头，等宋词说完了，他回头看了一眼已经入场的考生，一脸凝重道："我走了。"

宋词应了一声，在容诗翊走了两步后又把他叫住："你别紧张，考砸了也没关系，大不了明年继续。"

容诗翊冲他翻了一个白眼，说："你怎么跟大学霸说话呢？别说这些晦气的。我只考一次，一次就考好！"说完，他头也不回地进了考场。

高考一共两天，最后一门是英语。容诗翊考完走出考点的时候，只觉得整个人都轻松了，像是一瞬间卸下了一个沉重的包袱。

可能因为他的头发颜色比较显眼，所以刚出学校大门，就被门外的一些记者拦住了。高考考点外有记者不是什么新鲜事，只是他没想到被采访的会是自己。

记者把话筒递到容诗翊面前，笑眯眯地问："同学，你觉得今年英语试卷的难度怎么样？"

容诗翊实话实说："还行吧，应该不算难。"

"我看时间还没到，你就提前交卷出来了，看来很有自信呀。"

"也不是，我只是按照自己掌握的知识写完了而已。"

"这样啊，刚刚有个提前交卷的同学要坐飞机去旅游，那你之后有什么安排呢？"

"我？"容诗翊想了想，说，"放飞自我，跟朋友去吃香喝辣算吗？"

"那你朋友在哪个考点呀？"

"他不考。"

"是学弟、学妹？还是学长、学姐？"

"他是我这一届的，保送了A大，所以不用高考。"

容诗翊说这话的时候总感觉自己在炫耀，但这是事实嘛。

记者又笑着跟容诗翊聊了其他的话题，他也一一答了。

采访结束后，容诗翊径直走向在不远处等候的宋词，问："唐阿姨呢？走了吗？"

"她先走了。你考得怎么样？"

"还行吧。你好厉害啊，押的英语作文也中了。"

290

宋词露出他那颗小虎牙，笑道："'宋词 A 梦'，无所不能。"

容诗翊向他竖起了大拇指，表示认可。

两人离开喧闹的人群，宋词带着容诗翊走到一辆黑色越野车前，拉开了驾驶座旁边的门。

容诗翊有些意外，道："不会吧，小宋司机这就要上路了？"

宋词成年后就抽空考了驾照，但因为要给容诗翊补课，平时也没多少时间开车出门。

"嗯，我是一个浪子，即将去浪迹天涯。"宋词玩笑道。

容诗翊坐上车后，系好安全带，听见这话，他忍不住笑了。他看着窗外的风景，沿途路过另一所中学的考点，学校大门外站满了家长和学生，很是热闹。

容诗翊忽然有种怅然若失的感觉："宋词，咱们的高中生活真的就到此结束了。"

"确实，以后我们就是大人了。"

听见"大人"这两个字，容诗翊叹了一口气，又往窗外看去，却发现眼前的道路有些陌生："咱们不回家？"

他们走的明显是出城的路。

听了这话，宋词轻笑一声："我不是说了，去浪迹天涯。"

两个人坐在车里追逐日落，车前的公路被夕阳镀上一层金光，容诗翊把手伸出天窗，感受着风从自己的指缝间溜走，心里十分畅快。

宋词把车开去了城外一处海岸边。因为今天是工作日，所以这里没什么人，四周很清静。

容诗翊从车上下来，海风吹起他额前的头发，带来一丝淡淡的海水咸味。地平线那边藏了半轮落日，火烧云铺了半边天，橙红的阳光和海岸线贴在一起，美得不似人间。

"之前在森林公园，你说你以后想去看阿里山的日出、老君山的日落，还有海上的火烧云，我先替你完成一个。"

宋词锁了车，夕阳的暖光洒进少年的眼里，连他的眸子都成了金棕色。

容诗翊愣了一下，他没想到宋词居然还记得，明明他自己都快忘了这件事。

两个人在海边看完日落，又在周围散步似的转了一圈，一直到天空整个暗下来。

今夜满天都是耀眼的星星，容诗翊靠着车门，望了一会儿星空，问了一句十分文艺的话："宋词，你说星星会孤单吗？"

"嗯？"

"你看，它们在天上飘着，同伴却在很远的地方，看得见摸不着，也说不上话，应该挺孤单的吧？"

宋词没应声。

容诗翊又仰头望了一会儿，才收回视线："咱们走吧，有点儿晚了。"说着，他看了一眼海面，突然发现海里有什么东西在发光。

"那是什么？"容诗翊好奇地跑过去，他蹲下来仔细地瞧了瞧，才发现海里的光像是从海底发出的。

容诗翊试探着将手伸进水里拨弄了一下，水波晃动，无数蓝色的光点随着翻涌的水波出现，它们随着海浪扑在沙滩上，十分惊艳。

容诗翊站起来，用脚尖在水面上轻点一下，蓝色光点随着他的动作一圈圈荡漾开，像是童话里的世界。

是荧光海。

这种情况极为少见，宋词倒是知道这片海滩以前出现过荧光海，但没想到会这么巧被他们遇上。

宋词微微弯起嘴角，看着那边玩水的少年踩着蓝色的光跑远了。后来，那人在远处冲他挥挥手。

"来啊，宋词！"

容诗翊玩得很兴奋，他不知道这种现象的科学原理，只是觉得这玩意儿真好看、真好玩。

而宋词听见容诗翊的呼唤，也走到海边，海浪拍在他的鞋底，仿佛给他染上了一层蓝色光晕。

远处是城市的霓虹灯海，天上是万里星空，海里是蓝色的童话，眼前是相识的少年。

容诗翊跟宋词遥遥相望,过了一会儿,容诗翊看见宋词好像跟他说了一句话,但两人离得太远了,他听不清。

　　"你说什么?"容诗翊索性大声喊了出来。

　　"我说——"

　　宋词将手拢成喇叭状,说出的话无比清晰地乘着海风飘进容诗翊的耳朵里。

　　"星星可能会孤单,但你不会!"

　　"我知道!"容诗翊笑弯了腰,"我才不孤单!"

　　海风将少年的头发吹起,少年站在一片蓝光的海岸边,笑得张扬又肆意。

　　他们初次见面的时候,谁都没想到会有这么一天。他们笑了、闹了、成长了,可能这在时间的洪流中不值一提,但每一颗星星都会记得,他们曾经来过。

番外

秋日少年游

"三、二、一……"
"咔嚓——"
山川和人物一同被框在取景器里,画面里的少年笑容明媚、发丝飞扬,帮忙拍照的人看了一眼成片,笑着把相机还给了他们。
"谢谢你们!"
容诗翔朝那对情侣道了谢,和宋词一起研究刚才拍下的照片。
"这张拍得好,显得我特帅。"
宋词瞥了他一眼,说:"我呢?"
"也帅,也帅。"
容诗翔拍了拍他的肩膀,扬着下巴,说:"也就比我差了那么一点点吧,哈哈哈……"
此时正值西北的秋日,草木都被染上了橙黄色,和天边的夕阳搭配在一起,显得整个世界都金灿灿的。
容诗翔的笑容也被镀上一层漂亮的金色,片刻后,宋词举起相机,对准了在阳光下开怀大笑的少年。
"哇,你偷拍我!"
"没有,我拍景物呢。"
"你骗谁呢。"

容诗翙跟他打闹在一起，抢过他手里的相机，看了一眼，说："嚯，你把我拍得这么难看！"

"不难看，您帅。您要是难看，那我得多没眼看？"

宋词弯起唇角，露出他的小虎牙来。

容诗翙哪儿能看不出宋词这是在笑话他？他伸手去薅宋词的头发，两个人在夕阳下打闹着，相机里也多出了几十张模糊不清的照片。

这些玩闹的产物最后都得删掉。赶路时，宋词开车，容诗翙坐在副驾驶座上也没事做，就边吃果子边低头挑拣相机里的照片。

因为不是节假日，公路上的车并不多。他们追着日头一路向西，后来夕阳没入地平线，天空由橙红一点一点变成由浅至深的蓝。

"天又暗下来了，歇会儿吧，今天还赶夜路吗？"宋词把车停在路边，容诗翙把一盒果切递给他，问道。

"距离下一个目的地还有很远，就算赶一夜，估计也得明天一早才能到。不然今天我们就把车停在这儿？"

"好啊。"

容诗翙从车子后座拎出一个餐盒，说："那就来一次野餐吧。"

"嗯？"宋词微微挑眉，"你早有准备？"

"那是。"

容诗翙把餐盒拆开，说："中午我在那个小镇打包的，烤包子、烤肉，想不到吧？"

"哟。"宋词笑了两声，"你还搞惊喜呢，什么时候准备的？"

"中午吃完饭，你在那儿打电话，我闲着没事去附近晃了晃，看到了一家食物闻起来很香的小饭馆。我今天看地图了，咱们的目的地那么远，总得带点儿东西在路上吃吧？"

容诗翙把餐盒炫耀似的往宋词面前晃了晃。宋词笑着看他，然后点了点头，语气浮夸："哇哦，您想得真是太周全了，小的甘拜下风。"说着，他还冲容诗翙抱了个拳。

"走开啊！"容诗翙推了他一把，然后推开车门走了下去。

他们从车里拿出便携桌椅和帐篷，放在路边的草地上。傍晚，西北的风有些凉，空气中还带着植物枝叶的味道，容诗翙和宋词坐在帐篷里，慢腾腾地吃着温热的饭菜，直到夕阳的余晖彻底消失，天空挂上一片星星。

一路走来，宋词和容诗翊看过了太多星星，海边的、山里的、森林的……他们一起走过各种山川湖海，看过各个地方的日升月落。有时候他们会聊一聊以前的事，有时候什么话也不说，就一起静静地享受晚风。今天，他们原本也想在帐篷里多坐一会儿，但没过多久，温度越来越低，天空的星星也稀疏了许多。

容诗翊坐在小马扎上，盯着田野放空自己，突然像是感应到了什么，脑袋动了一下。

宋词注意到他的动作，问："怎么了？"他顺着容诗翊的视线看去，"有虫？"

"不是。"容诗翊做了一个噤声的动作，"嘘——你听。"

宋词不明所以，但还是很听话地闭了嘴，甚至连呼吸都放轻了。

几秒后……

"啪嗒。"

"啪嗒啪嗒。"

两人齐齐地看向对方："下雨了！"

容诗翊从小马扎上站起来，快速收拾桌上的水杯和餐盒，宋词十分配合地收桌椅和帐篷，想赶在雨势变大之前把东西收回车里。

容诗翊抱了一堆东西准备塞进车里，刚一起身，就被一块布蒙住了头。他眼前一黑，摔在草地上，崩溃道："宋词！你干吗？"

隔着帐篷布，容诗翊听见了宋词过分嚣张的笑声："对不起，哈哈哈，我在拆帐篷，忘了你还在里面。"

两人说话的时候，雨已经越来越大了，容诗翊隔着帐篷都能感觉到雨点砸在自己身上："别笑了，你赶紧救我！"

"在救了！"

宋词迅速掀起布料，他们一个人抱着餐盒和水杯，一个人拎着桌椅板凳，马不停蹄地往车上跑，结果一阵狂风袭来，草地里的帐篷又被风卷出去几米远。

"我真服了！"